一条大河

太浦河纪事

The Story of the Taipu River

何建明 刘标玖 / 著

河是水乡的血脉

上海文艺出版社

图书在版编目(CIP)数据

一条大河：太浦河纪事/何建明，刘标玖著.—上海：上海文艺出版社，2022

ISBN 978-7-5321-8544-3

Ⅰ.①一… Ⅱ.①何…②刘… Ⅲ.①纪实文学—中国—当代 Ⅳ.①I25

中国版本图书馆CIP数据核字（2022）第199614号

责任编辑　徐如麒
　　　　　毛静彦
特约编辑　长　岛
装帧设计　安　宁

一条大河——太浦河纪事
何建明　刘标玖　著
上海世纪出版集团　上海文艺出版社
上海市闵行区号景路159弄A座2楼　201101
上海文艺出版社发行中心发行
上海市闵行区号景路159弄A座2楼206室　201101　www.ewen.co
苏州市越洋印刷有限公司印刷
开本787×1092　1/16　印张16.25　插页2　字数252,000
2022年11月第1版　2022年11月第1次印刷
ISBN 978-7-5321-8544-3/K·0466　　定价：48.00元

告读者　如发现本书有质量问题请与印刷厂质量科联系
T:0512-68180638

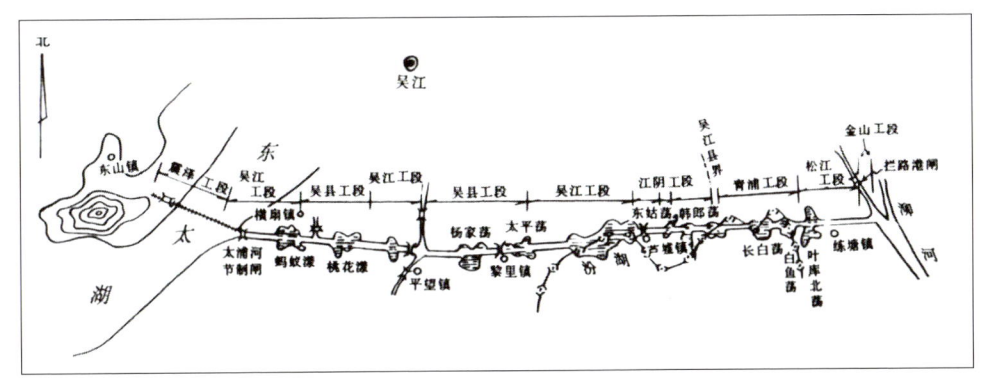

太浦河工程略图（1958年）

1959年，太浦河工程誓师大会妇女代表发言（吴江区档案馆）

1959年,平望营十连民工在挑土(吴江区档案馆提供)

1960年,苏州专区太浦河工程指挥部全体成员合影(吴江区档案馆提供)

1960年，太浦河开挖现场（档案馆—视频截图）

1960年 太浦河开挖现场（区档案馆—视频截图）

1960年（视频截图）

1960年（视频截图）

1978年，民工在施工现场（吴江区档案馆）

1978年，太浦河工程现场（吴江区档案馆）

1979年，太浦河工程民工午餐（吴江区档案馆）

1991年，上海武警总队五支队参加抢险救灾（青浦区档案馆）

1994年，嘉善丁栅枢纽（谈燕摄）

1999年，太浦河北岸吴江段防汛公路（钮泉娜摄）

1999年，吴江北窑港水利枢纽（钮泉娜摄）

2000年，分湖穿堤太浦河工程

2000年，太浦河泵站（钮泉娜摄）

2000年，浙江平湖引水闸（谈燕 摄）

2002年，建成的太浦河庙港大桥（吴江区档案馆）

2002年，太浦河风光

2018年，位于太浦河北岸的江浙沪三交点界桩（谈燕摄）

010　一条大河——太浦河纪事

2019年，太浦河节制闸（钮泉娜摄）

2020年，青浦段河道保洁（谈燕摄）

2020年，太浦河节制闸航拍（钮泉娜摄）

一条大河——太浦河纪事

2021年，太浦河航拍

2021年，太浦河新貌

目 录
contents

前言：大河是我们的血脉与激情 001

第一章　水孕江山平望图

太湖传奇 007
上海的母亲河 009
吴淞江史话 013
历代治水方略 015
说不尽的太湖洪涝 021
战略决策 024
从此平望高远 028

第二章　热血年代

指挥部设在古镇 035
一声令下 039
十万大军报到 046

冬天里的热潮......050

竞赛与比武......054

"放卫星"......059

饥饿与激情......064

奉献与牺牲......071

第三章　何谓困苦？这就是！

望河兴叹......081

上下而求索......085

集结号再次吹响......091

"战场"与"战斗"......096

"后方"与"前方"......102

配套工程不放松......107

失望与希望......109

第四章　有我平望，大城有望

平望鱼"游"往上海......121

上海的"蜜蜂"飞到平望......124

"横向经济联合"的启示......128

田纪云副总理来了......132

大战决策在平望......139

炸掉堤坝......142

大局为重携起手......145

稳步推进......151

赋予新功能......159

胜利竣工 **162**

第五章　美水，方言美江南

太湖水之变 **169**
"263"专项行动 **175**
整治"散乱污" **178**
铁腕攻坚 **184**
同绘一蓝图 **188**
同治一河水 **192**
同圆一梦想 **195**

第六章　闪光的蓝色"珠链"

太浦河口：浩渺太湖湿地风 **201**
大龙荡：有龙则灵 **204**
运浦湾：遇见大运河 **209**
二河三漾：诗意黎花里 **211**
汾湖：四围春水一芦墟 **215**
长白荡："美丽河湖"白鹭飞 **219**
金泽水库：水源地，"宝葫芦" **220**

第七章　平望，我们仰望，我们远望……

古镇新气象 **227**
全域旅游新地标 **229**
"智改数转"的跨越路径 **234**

抢抓机遇谋发展 237

在擘画中前行 239

后记 240

前言

大河是我们的血脉与激情

河是水乡的血脉。河是水乡人家园风景不可缺少的一道主色。河是水乡人民赖以维系生命的骨骼……没有河，就没有水乡。水乡的每一条河连贯着江与海，江与海则是我们生活着的这个星球存在的基本依附。由此可以这样认为：人类不可能失去和没有河流。

江南的城市，假如没有河的存在，这个城市也是不可能存在的；江南的城市，如果没有一条大河依附，那么这个城市也是不可能走向繁荣与伟大的。因为大河往往是这座城市的母亲，没有母亲和母亲的乳汁，怎可能成长出一个巨人呢？因此，江南的城市如果想获得成长并成为伟大的话，那么它就该依附在一条大河之上，或者增添这样一条大河。

中国的江南有座世界闻名的伟大城市，这个城市还诞生了一个伟大的政党，这个政党还缔造了一个强盛的国家——这当然是上海。

上海曾经是江南比较晚成的"城市之花"。苏州人和苏州的土地毫无疑问是它的乳母和产床，从拓垦沙滩到建搭渔港，我和我的祖先历经了千年风尘与风暴的洗礼，那时的阳光与海滩是荒蛮与暴力，考验和锤炼着我祖先的意志与筋骨……

母亲的伟大就在于默默地献出自己丰沛的乳汁和无私的汗滴，而且可能没有任何回报。但母亲毫无懊悔，依然默默地奉献、默默地输出着乳汁与汗滴，直到把儿孙哺育成人。

大河就是这样的母亲。

然而许多大河并非天然就有。天然的大河是苍天的恩赐。而苍天总是会把一些最不好把控的更加艰巨的任务交给人类来完成与完善。

　　太湖与大海之间，本不需要再有更多的河流，那些已经存在的江湖足够让整个江南水乡富足而又温柔地存在于天地人间。但有一天我们突然发现，我们和已经成为我们"邻居"的大城——上海，因洪涝而受灾、因干旱而缺水时，一个重要的国策再一次落在了苏州人头上。这就是太浦河的开凿与建设工程。

　　从今天的太浦河始起至黄浦江段，这一片沃土上本没有河，那是母亲的美丽而丰满的胸腹之躯。现在，为了拯救和缓解我们及我们的"邻居"的涝灾与困难，母亲选择了用肉躯化为乳汁的夙愿，召来数十万好儿女，开始了一场大会战，因为她知道，这也是为了救自己美丽丰饶的身躯。于是她毫不犹豫，当机立断——开始了一场记载于史册的凿河战斗，而其实更是一次谱写精神凯歌的伟大呈现。

　　在这场战斗中，苏州人是主角，苏州的土地是主角。

　　在这场苏州人和苏州大地为主角的战斗中，平望人和平望的土地又是主角中的主角……

　　我们是无意间去触摸这段历史的。而当我们拍打着这条大河的浪花时，竟然发现了我们的父亲和父辈们的身影与他们年轻的英姿，这让我们立顿肃然和兴奋：原来年轻时的父亲和父辈们是这般豪气与英俊、这般坚韧与不屈、这般无私与光荣呵！

　　他们——为了这条河，离开了我们年轻母亲的温存怀抱与衣食无忧的小家，来到辽阔的原野与寒风劲吹的太湖边，开始比肌肉、比干劲、比速度、比精神……

　　这是战斗，更是战场。

　　这是工作，更像拼命。

　　这是任务，更如责任。

　　总之，他们清楚为谁而干，应该怎么干！

　　他们中许多人年轻力壮。他们中许多人并不年轻力壮，相反骨瘦如柴，有些老态。他们中有男，也有女。但他们似乎都忘了自己是谁，无论是干部、群众，还是青年、长者，他们都把自己当作战斗的一员，并无私和彻底地奉献着所有的力气与汗滴，甚至全部体能……

多少年以后，我听过父亲一边抚摸着他那已经伛偻的身子，一边说：当年我们在太浦河上干活的时候，那个阵势像在飞檐走壁……说话时，他神采飞扬的神情令我向往。

多少年以后，临将走向生命终点的父亲，绝症折磨得他浑身疼痛不已时，他无力地拍打着肩膀对我说：都是当年挑太浦河落下的病……我的眼泪无法抑止……

呵，父亲，你就是大河呵！你用生命中最宝贝的年华和青春的力量开凿了那条长长的流淌到黄浦江的大河，你的生命或许微不足道，可你和你的伙伴们在江南大地上留下的这条大河却将永恒地留在这个世界上，并一直滋润着大城和大城周边的美丽土地……

呵，父亲和父亲的伙伴们，你们都是一条条大河，是你们的生命之河，让太浦河有了今天奔腾不息的清澈水流，向远东流去……

这河，是你们的生命之碑。

这河，是你们的精神之躯。

这河，已经化作现在的我们和这片土地上的每一个生命。

这河，已经在滋润和强健着这个伟大时代和时代人民的骨骼与血脉。

呵，太浦河，我们多么愿意倾听你曾经的生命最强音，也特别想听你今天最美的时代声音……

第一章

水孕江山平望图

太湖美，美在太湖水。湖水灵动，孕育和滋养着吴越水乡，赋予长三角无限的生机与活力，崛起中国最繁华都市群。然而，太湖水也常有泛滥，吞噬周边的良田民居，危害长三角人民的生命财产安全。于是，年轻的太浦河在古老的河床上应运而生，连通太湖与黄浦江，让太湖水东流入海。

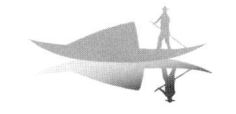

太湖传奇

在江南水乡，有一条名江人人皆知。这条名江孕育了一个伟大的城市，这个城市又诞生了一个伟大的政党。它，就是上海的黄浦江。

人们都知道黄浦江，却并不一定知道黄浦江的水从何而来。现在我们告诉你：黄浦江的水主要来自太湖。太湖与黄浦江之间还有一段距离，而连续这江与湖的一条河，叫太浦河。

太浦河就是本书的主人公，我们的书写对象。

曾经，太浦河一直像个默默无闻的奉献者，不为人所熟知。我们走近她之前，也对她的高贵品质几乎一无所知，而当我们一次次走近她之后，她的美丽而典雅、温婉而欢快不能不让我们动容。及至了解了她的前世今生，又让我们禁不住感动、流泪……

太浦河像典型的江南女子，她在太湖与黄浦江之间的存在，决定了一曲经典情歌由此产生。让我们从这首歌的第一个音符开始吧！

话说太浦河，无法绕开太湖。而说起太湖，让人立马会想到的是那首动听悦耳的著名歌曲《太湖美》。

"太湖美呀太湖美，美就美在太湖水……水是丰收酒，湖是碧玉杯，装满深情盛满爱，捧给祖国报春晖……"《太湖美》在婉转、优美的音乐情绪中，描绘了太湖的万顷碧波,以及太湖两岸优美的风光、丰富的物产,展现了太湖流域人民生产、生活的生动画面。

太湖位于长江三角洲的南缘、江苏省东南部、浙江省北部,古称震泽、具区,又名五湖、笠泽,是中国五大淡水湖之一。太湖水孕育和滋养着吴越水乡,赋予了长三角、环太湖流域无限的生机与活力,从而崛起了中国最繁华都市群。

太湖的形成原因,众说纷纭。比较有代表性的说法,大约有潟湖说、构造说、气象说、风暴流说、河流淤塞说、火山喷爆说、陨击说。无论哪一种说法,都有一定道理,可能是综合作用的结果。在某个不同的历史时期,太湖经历了不同的遭遇,从而形成了如今的样子,成就了它的神秘与美丽,也造就了它的历史和文明。

太湖地区的文明至少起源于一万年前,已经发现并发掘的吴县三山岛旧石器时代遗址可以印证。三山岛发掘出的石制品很丰富,多达 5000 余件,有刮削器、尖状器、砍砸器和雕刻器等,原料主要为燧石、玛瑙;发现的哺乳动物化石有猴、兔、鼠、貉、熊、獾、虎、鹿、牛、鬣狗、豪猪、野猪等。专家们根据考古发掘推断,太湖地区的古地理环境可能以低山丘陵的森林草原为主,而当时居民的经济形式主要是渔猎生产。

三山岛文化之后,太湖流域又经历了新石器时代的马家浜文化、崧泽文化和良渚文化。马家浜文化因浙江省嘉兴市马家浜遗址而得名,年代约始于公元前 5000 年。崧泽文化、良渚文化与马家浜文化基本在同一时期,但在文化内涵和时间上,与马家浜文化有着明显前后衔接、继承和发展关系,而且逐步形成了高度发达、富有特色的太湖地区原始文明。

在长达万年的文明发展进程中,太湖流域的人们,创造出了渔猎、稻作、水利、航运等生产生活方式,以及独树一帜的太湖文化。秦汉至南北朝时期,北方多战乱,而太湖流域社会相对安定。西晋"永嘉之乱"后,中原士族臣民"衣冠南渡",引起大量北方人移居江南,给太湖流域带来了劳动力和生产技术,促进经济发展。唐代的"安史之乱"和南宋的"偏安",又形成了两次大规模的中原人口南迁,全国经济重心越来越向南方转移,尤其是太湖流域,苏州、杭州逐渐发展成经济繁荣的大都会。到了近代,太湖文明与海洋文明奇遇,湖与海的不同与包容,促进了文化的繁荣，也加快了经济的发展，于是崛起了中国最繁华都市群。

上海的繁荣，便从这里开始。但上海的传奇，却早就开始了。

说起上海的传奇，又必须说苏州河，也就是吴淞江，而吴淞江就是从太湖而来。最初，太湖水以自然之力往下游排泄，开辟出路，便流出了这条湖海水道，谓之吴淞江。后世的上海人知道这条河是从苏州流来的，便又称她"苏州河"，也把她看成"母亲河"。

上海的母亲河

2009年12月7日，电视专题片《回到苏州河》在东方卫视播出，引起上海观众的广泛关注。

《回到苏州河》由上海广播电视台全方位精心打造，策划、采访、制作历时半年，先后邀请了上海市政府发展研究中心、上海市社会科学院、苏州河环境综合整治领导小组办公室以及上海各大知名院校的专家学者参与，组成了强大的专家团队。它以苏州河为文化符号和影像载体，以城市的发展轨迹为背景，以一条河和一座城市的关系为叙事脉络，展现上海城市在发展进程中的理念变化，探寻上海所独有的城市精神和市民气质的历史文化渊源，以及对上海现在和未来发展产生的影响。

在拍摄中，摄制组深入采访了众多历史学家、政府官员和市民，通过他们的视角，叙述这条河在上海的历史地位。其中，著名专家葛剑雄、阮仪三、郑祖安、李天纲、陆兴龙等接受了专访。

电视片中，复旦大学哲学系教授李天纲说了这么一句话："有人说黄浦江是上海的母亲河，可是从古代历史来看，从明清到近代，苏州河才是上海的母亲河。"这句话本来无可厚非，也有很充分的理由，但还是引起了不小的争议。

很多观众认为，苏州河是上海母亲河的提法并不准确，黄浦江更具有母亲河的意义。他们看到的是黄浦江的壮阔，以及黄浦江边的繁荣，部分专家也从历史和人文的角度支持黄浦江。

12月12日下午,在见证苏州河百年巨变的上海大厦,上海广播电视台电视新闻中心举办了一场《回到苏州河》座谈会,众多专家学者和媒体记者参加。会上,专家们对专题片本身都无异议,却对谁是上海的母亲河产生了争论。究竟是苏州河还是黄浦江?双方各执一词。

上海社会科学院历史研究所研究员郑祖安说:"苏州河也称吴淞江。明初,吴淞江淤浅导致太湖流域洪水泛滥。明永乐元年,户部尚书夏元吉受命治水,他开挖了范家浜,上通上海浦,下通入海口,让太湖水由此入海,形成了今天的黄浦江。黄浦江水势日盛,终于从吴淞江的一条小支流变成了大主流,而原先江面开阔的吴淞江却渐渐变成了支流,史称'黄浦夺淞'。由于吴淞江较浅,船舶改停黄浦江边的十六铺,并在此基础上发展出了真正的上海城。"他认为,真正衍生出上海城市的是黄浦江。苏州河在"辈分"上早于黄浦江,可以称为祖母河。

上海社科院思想文化研究中心研究员马驰也赞同这种说法。他认为,上海最早的老城厢、十六铺就出现在黄浦江边,它们对上海城市发展产生了重要影响,应该把黄浦江称为母亲河。

同济大学文化产业研究所所长黄昌勇教授却对这一说法予以反驳。他说:"即便上海今天的重心可能已经转移到黄浦江,但从上海城市的历史发展来看,苏州河的地位无疑要比黄浦江高。从外滩出现在黄浦江和苏州河的交汇点,从黄浦江的入海口叫吴淞口,都可以看出苏州河的重要性。如果从对上海城市发展的影响来看,也是苏州河大于黄浦江,因为黄浦江早先是上海城市的边缘,浦东以前是乡下,所谓'西城东乡',而上海城市是沿着苏州河向西、向东、向南、向北逐渐发展的。另外,从文化渊源来说,苏州河也代表了上海的文化传统,它积淀了上海很长一段历史文化。"

上海苏州河治理办公室朱锡培处长赞同黄教授的说法。他认为,孕育上海的不仅仅是老城厢,近代上海的形成与苏州河关系更密切,这从租界的形成可以看出。当年旧上海的大量移民,大多是从苏州河坐船而来。另外,苏州河还是中国民族工业的摇篮。

上海音像资料馆资深研究员张景岳认为,把苏州河和黄浦江都说成母亲河也没有错，只是前者是"生母"，后者是"养母"。他认为，如果要把黄浦江说成是上海的"生母"有点勉强，因为上海至今已有700多年的历史，宋代成镇，元代成县，而黄浦江是到了明代永乐年间夏元吉治水以后才逐渐形成的。而那时，苏州河（即吴淞江）却是条开阔的大河，上海所有小河都是它的支流。因此，应该把苏州河称为上海的"生母"。但上海开埠后，黄浦江对上海的影响越来越大，甚至逐渐超过了苏州河。从这点看来，把黄浦江说成是上海的"养母"也是不错的，她养育上海的"奶水"无疑渐渐多于苏州河。

专家们的观点各有各的道理，但张景岳研究员的说法得到了大家的一致认可。如果非要确定一个母亲河，那苏州河是"生母"，黄浦江只能算是"养母"。

从《回到苏州河》的第三集《脉动》中可以看到，中国民族工业的萌芽、发展和壮大，与苏州河息息相关。荣氏家族鼎盛期共有26家工厂，其中11家在苏州河边，日后，它们成为新中国轻纺、化工、粮食加工等行业的骨干企业。20世纪90年代，中国纺织压锭第一锤在苏州河畔的申新九厂敲响，百万产业工人和这座城市一起开始了艰难的转型。静静的苏州河，见证了上海工业转型的每一次进与退，也经历了城市功能的每一次脉动。从这个角度来说，苏州河又不单单是"生母"，也一直在养育着上海，只是"奶水"少了而已。

所谓"母亲河"，一般指的是地域文明发展的摇篮，且世世代代滋润着一方土地、哺育着一方人民的河流。

翻看一下晋代太康三年（282）的吴淞江流域地图，就可以清楚地看到1700多年前上海处在怎样的地理环境。长江东泻的泥沙，在长江下游南岸的吴淞江流域冲积出新的土地。吴淞江在冲破泥沙的堆积后，越变越长，继续向东流向海洋。吴淞江新增的这段下游江段，起了个名字叫"沪渎"。

后来的地理发展告诉我们，上海城市的地理面积，在吴淞江下游的南岸区域慢慢形成。也就是说，如今的上海城，诞生在吴淞江的下游南岸地区。只是，这时的临江（吴淞江）靠海（东海）之处，并没有人类居住的历史人文记录。

最先来这里的人，是吴淞江上游的苏州渔民。他们在吴淞江捕捞打鱼后，把船摇进一条还没有名字的吴淞江支流,在相对平静的河面上停泊休息。

大约在唐代前后,这条无名氏的河流渐渐被渔民熟知,更多的渔船都来此停泊。河面上渐渐热闹起来,有人就给这条河取了个名字:"上海浦"。这条河离海很近,可以方便地进入吴淞江出海,便谓之"上海";所谓"浦",意思是小河、支流以及人工河。

到了宋代,在上海浦停泊的渔船越来越多,有的渔民干脆上了岸,还在河边住了下来。这些渔民,就是最早的上海居民。

有人说,历史是由人来创造的,有了人的居住和生活,上海才渐渐有了历史与文化。上海浦一带渐渐形成了一些渔村,经济发展迅速,做买卖的商人也出现了,其中还有不少卖酒的。在宋代,政府有征收酒税的机构,称"酒务",这里卖酒的多,便设置了一个,称"上海务"。设置的时间大约在宋真宗"大中祥符"元年(1008),也有的说是宋熙宁十年(1077),这两个时间都可以说明,大约1000年前,这里就是一个比较繁荣的村镇了。

直到南宋咸淳三年(1267),这里才正式设置了镇,名曰"上海镇",辖区主要为今上海南市一带。

元世祖至元二十八年(1291),上海镇升格为上海县,辖于松江府。

这就是上海的来历。也就是说,上海之名起源于上海浦,后来建镇,叫上海镇;再升级为县,称上海县。至于上海的简称"沪",也是因为吴淞江下游河段称为"沪渎",上海才被称为"沪上",后来就简称"沪"了。

上海的地盘是吴淞江和长江不断冲积而成,上海的早期居民是从苏州沿吴淞江而来的渔民,上海的诞生和发展都得益于吴淞江的滋润,那么,说吴淞江是上海的母亲河,有什么不对的呢?

至于后来的吴淞江逐渐式微,"黄浦夺淞",并不影响吴淞江作为"母亲河"的身份。

一条曾经澎湃的大江,流过千百年,变成了一条沉寂或落寞的支流。吴淞江的伟大,成为历史,成为文化,却孕育出了两岸拔地而起的繁华城市。她被尊为上海母亲河,赐予这片土地一串闪光的名字,青浦、黄渡、桃浦、虬江、新泾、闸北、江湾、黄浦、吴淞口……这些名字的来源，虽然大多被人们遗忘，但这片土地对她的记忆，却是忠诚的、深刻的、久远的。

吴淞江史话

吴淞江的历史，和太湖一样悠久。

据《尚书·禹贡》记载，"三江既入，震泽底定"。也就是说，古太湖有三条通海水道，便平安无事了。所谓"三江"，较为认同的说法是东江、娄江和松江，这在庾仲初的《吴都赋注》和顾夷的《吴地记》中都有明确记载。这三条江，传说都是大禹治水时开凿的"运河"，都为太湖之水东流入海立下了汗马功劳。只是，约在公元8世纪前后，东江和娄江相继湮没，仅剩下松江。

吴淞江有过很多名字，吴江、松江、松陵江、笠泽江等。"吴"和"松陵"，分别是江域、江口的地名，是这条江的姓，取简称，就成了吴江、松江，或吴松江、松陵江。"笠泽江"的意思，就是太湖的江。元代设置松江府，这条江便改名"吴淞江"了。

吴淞江曾经是一条波涛汹涌的大河，古人曾记载："江道深广，可敌千浦"。也就是说，一条吴淞江，可以比得上1000条支流，极言其气势磅礴。

唐朝末年，群雄并起，吴越王钱镠采取保境安民的政策，经济繁荣，社会安定。他在内政建设上的主要成就，体现于修筑海塘和疏浚内湖上，在太湖流域普造堰闸，以利蓄洪及灌溉，并建立了水网圩区的维修制度。于是，太湖流域田塘众多，土地膏腴，且旱涝保收，有"近泽知田美"之说。

钱镠在太湖地区设"撩浅军"四部，共七八千人，专门负责筑堤、浚湖、浚河浦，"一路径下吴淞江"，使得苏州、嘉兴等地得享灌溉之利。公元909年，他又割松江南北两岸吴越之地，于太湖口、松江源设置了吴江县，从行政体制上为治水提供保证。

这时的吴淞江，变得越来越"江道深广"，也成就了她"可敌千浦"的辉煌。

进入宋代，吴淞江的疏浚力度大大降低。虽然有范仲淹、苏轼、海瑞等负责的官员不断呼吁，但都没能引起足够的重视，更没进行大规模的疏浚。于是，吴淞江日渐浅窄，有些江段甚至出现了淤塞，其重要性、影响力与日俱减。

吴淞江出现淤塞后，东南排水渐堵，太湖洪水经阳澄、淀泖弥漫盈溢，然后入海；加之大面积围垦造田，更阻塞水路，塘浦大圩逐步分化为浜泾小圩，洪涝灾害日趋频繁。如果再逢海潮倒灌，更是雪上加霜，危害巨大。

水患的巨大破坏力，北宋著名诗人苏东坡曾撰文记述。元丰四年（1081），被贬黄州的苏轼听闻松江地区发生洪灾，海水倒灌，一丈多高的海潮从东海冲到松江源头，垂虹桥上的亭子都荡尽无存，遂追忆起自己七年前（1074）游松江的情景，写下了《记游松江》："松江桥亭，今岁七月九日，海风架潮，平地丈馀，荡尽无复孑遗矣。"

元末明初，由于长江口不断有泥沙堆积，吴淞江入江口（即吴淞口）淤塞已经到了严重的程度。

明永乐元年（1403），户部尚书夏原吉治理太湖流域水系，疏浚吴淞江南北两岸支流，引太湖水入浏河、白茆直注长江。他又疏浚上海县城东北的范家浜（即今黄浦江外白渡桥至复兴岛段），引黄浦入吴淞江，合并吴淞江一起走吴淞口入江。开通范家浜后，吴淞江的旧河道水势进一步减弱，黄浦江逐渐扩大为太湖流域的泄水大川。

明成化年间，浙江筑海堤，原来在杭州湾北岸入海的河流，改经淀山湖入黄浦，使得黄浦水势大增。于是，黄浦"众水汇流，水势湍急，不浚自深"，其河面"阔三十丈（100米），长一万二千丈（40公里）"，河口也不断扩大为"横阔头二里余（1000米）"。这样一来，黄浦江成为主干，吴淞江反而成了黄浦江的支流。

从此，吴淞江的浅窄速度逐渐加快。

17世纪起，海水经常倒灌，泥沙不断淤积，吴淞江河道已经很浅很窄，有的河段已经出现了堵塞。加之太湖水流变异，松江故道由南往北逐渐衰萎，吴淞江口也不断改道、北移，先是转到吴家港，后又移到如今的瓜泾口。

自从瓜泾口成为吴淞江的江口，吴淞江的九汇十八湾及许多港浦支流渐渐消失，有的只留下了名字，却是变成了路名、地名，甚至虚名。

吴淞江不断衰萎，太湖蓄水量却没有太大变化，每到汛期，湖水仍是汹涌澎湃。吴淞江排水不畅，太湖水便强势突围，冲泻而出，恣意流向低洼的江河荡漾，或者农田沃野、城镇村庄。

于是，太湖水患日趋增多、变重，绵延不绝，治水问题又成了太湖流域最亟需解决的问题。

历代治水方略

古人云："善治国者必重水利。"中华民族几千年的历史，从某种意义上说就是一部治水史。黄河、长江是中华民族的发祥地，治水实践孕育和创造了光辉灿烂的古代文明，大禹治水就是文明起源的重要标志。无论秦皇汉武，还是唐宗宋祖，每一个有作为的统治者，都把治水作为治国安邦的重中之重。

《史记·河渠书》是我国第一部水利通史，记述了一系列治河防洪、开渠通航和引水灌溉的史实。司马迁在写史之余，感叹道："甚哉水之为利害也。"并指出"自是之后，用事者争言水利"。历朝历代希望有所作为的政府和官员，很多都重视兴修水利，竞相为水利建设建言献策。朝廷有专管水利的属官和部门，各地设专门官员监督管理水利，民间组织和用水户也积极参与治水活动。

古代最有名的治水故事，要算是大禹治水。面对滔滔洪水，大禹从他父亲治水的失败中汲取教训，改变了"堵"的办法，对洪水进行疏导，成功地治理了水患。

《淮南子·原道训》把大禹治水方略概括为"禹之决渎也，因水以为师"，春秋管仲治水强调"迁其道而远之，以势行之"，秦时李冰治水"乘势利导，因时制宜"……这些治水方略，都强调要掌握河流的流势和其他自然条件，加之利用和正确引导，用有利条件消除不利因素，根据时间、地点和具体条件的变化而变化，采取不同的措施把水治好。

据《尚书·禹贡》记载，夏禹也曾在太湖治理水患，开凿了三条主要水道，东江、娄江、吴淞江，沟通了太湖与大海的渠道，将洪水疏导入海。司马迁在《史记》中也曾言及："禹治水于吴，通渠三江五湖。"

隋唐以后，东江、娄江相继湮塞，逐步在东南和东北方向各形成36条港浦入海入江，洪涝泄路开始变化。唐元和二年（807），在苏州和常熟之间开"元和塘"，导塘西高水入运河；中唐以后，沿吴淞江北五里七里开一纵浦、七里十里开一横塘，塘浦之土筑为堤岸，一河一浦皆有堰闸；五代十国的吴越时期，有统一的水利撩浅军疏浚塘浦，巩固完善塘浦圩田系统，并在吴淞江北疏浚青阳港及入江港浦，吴淞江南疏浚急水港、小官浦，河道整齐划一……历史经验告诉人们，解决太湖洪涝灾害最根本的办法，就是疏浚江河港浦。

到了宋代，撩浅军制度被废止，管理强度弱化，地方政府难以维持水利。曾任苏州知州的范仲淹对此很清楚，他在《答手诏条陈十事》中写道——

> 五代群雄争霸之时，本国岁饥则乞籴于邻国。故各兴农利，自至丰足。江南旧有圩田，每一圩方数十里，如大城，中有河渠，外有门闸，旱则开闸引江水之利，潦则闭闸拒江水之害，旱潦不及，为农美利。又浙西地卑，常苦水沴，虽有沟河以通海，唯时开导，则潮泥不得而堙之；虽有堤塘可以御患，唯时修固，则无摧坏。臣知苏州日，点检薄书，一州之田系出税者三万四千顷，中稔之利，每亩得米二石至三石，计出米七百余万石。东南每岁上供之数六百万石，乃一州所出。臣询访高年，则云曩时两浙未归朝廷，苏州有营田军四都，共七八千人，专为田事，导河筑堤，以减水患。于时民间钱五十文籴白米一石。自皇朝一统，江南不稔则取之浙右，浙右不稔则取之淮南，故慢于农政，不复修举。江南圩田、浙西河塘，太半隳废。

范仲淹不仅指出了当时不重视水利的问题，还提出了治水方略，并亲自主持江浦的疏浚。他根据水性与地理环境，提出开浚昆山、常熟间的"五河"，增加太湖水的出路，东南由吴淞江入海，东北由长江入海。他还主张太湖流域治理应采用"浚河、修圩、置闸"结合的工程措施，"旱则开闸引江水之利，潦则闭闸拒江水之害，旱潦不及，为农美利。"他还曾"亲历海滨，开浚五河，东南入于吴淞江，北入于海，用费钱粮一十八万三千五百九十八贯石，自后置农田水利使者，专管湖塘河渠,赵转运使任内,用钱米四十三万八千有奇,至理宗朝创立魏江江湾福山水军三部,三四千人专一修江湖河塘工役,仅免水患"(载于元代水利专家任仁发的《水利集》)。

北宋水利专家郏亶的治水观点,则与范仲淹有所不同。他认为,太湖洪水的出路,导水由昆山的张浦、茜泾、七丫三塘入海,由常熟的浒浦、白茆二浦入江的做法,违背"水性就下"的自然规律,不但没有效果,反而会导致东水西流,北水南注,适得其反。

郏亶主张,先做塘浦圩岸挡水引水,然后再浚治三江,把水排泄入海。他考察了吴淞江以北大圩,找到了五代时期大圩的遗迹:"于江之南北,为纵浦以通于江。又于浦之东西,为横塘以分其势而棋布之,有圩田之象焉"。他发现旧时的大圩之岸即塘浦之岸,纵横有序,有棋盘一样的景观,便主张"循古今遗迹,或五里、七里为一纵浦,又七里或十里而为一横塘。因塘浦之土以为堤岸,使塘浦阔深而堤岸高厚"。他认为,治低田则高筑堤岸以挡水,治高田则深浚港浦以灌田。塘浦阔深,水流畅通,就不会危害农田;堤岸高厚,外河水位高,就容易入江。

郏亶的主张提出后,曾受到王安石的重视,并被委以重任,负责治理太湖水患。可是,不久之后,由于政治斗争,他被罢官,他的治水方略也没能实现。

宜兴进士单锷虽然没有当过官,却专心于吴中苏、常、湖三州的水利,前后考察30余年,曾向北宋朝廷进《吴中水利书》,分析了太湖水患的原因——

> 自西伍堰,东至吴江岸,犹人之一身也:伍堰则首也,荆溪则咽喉也,百渎则心也,震泽则腹也,旁通震泽众渎则脉络众窍也,吴江则足也。今上废伍堰之固,而宣、歙、池、九阳江之水不入芜湖,反东注震泽,下又有吴江岸之阻,而震泽之水积而不泄,是犹有人焉,桎其手,缚其足,塞其众窍,以水沃其口,沃而不已腹满而气绝,视者恬然,犹不谓之已死。今不治吴江岸,不疏诸渎以泄震泽之水,是犹沃水于人,不去其手桎,不解其足缚,不决其窍塞,恬然安视而已,诚何心哉?

单谔认为，需要上修伍堰，中疏百渎，结合常州至宜兴的西蠡河，导荆溪之水。太湖入江、入海之道，则因泥沙淤积而不畅，应多加修浚，使太湖之水不至壅积成灾。对于下游一些低洼的农田，则在河道上游设斗门，下筑堤坝以控制水量。他反对郏亶的"治田为先，决水为后"的论点，主张先决水后治田。

郏亶的儿子郏侨也继承了父亲的事业，致力于水利研究与实践。他综合取舍前人之说，作《水利书》，提出了综合治理太湖的方略。他基本赞同单谔对太湖上、中游治理的主张，但对下游治理提出了自己的看法，他主张修圩治田与疏浚港浦并重，提出高筑吴淞江两岸堤防，束水顺流入海的设想——

> 吴淞古江，故道深广，可敌千浦。向之积潦，尚或壅滞，议者但以开数十浦为策，而不知临江浜（滨）海，地势高仰，徒劳无益……为今之策，莫若先究上源水势，而筑吴松（淞）两岸塘堤。不唯水不入于苏，而南亦不入于秀。两州之田，乃可垦治……一面开导河浦，即便相度松江诸浦，除盐铁塘及大浦开导置闸外，其余小河，一切并为大堰，或设水窦，以防江水，即吴松（淞）江水径入东海。

宋代虽然有范仲淹、郏亶、郏侨、单谔等水利专家提出了不少治水理论，但付诸实施的并不多，乃至吴淞江日渐淤塞，水患不断。

进入元代，吴淞江淤塞更加严重。大德三年（1299）六月，都水庸田使麻合马加召集平江、嘉定、昆山、上海等地的官员，与熟悉水利的专家任仁发等一起，实地考察吴淞江沿岸的淤浅情况，发现："吴松江边沙涨去处，西自道合浦，东至河沙汇，东西长六十余里，两岸俱各积涨，沙涂将与岸平。其中虽有江洪，水流止阔三二十步，水深不过三二尺。"一直居住在江边的周才、陈国瑞等人说："吴淞江西接太湖，南引淀山湖，东出大海，正系通流紧要去处。古来江面迤东河沙汇至封家浜上下，元阔六七里，或三五里；黄渡迤西至道合浦，元阔三二里，水深数丈。"

任仁发等人的这次调查，记录了当时东太湖水系的状况：由于吴淞江的淤塞，太湖之水一支东北从刘家港入海，淀山湖之水从大曹港（今青浦区朱家角镇漕港）、柘泽塘（今青浦区柘泽塘）、东西横泖（今淀浦河的一段）分泄于新泾和上海浦，经吴淞江河口段入海。

通过调查，任仁发发现了问题，也想出了治理太湖水患的具体方略：疏浚、筑围、置闸。他说："浙西之水利明白易晓，特行之不得其要耳，何谓无成？大抵治水之法，其事有三：浚河港必深阔，筑围岸必高厚，置闸窦必多广。设遇水旱，有河港、围岸、闸窦堤防而乘除之，自然不能为害。"

有了设想，任仁发也付诸了行动，于大德八年（1304）开始进行吴淞江疏浚。按照后人归有光《大德开吴淞江志》记载——

> 吴淞江东南黄浦口起，至大盈浦口止，一万五千一百丈；大盈浦口起，至永怀寺东止，一千六百丈；永怀寺东起，至赵屯浦口止，一千五百丈；赵屯浦口起，至陆家浜止，二千三百五十丈；陆家浜起，至千墩浦口新洋江止，一千六百丈。通计长二万二千一百五十丈，广二十五丈，深一丈五尺。

由此可知，这次疏浚吴淞江，最东到达今天的外白渡桥北侧。疏浚完成后，任仁发认为："今所开之河止一丈五尺，若不置闸以限潮沙，则浑潮卷沙而来，清水自归深源而去。新开江道，水性来顺，兼以河浅，约住沙泥。不数月间，必复淤塞，前功俱废。故闸不可不置也。"他的意思是，新疏浚的一些河道深仅一丈五尺，很容易再次淤浅，必须在江上设置水闸。他设想在吴淞江上"置闸十座，以居其中，潮来则闭闸而拒，潮退则开闸而放之，滔滔不息，势若建瓴，直趋于海"。

两年后，任仁发就在新泾设置了两座木闸，依时启闭，阻遏海潮。木闸设立后不久，就连续暴风骤雨，"河港盈溢，兼值数次飓风决破围岸"。两座木闸起到了很大的作用，虽有一座被太湖来水冲倒，还是减弱了水势，大幅降低了水灾的危害。于是，他又在赵浦、潘家浜、乌泥泾三个地方各设置了两座石闸，使吴淞江中下游呈现出一种封闭的状态，让海潮不能溯江而上，并利用闸内清水冲刷下游江道，减缓淤积速度。

可是，任仁发没有想到，水闸虽然在平时发挥了很大作用，可在大洪水时却有不利之处。洪水很大，但闸门太小，严重影响了泄洪的速度："每闸止阔二丈，总计一十二丈闸门，欲泄浩荡无穷之水，岂无滞乎。"因此，至顺元年江南地区大雨后，松江府就以"闸内不能急泄，致将田禾一概淹没，城郭居民房屋皆成巨浸"为由，请求放弃乌泥泾水闸，开挑旧河道。

到任仁发去世时，吴淞江入海口已经"地势涂涨，日渐高平"。几年后，水利专家周文英上书论三吴水利，认为恢复吴淞江为太湖排水主要出路已不可能，提出导吴淞江水自刘家港等东北诸浦入海的主张。他说："为今之计，莫若因水势之所趋，顺其性而疏导之，则易于成效。"

张文英的主张没被朝廷采纳，但他的著作《三吴水利》对元末及后来的太湖水利有较大影响，包括明永乐年间的"掣淞入浏"和"黄浦夺淞"，实际上都是采纳了周文英的治水方略。

明永乐年间的"掣淞入浏"和"黄浦夺淞"，是户部尚书夏原吉的杰作。他在疏浚吴淞江南北两岸支流，引太湖水入浏河、白茆直注长江（掣淞入浏）后，还提出疏浚范家浜的想法。他在《苏松水利疏》中写道："大黄浦乃通吴淞江要道，今下流壅遏难流，傍有范家浜至南跄浦口，可径达海，宜浚令深阔，以达泖湖之水。"得到批准后，他征用民工20万，疏浚范家浜，引黄浦入吴淞江。后来，吴淞江水势越来越弱，黄浦江的水势却越来越强，吴淞江反而成了黄浦江的支流，史称"黄浦夺淞"。

"掣淞入浏"和"黄浦夺淞"，缓解了太湖下游的排水困难，却使吴淞江淤塞越来越严重，也出现了很明显的负面效应。于是，后来的水利专家史鉴、金藻、归有光等，又主张恢复吴淞江为泄水正脉，而袁黄、费承禄等则又提出相反的说法，屡有争论。

民国时期，吴江人金松岑认为，干流不通，湖面日缩，围田接踵，沟洫也将湮塞。他在他的《上会长江南水利书》中主张——

> 开浚两洪，一引吴兴之水，一引宜兴之水，使得顺轨以出吴江之平望，东向淀湖，淀湖之中又浚一洪，使向拦路港以出泖。

正策莫如大浚淀山湖而拓泖之去路以入浦，奇策莫如别觅太湖大泄口，辟作干河，使不经淀泖而自行入浦。

若不采纳上述二策，则可采用吴淞改道之说，自黄渡以下取五十里之顾冈泾新河，以趋蕴藻浜入海。

金松岑生于清同治十三年（1874），原名懋基，又名天翮、天羽，吴江同里镇人，清末民初国学大师。甲午战争后，他曾组织"雪耻学会"，意图维新救国雪耻，也曾创办"自治学社"和"理化音乐传习所"，传授新文化。他半生从事教育工作，在苏州国学会讲过学，又在上海光华大学任教，受他教诲的学生，许多成长为各界杰出英才，如柳亚子、王佩诤、王大隆、潘光旦、金国宝、严宝礼、费孝通、王绍鏊、蒋吟秋、范烟桥等。他还翻译出版了《三十三年落花梦》等三本书籍，宣传孙中山的革命活动。

民国元年（1912），他当选为江苏省议会议员，后又出任吴江县教育局局长、江南水利局局长等职。他在水利部门任职时间虽然不长，但对水利的研究却很深入，写了不少相关的论文，对当时及后来的太湖治水都起到了重要的影响。

然而，民国时期虽然疏浚了白茆、七浦、浏河等排水河道，建起了白茆闸，并引进了机电排水，但东太湖水网洪涝合流、易洪易涝的状况改变不大，水灾还是频频发生。

说不尽的太湖洪涝

太湖流域的洪涝灾害，不仅有大禹治水的传说，还有具体的文字记载。从公元317年到1911年，太湖共发生大水灾和特大水灾近百次，平均16年就发生一次。进入近现代，水灾更是频频发生，《太湖志》《吴江县水利志》都有很多记载。

1919年6月，淫雨兼旬，水势暴涨。汾湖四周，地多淹没。黎里以西至平望近镇处，成灾愈重，大部之田沉没水中三四尺。运河与莺湖连成一片，河堤仅断续可见，水高时，船可直由堤面入湖。平望区域成灾者十之七八，梅堰、严墓等区域及西北滨太湖之地，成灾均巨。近吴江城的运河两岸附近之高地亦有淹没者。平望高水位时达3.8米，湖口流速每秒45厘米，頔塘流速每秒19厘米，烂溪流速每秒27厘米，安德桥入运河流速每秒36厘米。

1921年秋，太湖因江水倒灌顶托，宣泄不畅。七、八月雨水多，洪水为灾，低洼之区尽淹无收，民饥。

1923年夏，梅雨连绵，河水骤涨尺余，沿太湖一带低田被淹没。

1931年7月到8月，连雨34天，初时梅雨连绵，继而倾盆大雨，共降雨464毫米。8月25日，飓风狂暴，房屋桥梁倾圮甚多，农民漂失者数十人，为数十年来未有之巨灾。吴江县被淹农田减产五成以上的有45万亩，其中完全淹没、颗粒无收19.9万亩，而整个太湖流域，受灾面积多达600万亩。

1946年春，淫雨连绵，水位渐涨，滨湖一带淹田3万余亩，万余农民无以为生。伏汛期间连雨，江湖并涨，积水高出圩岸。滨太湖及荡漾低田，禾苗淹没。较高圩田被风浪冲击，圩岸坍崩。吴江县受灾6.88万亩，其中城厢区灾情最重，受淹4.37万亩，芦墟、平望、黎里三区次之。9月25日起，连续3昼夜台风暴雨，低田复遭淹没，减产七成。10月2日晚，雷电交作，大雨倾盆，水位续涨2尺许，河田不分，阡陌不分，湖梅乡高田亦受影响，受灾36圩，其中4圩无收，12圩减收6成以上，20圩减产5成。

1949年夏，大雨连绵，7月初，部分滨太湖地区受灾，不少圩岸被毁。7月24日到25日，遭9级台风袭击，湖水涌涨，吴江县淹田62.5万亩，占总数的48.8%，颗粒无收的16.8万亩。太湖沿岸塌毁房屋3100余间，半毁或大部毁2950间，淹死群众371人，无家可归灾民5100余人。

1951年7月大水，吴江县塌圩85个，另有0.58万亩外滩被淹没。8月20日至23日，遭7级台风侵袭，沿太湖垮圩13个，0.8万亩稻田受淹，平望等区也有0.3万亩受淹，虽经奋力抢救，仍有半数以上收成仅五成左右。

1954年，梅雨期长达62天，太湖流域连续普降大雨，加上长江洪峰下泄，江水上涨，太湖入江通道不畅，导致全流域形成大灾，受灾农田785万亩。吴江县受涝面积高达67.76万亩，15万亩严重减产，11万亩颗粒无收。

1957年7月，暴雨又是一天接一天，20天雨量就超过了470毫米。吴江县受灾面积达到了74.5万亩，占总稻田数的72%。尤其是西南部，更是一片汪洋，基本看不到绿苗。虽经排涝抢险救出大部分稻田，仍有13.6万亩严重减产，1.9万亩绝产失收。

……

吴江市人大常委会办公室原副主任、文史专家朱云云在他著的《情系城乡》一书中，曾以他的亲身经历书写洪水的实况——

> 1949年太湖大水，这年我4岁。农历六月三十，我父母和叔叔在鱼塘上筑堤防洪。下午太湖洪水翻过田埂、堤坝，向村里涌来。我祖母急忙把菱桶放在堂屋中间，把我和弟弟放在菱桶里后，自己去倒马桶。没多久水已进屋，菱桶浮在水面上，家中的坛坛罐罐也漂浮在水面上，发出叮叮当当的撞击声。我父母、叔叔早上坐船从河里出去，傍晚时，鱼塘沉没，农田成了一片汪洋，船从田野里直接摇回，停在家里的廊沿下。此景此情在我幼小的心灵里留下了最早的记忆。

> 1954年又是大洪水，这年我已9岁，农田、渔塘全部被淹，洪水持久不退，渔塘里的鱼逃入长满了水草的农田，成了众家渔塘。我成天跟着大孩子赶来赶去，看大人捉鱼，有时也和大孩子一起捉鱼，鱼捉不到就把田里的水捣浑，浑水里捉虾。田里的水大多只有尺把深，都是玩水的好场所，确实使少年时期的我高兴了一阵子，哪里知道父母亲整天在为柴米忧愁。

面对洪涝的一次次肆虐，人民政府一方面全力救灾，另一方面则组织群众大搞水利建设，以期根治太湖水患。

太湖流域的湖漊圩田，大多地势低洼，汛期大部分在外河水位之下，治水最直接的办法开港修筑圩堤。每次洪水过后，很多圩堤被冲毁，只能赶紧修复，并结合修圩，开疏排灌沟渠。

1951年水灾后，人民政府组织群众加固了太湖流域河、湖、荡、漾的圩堤，修复了大运河两岸的险工地段，并开疏了大圩内部的排水沟浜。此后几年，每逢冬春，也总要修圩筑堤，并逐渐加宽加高。可是，三年以后，洪水再次来袭，很多圩堤又遭到了不同程度的破坏。

1954年水灾后，各级政府继续组织修圩疏港，并提出了更高的要求：圩堤顶高程要高出这年的最高水位0.5米，圩堤顶宽1米以上，确保在瓜泾口水位4.5米及8级风力情况下不漫溢不溃决，一次降雨150毫米不受涝。在全面加固圩堤的过程中，先后进行了昆山石牌乡拦杆圩和常熟坞丘乡西湾圩联圩并圩、常熟金家大圩机械排灌、吴江湖东和昆山同心圩电力灌排的试点，收到了很好的效果，并在全地区推广。经过三年努力，圩堤的防洪能力普遍得到提高，可1957年的水灾更严重，很多圩堤又被破坏。

1957年9月，中共中央、国务院发布了《关于今冬明春大规模地开展兴修农田水利和积肥运动的决定》，全国各地掀起了农田水利建设高潮。太湖流域的各级政府也积极行动起来，协同作战，群策群力，拿出了一个彻底解决太湖水患的治水方案。

战略决策

新中国成立之初，农业面临的最大问题，就是江河水患肆虐。全国大大小小上千条河流，每年都会发生多场洪水泛滥，农业完全处于靠天吃饭、受大自然摆布的状况。因此，治理江河水患成为人民政府亟待解决的最大民生问题，中央政府召开最多的会议是水利工作会议，每年都要召开几次全国性会议，研究解决治水的问题。

开国大典前夕的政协第一届全体会议，就把水利摆在了极其重要的位置。会上通过的《中国人民政治协商会议共同纲领》，是临时宪法性质的国家根本大法，就写入了兴修水利、防洪防旱、疏浚河流等内容（第34条、36条），充分体现了中央人民政府对水利的高度重视。

1950年夏，淮河流域发生严重水灾，中、上游支流先后漫决，豫皖两省受灾面积4000余万亩，受灾人口1300余万。毛泽东看到灾情报告后，一方面指令大力组织抗洪救灾，同时下决心把根治水患提到重要日程。他在报告上批示道："除目前防救外，须考虑根治办法，现在开始准备，秋起即组织大规模导淮工程，期以一年完成导淮，免去明年水患。请邀集有关人员讨论目前防救、根本导淮两问题。"周恩来看到毛泽东批示后，当天就给水利部打电话，要求拿出治淮的初步方案。

根据毛泽东的指示，全国治淮会议8月底在北京召开。入会代表对淮河水情、治淮方针、基本方案等进行了反复研讨，之后又集中各地的意见进行修改、充实。10月14日，政务院发布了《关于治理淮河的决定》，制定了"蓄泄兼筹"的治淮方针和治淮工程实施计划，确定以治淮工程总局为基础，成立隶属于中央人民政府的治淮机构——治淮委员会。当年11月，苏、豫、皖数十万民工先后开赴各治淮工地，由此打响了一场治理江河、兴修水利的声势浩大的人民战争。

1951年5月，毛泽东亲笔题词："一定要把淮河修好"，大大推动了当时的水利建设。这年从春到冬，苏北运河整修工程和苏北灌溉总渠先后完工，淮河上游的石漫滩水库完工，高良涧进水闸、淮安支东分水闸、白沙水库、板桥水库、佛子岭水库、新沂河嶂山切岭、苏北导沂整沭、淮安杨庙穿运陆续开工或完成。

此外，全国各地的治水工作也都全面展开。河北省的蓟运河灌溉工程、独流减河工程，湖北省的汉水治理工程、荆江分洪工程，湖南省大通湖蓄洪垦殖工程，河南省的引黄济卫工程，北京市的永定河官厅水库工程，都相继开工或竣工。

以毛泽东为首的党和国家领导人一直关注着各地的水利建设。毛泽东在听取长江水利委员会的《荆江分洪初步意见》汇报后，他当即同意修建荆江分洪工程，并挥毫为这个工程写下："为广大人民的利益，争取荆江分洪工程的胜利"；新中国成立后第一次从北京出巡，他就来到黄河岸边，视察了黄河下游堤防、险工、黄河故道、黄河铁路桥以及引黄灌溉工程，嘱咐黄河水利委员会和河南省委负责人："你们要把黄河的事情办好"；治理海河的关键工程官厅水库竣工前夕，他不仅亲自前往视察了工地，还特意题词："庆祝官厅水库工程胜利完成。"

周恩来对水利工程建设也十分重视，他多次说过，恢复和发展国民经济，要把水利作为重点工作之一,并对治理淮河工程、荆江分洪工程、修建官厅水库等众多重要的水利工程,给予具体的指导和部署。此外,刘少奇、朱德、邓小平、陈云等人,对当时的水利建设也都给予了高度的重视和支持。

1954年夏,长江、淮河中下游雨量特别集中,均超过历史最高水位。淮河再次发生特大洪水,由于这些水利设施发挥作用,洪水东注黄海,南入长江,顺畅下泄,没有发生水患。武汉告急,当地党政军民奋力抗洪,终于抵御了洪水的袭击,确保了武汉的安全。事后,毛泽东亲笔题词:"庆贺武汉人民战胜了一九五四年的洪水,还要准备战胜今后可能发生的同样严重的洪水。"

1956年3月,新华社报道,全国兴修农田水利的五年计划提前、超额完成。经过五年的努力,不仅大大减少了水患,而且实现了扩大农田灌溉面积达800万公顷,标志着治水工作取得了阶段性胜利。

而这时,太湖流域的综合治理才刚刚开始规划。

1957年4月4日,水利部在南京召开太湖流域规划会议,部署流域规划工作。因太湖流域涉及多省市多部门,参加会议的除了长江水利委员会、治淮委员会,苏、浙、皖各省的水利厅,还有上海市规划局、农业局,以及部分院校、科研单位,可以说是盛况空前的一次会议。会议决定,在南京成立太湖规划室,由治淮委员会负责,有关省市派人参加,正式拉开了规划的序幕。

1957年8月,全国农田水利会议召开,提出了1958年及第二个五年计划期间的工作指标,明确了农田水利工作的任务。9月24日,中共中央、国务院就发出了《关于今冬明春大规模地开展兴修农田水利和积肥运动的决定》——

> 为了更好地迎接第二个五年计划的到来,实现进一步发展农业生产的需要,我们一定要在今年冬季,集中大力开展一个大规模的农田水利建设运动和积肥运动。
>
> 根据我国农田水利条件的有利特点,必须切实贯彻执行小型为主,中型为辅,必要和可能的条件下兴修大型工程的水利建设方针。在工程的兴建上,

还必须注意掌握巩固与发展并重，兴建与管理并重，数量与质量并重，依靠群众，因地制宜，研究历史，多种多样，投资少，收效快等等原则。对已有的水利设施，应该积极整修和扩建，加强管理，挖掘潜力，充分发挥效益。在内涝灾害或者水土流失严重的地区，应该把排水除涝或者水土保持工作，放在首要地位。

……

要根据各地不同条件和现有经验，做好水利建设规划。务使灌溉与除涝、防洪与防旱、中小型与大型，都能够做到因地制宜，统一安排。各省、自治区应该积极进行中、小河流域规划和地区的农田水利规划，使两者互相校核，互相结合。这种规划还应该注意与农、林、渔、牧等有关规划相配合。合作社也应该制定水利规划，作为整个农业生产规划的一个组成部分。各级的水利规划，均可采取由粗到精的办法，先作出一个大体轮廓规划，再在工作中逐步充实修正，作出更切实详尽的规划。要注意不要因为规划不完整而影响工作的进行。

文件中提到了水利建设规划，给正在规划太湖流域水利建设的淮河委员会指明了方向。可是，没等规划拿出来，淮委这个机构却被撤销了，规划工作只能委托江苏省水利厅继续进行。

太湖流域治理，首先需要有一个科学的、协调统一的规划。江苏省水利厅接受任务后，立即组成规划班子，抓紧推进规划工作。这年年底，规划班子提出了洪涝分治、高低分开的治理方案，建议从太湖边开两条排洪专道，连接黄浦江和长江，泄洪入海，规划建设太浦河、望虞河和太湖控制线工程，简称"两河一线"工程。这个规划报到了中共中央上海局，很快就得到了肯定的答复。

太湖—黄浦，于是一条连续这"江湖之河"的名字，很快便应运而生。

它的源头是太湖，然后再注入黄浦江，顾名思义"太浦之河"，听起来似乎并不太洪亮，甚至有些平凡无奇，但它一诞生便备受瞩目，并迅速开启了一段艰难曲折的成长奋斗史。

规划中的太浦河，基本在唐代的松江故道南侧边缘，可以说与吴淞江有着共同的"前世"。如果说吴淞江是衰老的松江，那太浦河便是松江一部分的重生，有着共同的起点——太湖、共同的终点——海洋。年轻的大河，将在古老的河床上诞生，太湖水将沿着松江古老的记忆，更便捷地流向海洋。据《江苏省志——水利志》记载——

太浦河由吴江平望以西太湖边时家港起，基本上循历史旧有排水路线，向东穿蚂蚁漾、雪落漾、桃花漾、北草荡，于平望镇北穿过江南运河，再经北琶荡、杨家荡、后长荡、太平荡、将军荡、木瓜漾到汾湖，过汾湖后经芦墟镇北穿东姑荡、韩郎荡、白洋湾、马斜湖（江浙交界）、吴家漾、长白荡（沪、浙交界）、白渔荡、钱盛荡、叶厍白荡等，共穿过大小20个湖荡，在上海市青浦县的南大港口处接西泖河，经斜塘入黄浦江。

于是，因为这条太浦河，一座古镇的名字频频出现在人们面前。

这座古镇，曾因数条运河而辉煌。一条新生的运河，顿时唤醒了她千年的记忆，再次焕发出澎湃的激情与活力。

这座古镇，就是平望。

从此平望高远

平望，一个诗意又极富哲理的词汇，一个名词抑或一个动词。

平望作为一个古镇的名字，来自于"天光水色、一望皆平"的景致；平望作为动词，则是一种视角，与仰望、俯瞰不同的视角。如果说平望古镇是一座历史文化积淀起来的名镇，那平望视角则是一种精神气质氤氲而生的情怀。

平望古镇位于苏州、杭州和上海之间，处于锦绣江南的核心位置。据《平望志》《莺湖八景志》记载，这里曾经"淼然一波，居民罕少"，自南而北，只有"堤路鼎分于葭苇之间，四顾渺然，无高山深林隔绝眼界"。也就是说，古镇的周围没有山，也没有茂密的树林，只有密布的湖荡、河流，以及生长在水里的芦苇，视野非常开阔。如此的地理特征，先人们无需仰视，也不用俯瞰，平望则一览无余。

平望的视角，应该是来自河湖之上，更多的可能是运河。隋唐以来，这里就有了运河，不仅有南来北往的京杭大运河，还有西去东归的頔塘河。京杭大运河不论是从南往北，还是从北往南，周围总能看到崇山或峻岭；頔塘河也是从山间流来，两岸时有错落起伏的高地。只有到了平望，一切高低起伏才消于无形，转为异常的开阔，让船上的人极目四望却一望无际，心旷神怡。在这里，似乎整个世界都可以平视，无论高山大海，还是都市乡村，都在视野的远处，都在那一望无际的诗与远方中。

因此，平望古镇不仅得名于地形地貌，还得名于运河的视角。无论她的文明起源于哪个时期，兴盛无疑是因为运河。

曾经，穿镇而过的纵横两条运河，让平望成为了交通要塞，造就了这座水运时代"大商巨舶""百货凑集""可与通都大邑等量齐观"的运河名镇。

如今，平行于两条古运河的两条新运河，又让平望成为"四河汇集"的人文重镇，并将成就新时代"人文荟萃""经济繁荣""可与苏杭上海协作发展"的特色古镇。

如果说两条古运河诉说着平望古镇的沧桑与厚重，那么两条新运河却展示古镇的活力与希望。前者是历史与人文，后者是传承与创新。

京杭古运河从苏州、吴江一路往南，穿过平望镇，进入莺脰湖，再往东南接入苏州塘（也叫"苏嘉运河"），后经嘉兴到杭州。古运河贯穿平望镇中心，使平望渐渐发展成为京杭大运河上"烟火万井，商旅千樯"的繁华巨镇。镇中的运河上建有安民桥（又称北大桥）、安德桥和南大桥，都是高达八九米的大型石拱桥。一个镇上有三座高桥横跨运河，安民桥和安德桥还是"世界文化遗产""全国重点文物保护单位"，这在江南古镇中非常罕见。如今，除安民桥和安德桥外，平望还保有众多文物遗存，包括10处重点文物保护单位、32处文物古迹。

运河重镇，人文荟萃，慕名而来或途经这里的文人墨客很多，颜真卿、张志和、杨万里、陆游、汤显祖等都曾在此驻足，留下了脍炙人口的诗篇词作。唐代著名书法家颜真卿与著名诗人张志和在这里交游，颜真卿留下了"登桥试长望，望极与天平"的诗句，张志和则在这里戏水仙逝，永远留在了这里。宋代著名诗人杨万里写有《夜泊平望》；明代汤显祖写有《寄乐石帆仪曹》；清代康熙、乾隆两位皇帝下江南，都在曾格外留意此地，分别写下了题为《入平望》和《平望》的诗篇。

路经平望的旅客众多，运河边的驿站、酒家乃至风月场所都很繁盛，明代名妓金兰就居住在南大桥北的"小娘浜"。杨万里在《夜泊平望》诗中，就描绘了当时的情景："一色河边卖酒家，於中酒客一家多。青帘不饮能样醉，弄杀霜风舞杀他。"

頔塘河是太湖流域开凿最早的运河之一，距今已有1700余年历史，有"东方莱茵河"之称。頔塘最早称作"荻塘"，系西晋吴兴太守殷康所开，因沿塘丛生芦荻，故名荻塘。唐贞元八年（792），湖州刺史于頔动员民工大规模修筑，民怀其德，把"荻"字改为"頔"字（两字同音），遂名頔塘。它与太湖溇港一起形成一张巨大的水网，把东西苕溪下泄的湍急水流逐渐分流至大大小小的河港之中，既减轻洪涝之灾，又灌溉了浙北地区数万顷农田，还沟通了京杭大运河，成为不可或缺的交通要道。

頔塘河是通过莺脰湖与京杭大运河交汇的。秀丽的莺脰湖，相传为春秋时范蠡所游五湖之一，留有"平湖秋月"之美景；湖边的千年古刹小九华寺，是近代名僧太虚法师出家之地，佛光虹影，暮鼓晨钟，千百年来"香市"流传。著名的莺湖楼，就坐落在頔塘岸边，客人们登临此楼，倚窗而坐，莺脰湖和頔塘尽收眼底。清代诗人刘嗣绾曾在莺湖楼休憩，写有《晓泊莺脰湖憩酒楼》，诗中写道："湖舫迢迢当远游，狂吟一上酒家楼""云山隔岸吐新月，烟水极天摇古愁"。

相比两条古运河的鼎鼎大名，两条新运河的名字却显得随意而普通。一条是改道新挖的大运河，联通京杭大运河的故道，当地人称它为"新运河"；另一条则是联通太湖和黄浦江的运河，取名"太浦河"。

太浦河和新运河，都是新中国成立后挖掘的运河，都是在异常艰苦的环境和条件下建设的水利工程。尤其是太浦河，不仅在最艰难的日子里开工建设，又在改革开放初期续建，最终完工于 21 世纪的新时期，先后历时 58 年，凝聚了三代人的精神意志，汇集了三代人的智慧力量，可以说是新中国建设、改革和发展的缩影及见证。

太浦河是 1958 年开挖的。

太浦河工程指挥部就设在了平望。

平望从此就不再是一个普通的名字，它与太湖、黄浦江，与江南、大上海有了无法分割的并起共荣的亲情与血缘……

平望从此高远，它不再那么平视这个世界。它注定要参与这个世界的一些伟大的事业，并在其中获得自己应有的荣耀。

第二章

热血年代

在激情燃烧的岁月里，13万水利大军踊跃奔赴太浦河工地，编成团营连等军事化组织，像军人一样投入改天换地的战斗。他们不畏艰难，齐心协力，在劳动竞赛中鼓干劲、争上游，到处是人山人海、热火朝天的感人场景。他们为造福子孙后代，付出了后人难以想象的艰辛劳动，谱写了这片土地上有史以来最为壮丽的奋斗诗篇……

指挥部设在古镇

"孤城三里近,一望水云平。棹破莺湖月,旗开雉尾城。烽尘卷暮色,铙吹沸涛声。何日安江左,秋风醉步兵。"这是元代诗人杨岚写的《寓平望城》。

平望地处水陆交通要道,自古就是兵家必争之地。为了战胜洪水这个千载顽敌,一支水利大军从四面八方涌来,指挥部就设在了平望。

1958年10月29日,这个日子对平望而言,是个改变历史的时间点。这一天,古镇的水产养殖场门口,挂上了一块特别的牌子——"苏州专区太浦河太湖分洪工程指挥部"。这也意味着一场空前的水利大战拉开序幕。

没搞什么仪式,没有什么装备,普普通通的院子门口,挂上了指挥部的牌子,工作人员们就在几间低矮的平房里开始工作了。

作为总指挥,中共吴江县委第三书记刘涛一直在忙碌。他和副指挥孔宪章一起,给临时抽调来的工作人员开了个小会,进行了动员,布置了工作,提出了要求,大家便分头去忙了。

刘涛这年只有33岁,在吴江却是个响当当的人物。他是山东牟平人,1949年4月随南下大军进入吴江,便扎根在这片土地,并一直在这里工作生活长达20年,再没有回过故乡,颇有些"壮士一去兮不复还"的壮志豪情。他先是担任震泽区委书记,后又任吴江县委宣传部长、县监察委员会书记、县政协主席、县兵役局政委、县委副书记等职。1956年5月,在中共吴江县第一届党代会上,他被选举为县委书记；1957年8月，他改任第二书记；1958年4月，又改任第三书记。他频繁地调整职务，但在群众中很有威信。

早在指挥部成立之前，刘涛就接到相关部门的通知，让他担任"太浦河工程指挥部"的指挥。于是，在工作之余，他就着手研究太浦河工程的相关资料，思考成立指挥部、抽调人员及工作展开等环节，经常是工作到深夜。他和将担任副指挥的县委副书记孔宪章一起，进行了深入的研究讨论，初步达成了共识。

孔宪章也是山东牟平人，比刘涛小一岁，也是作为南下干部来到吴江的。二人既是老乡，又是多年的同事，配合起来相当默契。

10月24日，苏州专区水利工程指挥部发来了正式的通知，明确了指挥部的机构设置：即日成立"苏州专区太浦河太湖分洪工程指挥部"，负责领导施工，地点设在平望。由吴江县委刘涛书记挂帅，担任总指挥，吴江县委副书记孔宪章担任第一副指挥，江苏省水利厅测量总队队长高彭年担任第二副指挥，专区水利专科学校校长张泽民担任第三副指挥，震泽县副县长张震东担任第四副指挥，青浦县政法部长刘清复担任第五副指挥。指挥部下设一室三处一队，办公室、政治处、工程处、后勤处及运输大队，其中办公室编制8人，政治处、后勤处编制各15人，运输大队编制10人，工程处则由水利专科学校负责，设处长2人，其他工作人员随机。通知对五个副指挥的职责分工进行了具体安排：孔宪章负责全面工作，兼管办公室和运输大队；高彭年和张泽民负责工程处；张震东负责后勤处；刘清复负责政治处。

指挥部的设置，就意味着具体的作战行动的开始。而作为水利大战首脑部门的"指挥部"，也是在很短的时间里迅速组成：由震泽县抽调6人，青浦县抽调6人，专区财经学校抽调会计5人，其余31人均由吴江县抽调。震泽、青浦两县抽调人员中，至少每县有两个科局长干部，担任处长职务。所有各处人员，均需在25日前报到。

接到通知，刘涛立即联系了孔宪章，一起出发来到平望，开始了紧张的筹备工作。第二天，其他抽调的人员也相继前来报到，刘涛分别与副指挥、处长等领导同志谈了话，交流了思想和看法，还和大家一起整理办公室，一起打扫卫生，忙得不亦乐乎。

经过短短5天的筹备，指挥部就挂牌成立了。如此雷厉风行的作风，大大出乎省及专区相关领导的意料。

苏州专区副专员、专区水利工程指挥部指挥周公辅对太浦河工程非常重视，始终参加了工程的领导工作。在太浦河工程指挥部成立后的第二天，他就签发了《"关于太浦河工程的几点意见"的通知》——

> 各单项工程指挥部，各县水利工程指挥部：
> 　　为了迅速地有计划有步骤地做好大型工程施工前的各项准备工作，保证如期开工，兹将"关于太浦河工程的几点意见"发给你们。太浦河工程指挥部及有关县遵照执行，并供有关单位参考。
> 　　　　　　　　　　　　　　　　　　　　　　　　1958年10月30日

这份通知是苏州专区水利工程指挥部发出的，除了抄送上级单位江苏省水利厅，还抄送了地委办公室、农工部、财贸部、宣传部、文教部、团地委、妇联、农业局、副业局、畜牧肥料局、交管局、商业局、建工局、矿务局、计委、水利专科学校，惊动了党政机关的诸多部门，涉及了社会的方方面面。其附件"关于太浦河工程的几点意见"，内容包括机构的建立、人员的配置、任务的分工、骨干的培训、工程的试点等，全面而具体。

既然是军事式的水利战役，那么具体的分工也随之明确：太浦河土方总任务估计4850万公方，以吴江、震泽、青浦三县为主，吴县、江阴、松江、金山四县协助，由专区测量队负责测量、放样，太浦河工程指挥部负责计算土方，领导施工；太湖节制闸、进水闸、拦路港闸、平望船闸、发电站等主要建筑物，由专区和省负责勘测、钻探、设计，太浦河工程指挥部负责领导施工，专区施工队负责承建；南岸节制闸、套闸、便桥等附属建筑物，由所在县负责勘测设计和施工，如设计有困难时，专区可以协助，但必须安排在全区17项大工程设计完成后考虑。

战鼓擂响之后，就是扬鞭催马：《通知》提出了河道工程要求，11月5日前完成测量钻探工作，11月15日前完成土方计算、分段放样；建筑物工程要求，11月15日前完成测量钻探工作，11月底前完成太湖节制闸、拦路港闸的设计工作，12月底前完成平望船闸和进水闸、公路桥、发电站等工程的设计工作。器材备料方面，除钢材和木料由省厅和计委统一调配外，尚需石料、黄砂、水泥等物资26万吨，均需各县自行解决；石料主要依靠就地拆献；黄砂从浙江诸暨采购，火车运到嘉兴，吴江县组织船只接运到工地；水泥解决的办法主要靠就地生产，要求各县积极赶办水泥厂，保证完成地委分配的任务。及时做好房屋拆迁、坟墓迁移、电线改建、树木桑园竹林移植等工作，要求随着定线测量的进度，积极进行有关拆迁移植的调查工作，11月初开始行动，20日前全部完成。规划出土路线、堆土范围、打坝地点、排水站位置，并画出施工平面图。划好料场仓库，要求太湖节制闸周围辟出100亩地的堆料场，平望南北闸周围各辟出80亩地的堆料场。通过工地布置，订出打坝戽水计划，积极抽调抽水机，11月15日前完成打坝和抽水机安装工作，25日前戽水完成。安排好民工宿舍，原则是尽量利用附近民房，住址不能离工地太远，实在安排不过来时，还要规划好工棚场地，以便民工到达时就可以扎营住宿。关于民工的粮食问题，原则上由民工自带，但吴江和青浦县应作一定准备，防止临时供应不上而影响民工生活。工地上的通话，要求达到一个营一台电话机；工地上照明，能够通电灯的地方尽量用电灯，不能安装电灯的地区，准备汽灯。关于民工的医疗问题，除各县自带医疗队外，以工地沿线各乡镇的医务所为基础，成立临时医院。为了满足民工的文娱生活，工地上应经常有放映队、剧团等巡回演出。关于工程所需机具以及各种技工配备，必须在开工前做好准备，防止窝工……

《通知》捏在手里，刘涛感觉自己的手掌心在出汗，因为他深切体会到了什么叫"千头万绪"，需要做的准备工作实在太多太杂，时间要求又特别紧，必须尽快理出个头绪。他把几个副指挥叫到办公室，开了个简短的碰头会，又把指挥部的工作人员召集起来，一起学习了通知精神，并布置了各部门的具体任务。

时间紧，任务重，哪怕是一句闲话，都必须省略。任务布置完后，刘涛就宣布散会，要求各部门分头迅速组织实施。

这次会议，可以说是"苏州专区太浦河工程指挥部"成立以来的第一次会议，其重要性不言而喻。可是，会议之简捷出乎很多人的意料，与党政机关经常开的会大相径庭，刘涛的讲话也与既往的讲话风格迥异。

这时的水利建设指挥部并不仅仅是一个单纯的水利建设工程领导机构，还具备了部分政府机关的职能，涵盖了组织人事、治安保卫、交通运输、文化卫生等各方面，可以说是一个融政治、经济、社会为一体的基层组织。然而，这次民工的组织一律采取军事化，按团、营、连、班编成，那指挥部又相当于"司令部"，甚至可以说是一个军事组织了。

因此，总指挥相当于"司令员"的角色，刘涛的风格转换也就在情理之中了。他的这次讲话，像是战前动员，又像是发布命令，颇有些指挥千军万马的将军气魄。

一声令下

此时已值10月底，正是江南的深秋旱季，风不再那么温软，尤其是北风起时，开始略带一丝寒意。

农田水利工程建设的时机选择，在江南水乡十分讲究。11月中旬时节，农田里的庄稼已经基本完成收割和扫尾，而此时农村的劳力相对富裕，集中优势兵力投入新的水利大战，正是当时农村工作的"好战机"。太浦河工程的开工时间同样也是选择了这一时间点。

这天一大早，还不到平时的上班时间，刘涛便把自己的办公室门"哐"地拉上，来到副指挥办公室门口。

"走，去现场！"刘涛对副指挥孔宪章等人一挥手，便大踏步往外走。

刘涛的脚步带着风，带着力量。

孔宪章立即冲出办公室，跟在了刘涛后面，随后一队人马都迅速行动起来，一起向施工准备的现场赶去。

刘涛面色黢黑，满脸胡子拉碴的，30多岁的年纪像是四五十岁，加上他卷起的裤腿，满是泥巴的胶鞋，怎么看都像个地道的民工。来到现场，他边检查边指导，说着说着就和大家一起干起来，要不是时而有人喊他"刘书记"，不认识他的人谁也看不出他竟然是工程的总指挥。

各个现场走了几遍,各部门的工作都有条不紊,刘涛略略松了一口气。他梳理了一下工作的重点及难点,觉得当务之急是抓好试点工作。毕竟大家都缺乏组织大型工程的经验,必须通过试点摸索民工的组织管理、工具的掌握使用、工程的标准质量等经验,以便更有把握地迎接全面开工。而试点工作最重要的,就是要先确定试点的地点,指派并安置参加试点的民工。

于是,他和相关工作人员一起,进行了一番调查研究,初步决定把试点的地点确定在平望公社联农大队地段。他又协调新成立的平望公社的干部,请他们协助解决参加试点民工的住宿问题,确保准时开工。

在公社及大队干部的配合下,社员们很快让出房屋132间,给即将到来的民工住,大约可住1000多人。在迁移时,公社对社员住所进行了妥善安置,社员们都很配合。一个老大娘感慨地说:"这个月我已搬了两次家,一次是让给仓库堆粮食,另一次是为了公社办食堂,这次是第三次,为了开辟太浦河。如果还有下一次,我要搬进居民点住楼房。"

从11月18日开始,参加试点的民工陆续前来报到,都是各地挑选的精兵强将。在1958年11月22日太浦河工程指挥部政治处编发的《太浦河前线》第一期中,对此有较详细的记载——

> 为了吸取开河经验,以指导全面施工的顺利开展,指挥部在吴江平望人民公社联农大队搞太浦河的试点工作,抽调了吴江县平望、盛泽、坛丘、庙港、七都、八都、铜罗等公社900名民工来进行这项工作,现在民工已经陆续来到,截止到昨天(11月21日)已有604人到达工地。这些参加试点工作的水利尖兵,都是在钢铁、农业和手工业战线上调派而来。事先所在单位的党政领导组织欢送,向他们介绍了太浦河工程的概况与开辟这条河的重要意义,并且对他们的工具、生活资料的准备作了妥善的安排。因此,他们个个精神饱满,干劲十足,表示一定要在水利战线出汗出力,纷纷贴出大字报、决心书,响应号召,立即奔赴新的开河前线。

11月19日，盛泽镇300多名钢铁英雄，接到开辟太浦河的任务，拿着行李步行25华里到达工地。他们纷纷表示：我们来开辟太浦河很光荣，分配我们搞试点，那是光荣上加光荣。第二天，他们一清早就积极投入铺轨、试车、帮助拆房屋、移植树木等开辟战场的工作。

平望镇龙南村的何根泉参加了这次试点工作。

2021年9月24日，在平望镇龙南村的村委会办公室里，何根泉接受了采访。他回忆说："开挖那天，我们被分成南北两拨人，先挖中间，再分别向南北两侧挖。"

何根泉出生于1930年5月，当时才28岁。他告诉我们：当时挖土方几乎全靠双手，"一根扁担，两只土垯"是每个民工的"标配"，有的还会背一把"满缝铁耙"用来挖土。"满缝铁耙"跟钉耙很像，就是钉耙中间的缝被填满了，这样挖出来的土就像一块大方砖，而不是小土块，效率比较高。

"我们一次可以挖四块土，加起来有大几十斤重，一个土垯里放两块，装完挑起扁担就往高处走。"何根泉说。

可是，随着挖掘工作的逐步深入，淤泥越深越不好挖，河道越深岸坡就越陡，运土就越慢，这给他们带来了不小的困难。

指挥部请相关技术人员参与试点，指导试点工作的开展，同时对参加试点的民工进行培训，让他们在工作中成长，成为今后施工中的技术骨干。指挥部召集各县的民工团长、营长及工程技术员来到工地，召开了一个现场会。通过这个会，观摩了施工过程，交流了施工经验，明确了工程标准，并划分了工段，布置了场地，明确了各团、营的任务。

专家们指导有方，民工们干劲十足，试点工作进展顺利，并渐渐摸索出了一些经验。

在试点过程中，指挥部始终重视工程质量，提出五光（即河底、河坡、青坎、堆土坡、堆土顶光滑）、三平（即河底、青坎、堤顶铲平）、三级分开（即河底、青坎、堤顶分界明确）、河路并成的要求，各级指挥员、技术员和广大民工献计献策，共同研究攻克淤泥深、运土慢等问题。施工过程实行明确分工、按级负责的制度，指挥员和技术员随时检查工程质量，保证工程顺利进行。试点工段竣工前，成立评比验收委员会，制定竣工验收办法，先由团部初验，合格后报请指挥部复验，复验合格后由验收委员会统一发给验收合格证。

试点一段时间后，为了扩大试点范围，更好地总结经验做法，指挥部临时决定，扩大试点范围。他们从附近的八坼公社抽调了2个基干连，从莼坪公社抽调了1个基干连，合计580人，很快开上了工地。随后，又有700多人陆续集中，投入试点工作。

试点工作进展很顺利，可随着定线测量的进度，另一项工作又迫在眉睫了，而且难度相当大。

这项工作是房屋拆迁。指挥部工作人员按照测量定线的标旗，找到各大队及生产队负责人，沿线路逐村沿户进行登记。群众听说要开太浦河进行水利建设，大多数明白其重要意义，能理解和接受，可也有部分群众思想有顾虑。

在罗家港，登记的群众情绪高涨。有的社员说，开河好，以后就不怕涝水了，旧房子拆掉了，可以盖新房子；有的问，我们是否可以搬在一起住？政府能提供住的地方吗？也有社员不太积极，说是在这里住习惯了，拆掉后怕分散住，到了新的地方不习惯。

在赵家港，有个老太太表达了自己的顾虑："开河好是好，可是要把我住的房子拆掉，让我住哪里？总不能住到太湖里去吧？"有人附和："拆了房子，可别随便给我们找个地方，让我们住草房或者羊棚，那可就麻烦了。"还有人担心，他家人口多，住的房子也多，如果都拆掉了，能不能找到那么多房子住，要是给个一两间，那可住不下。

刘涛听了工作人员的汇报，知道群众对太浦河工程的意义还认识不足，必须进一步做好宣传动员工作，让他们明确开太浦河与广大群众的利害关系，以及当前利益和长远利益的辩证关系，树立起远景规划幸福观。做好宣传动员的同时，还要为群众的切身利益考虑，妥善安置拆迁群众的住房问题，不能简单粗暴，更不能强制拆迁。

刘涛思谋再三，觉得这项工作还是交给各公社党委统一安排，由各大队干部亲自出面宣传协调，他们与群众更熟悉，更利于工作开展。

经研究讨论，指挥部形成了一份《太浦河干线民房拆迁初步意见》——

> 妥善安排拆迁住户的住房问题，由各公社党委统一安排。拆迁户在10户左右的大队，可以合并到附近的大队或小队；20户以上的，可选择人少地多的大队，按群众习惯迁居一起，个别社员自己找住处亦可。如拆迁户太多而房子又少，可盖房屋或草房，来解决住房问题。
>
> 对社员的迁移，各有关公社要事先摸好底、排好队，哪些户需要搬，哪些户搬到哪里，要拿出具体计划，然后组织迁移。房屋可暂时不拆，等开河开到房屋地点再拆，这样民房可暂时给民工住。对于树木的迁移，桑树小的可迁移到附近的大队进行补种，以免造成不必要的损失；沿线的有关坟墓，通知墓主限期迁移，时间要求在本月20日前迁完。
>
> 应大力加强对太浦河重大意义的宣传教育，由各公社负责。可以召开群众大会，并在群众中展开辩论，让群众自己说为什么要开太浦河，还要针对一些消极思想进行辩论。随时随地搞好宣传，利用黑板报、标语、展板等形式，以达到家喻户晓，人人都明确开太浦河的意义。力争做到三满意，拆迁住户满意、全家满意、大队干部满意，以达到顺利拆迁、顺利开河的目的。

这份《意见》下发各公社党委，立即引起高度重视，全线的拆迁工作迅速展开。

通过各种形式的宣传教育，群众都提高了认识，愉快地接受了拆迁，并服从公社和大队的安排，搬到了新的住处。有的还自己联系住处，住到了亲戚家里。

当时，拆迁的补偿很少，几乎可以忽略不计，谁都知道自己是吃了亏的，做出了牺牲的，但大家都识大体、顾大局，或者说服从命令听指挥，几乎没有提任何要求，就按规定时间完成了搬迁。多年后，因为各种各样的原因，很多拆迁户遇到了困难，成为一个很难解决的遗留问题，就从侧面说明了当时群众的奉献与牺牲。

工程的试点工作仍在如火如荼地进行着，全面开工的准备工作也在紧锣密鼓地进行。除了吴江县及平望公社的试点工地，其他有施工任务的各县各公社也都行动起来。

指挥部组织的现场会开完后，江阴县代表立即向县委领导进行了汇报，县委很快就组织召开了任务布置会，安排了各公社的行动方案。随后，县委又召开了政府各科局负责人会议，明确分工，布置任务：水利局负责抽调技术员，准备四平车、木轨道、绞关以及戽水工具等；粮食局负责准备民工10000人和后勤2000人的粮食调拨；交通局负责调派轮船运送工具，还要准备50艘木船作为交通联系；邮电局负责架设电话线并设立工地邮电站；文化馆负责调派广播员和广播设备，以及组织文化活动的筹备……各部门接受任务后，都开始了积极准备。团营长共15人连夜就行动起来，11月25日凌晨3点半就赶到了平望，投入开工前的工地准备工作。

松江县的团营长16人则直接进入任务现场，随后又召集358名后勤人员开到工地，开始做战前准备。11月24日，已经准备好民房169间，还搭好了一定数量的工棚，5个营的700多民工很快也开上了工地。

11月24日晚上，吴江县也召开了团营长紧急会议，正式成立3个团、20个营的组织机构，确定了各营的民工人数，研究了行动计划。会后，各团积极准备行动，先派出5名干部到工地报到，其他干部开始动员民工，随时准备开赴工地。

吴县也派出先头人员来到工地，做好民工宿舍寻找分配、锅灶安置、蔬菜供应等准备工作。住房不够，他们就与驻地党政领导联系，寻求支持和帮助，借用民房2426间，并自搭工棚411间，解决了民工的住宿困难。他们还储备了足够粮草，让民工一到工地就能有条不紊地安营扎寨，并能吃好、睡好，以便及时施工。

青浦团则迅速展开了民工的组织和动员，针对民工们对太浦河工程认识不足的问题，他们让群众回忆历年所受水患之苦，体会开好太浦河的重要意义和切身利益，并为群众描绘了美好的远景。他们创作了一首歌，唱出对过去水患的痛心，歌颂美好的未来——

太湖灌水淹庄稼，

辛勤劳动收成差，
常年累月受灾多，
两岸人民苦难煞。
……
春光明媚气象好，
太浦河上风景妙。
千艘轮船运原料，
万辆汽车载客跑。
绿树成荫果满园，
一支杨柳一支桃。
河上渔船千万条，
条条渔船把鱼捞，
幸福生活乐淘淘。

通过有针对性的动员教育，群众的思想解放了，认识提高了，纷纷报名参加战斗，并鼓足了干劲，表达了决心。大家表示，坚决为开好太浦河而战，不胜利决不收兵。

全线工地的准备工作纷纷展开，各县团、营部陆续建立，指挥部后勤部门紧急解决通信联系问题，陆续架设了指挥部到各团部的电话。各县民工团也自行架设了团到营的电话。

到11月底，各项准备工作都初步到位，试点工作也取得了很大的成绩。在太浦河工程指挥部编写的第6期《工作情况简报》中，这样写道——

指挥部试点工程在平望以北范围1929公尺，动员民工2360人，22日起陆续集中。投入这一工程一律实行军事化组织，共编为6个营，21个连，102个班。配备四平车891部（其中铁轮13部）、铁木轨道27210米、胶轮车20部、绞关18副，消灭了肩挑担。经过10天的苦战，完成了开辟战场，做好了一切准备，扫荡了障碍，搭好了工棚，铺好了轨道。

这份《简报》，明确地写明了试点工程的地点、动员的人数、开工的时间及收到的效果。

在《吴江二团第一期工程总结》中，也有明确的描述——

本团在指挥部的领导下，于1958年11月18日开始试点工作，到12月中旬转为全面施工。在试点时期，有菀平、八坼、平望等十个营，有民工2360人，完成拆迁瓦屋499间，草屋79间，移植树木20469棵，移植小麦86.6亩，积肥1124571担，土方任务57634方。

在施工前各项准备工作方面，我们是重视和主动的，如民工的生活问题一般较好，在工具方面一般各营都是想尽一切办法积极准备的，在组织教育方面我们开了多次干群会议，说明准备工作的重要性，指出了缺点和改进的措施办法。

在试点工作过程中，定线测量、勘测钻探及设计工作都在紧张地进行着，并在月底前基本完成。

全面开工的条件已经具备，大批民工开始陆续进驻工地。

于是，十几万民工从苏州各县踏上征程，浩浩荡荡地向太浦河工地进发，形成一道蔚为壮观的风景线。

十万大军报到

民工们是陆陆续续来报到的。就像出征的队伍，每个团都有先头部队，其后是大部队，还有源源不断的后援。

1958年11月底的几天里，来自吴江、震泽、吴县、江阴、青浦、松江、金山等7县的12.1万民工，一边集结一边开拔，一边驻扎一边走上工地。太浦河

50多公里的规划河道里,到处红旗招展,人头攒动,渐渐形成了一条每公里平均2000余人的"人河"。

时任梅堰营副营长的许法林这几天非常忙碌。他和营长王胜泉一起,一边动员组织各连的民工,一边致力各种后勤物资的准备,还要处理各连上报的情况和问题,可以说忙得团团转。

许法林是秋塘乡太平村人,出生于1926年,这年已经32岁,正担任太平村的党支部书记。他在解放前就参加了共青团及民兵组织,并参加了土改,解放后又担任民兵排长;1953年,太平村成立农业生产合作社时,他担任副社长,并光荣地加入了中国共产党。当时太平村隶属平望区秋塘乡,1954年他就调到乡里工作,任合作委员兼团委书记,1958年撤乡成立人民公社,他才调回太平村担任支部书记,而这时的太平村已经划归梅堰人民公社。梅堰成立民工营时,他因为曾经在乡里担任团委书记,才被任命为副营长。

按照太浦河工程指挥部的要求,各公社选派的民工,年龄应该在18岁到50岁之间,身强力壮,没有明显的基础疾病,且以男劳力为主,女劳力不超过20%,坚决不能让孕妇、带孩子的妇女及老年妇女出工。可是,有些村在选派民工时,没能很好地执行,有的是轮流选派,有的是按照个人志愿和要求选派,有些不符合条件的民工积极性很高,便也派来了。

指挥部还明确要求,民工出发时要做到"十带"——

自带工具:要求每3人带四平车一部,轨道25米,大铁锹2把,土筐4只,绞关一副。四平车的规格不能小于45公分。

自带粮草锅灶:原则上一个连组成一个伙食单位,如果人数过多,可以组成二个或三个伙食单位,但每个伙食单位至少60人。粮食和锅灶一律自带,烧草亦要求自带。

自带行李雨具。

自带工棚材料:民工宿舍以就地安排为主,必搭的工棚由各地自带毛竹、木棒、芦苇等材料,按一个班为一住宿单位。

自带照明：工棚内需用的照明一律自带。

自带文化课本：基干民兵自带步枪问题，需与武装部联系后决定。

自带广播喇叭、电话机：每营至少带一只。

自带医疗队：每营至少一个小组。

自带工具修配厂：每营至少一个厂。

自带水车：每连至少一部。

这些需要自带的东西，都是许法林这个副营长需要操心的。他的职责主要是后勤保障，而这些东西准备起来并不简单，时间又那么紧。提前搭建工棚虽然不算难事，可要一下子搭建那么多，就有些麻烦了，好在吴江二团的团部也有准备，派来后勤人员和参加过试点的民工现场指导，才顺利地搭好了工棚。

临行前，带多少粮食，带多少烧草和铺草，都要请示汇报、反复研究，还有油盐酱醋、肥皂毛巾等准备工作，更是事无巨细，可以想象他的忙碌程度。

好不容易到了工地，安营扎寨又让他手忙脚乱，折腾了大半天，民工们才算安顿下来。

初冬的气温已经很低了，许法林却出了一身汗，终于能坐下来休息时，他竟然有种虚脱的感觉。

在接受采访时，许法林感慨说："当时，大家的积极性都很高，但对这次行动的认识还不足，认为和往年修圩筑堤差不多。我不得不广泛动员，大会小会地布置，还要个别提醒。即使这样，开赴工地时也还准备得不够充分。"

吴江民工总团这次来报到的，一共有15015人。虽然之前做了很多准备工作，但上万人的行动难免有所疏漏，有的营没带粮食或烧草，弄得民工食堂无米或无柴做饭；有的营带的工棚材料不够，部分民工无处住宿；有的民工没带工具，没法直接投入劳动……为此，团部迅速采取措施，弥补出现的问题，并加大了帮扶指导力度。

许法林和梅堰营的民工们报到时，一切还算顺利，没发生这样那样的问题，也跟团部的帮扶指导有很大关系。

据太浦河工程指挥部统计，正式开工前到工地报到的民工，已经达到43021人。除吴江外，报到最多的是青浦，达到11236人，已超过原定人数。其次是松江7638人，江阴5700人，金山2597人，震泽700人。这些民工到工地后，迅速地开辟战场，清除开工前的障碍，包括食宿、通讯等生活准备，打坝、围堤、排水等工作准备。

12月1日，指挥部举行了隆重的誓师大会，开展了"摆擂台、打擂台"活动，并邀请了平望公社、平望镇（这时刚刚撤乡成立公社，镇政府还没有撤销）领导到会讲话。

此后，太浦河工程全线开工。吴江一团和震泽团负责修筑东太湖蓄洪区大堤，吴江二团、三团和吴县团、江阴团负责吴江县境内工段，青浦团、松江团和金山团负责青浦县境内工段……各团也陆续召开了誓师大会和动员大会，明确工程任务和目标要求，摆擂打擂，比学赶帮。

这张照片出现在各种史料时，介绍文字都是"太浦河工程誓师大会妇女代表发言"。从照片的画面来看，不难判断是某次誓师大会的场景，横幅上的字很大，两边有标语，台边还摆着"决心书"之类的展板……

《平望史话》有记载：工地开工时，工程指挥部曾把平望中学教导主任徐树德老师请去，写了"决战太浦河"五个大字。这五个字都是用宋体写的，长2米、高2.5米，写得坚实有力，放到现场应该非常显眼。如果是指挥部举办的誓师大会，这五个大字可能就矗立在现场，或许就在主席台对面的远处。

照片上的这位年轻妇女，穿着花棉袄，剪着齐耳的短发，不仅漂亮，还显干练，应该是位颇具时代特色的"铁姑娘"。她在发言时，台前台后围满了人，有的专注地听讲，有的小声交流，但大家脸上都带着笑容，可见当时气氛之热烈程度。

据吴江区档案馆副主任科员王林弟介绍，太浦河一期工程开工时，每个民工团都召开过大规模的誓师大会，摆擂打擂，挑战应战，互找对手，团与团、营与营、连与连、人与人的对口赛层出不穷……

随着工程的进展，各团陆续又有民工前来报到，很快就超过了12万人。

于是，在太浦河工程50余公里的漫长战线上，到处都是挖土运土的民工。他们身上穿着打补丁的衣服，脚上穿着草鞋或布鞋，有的手里拿着铁锹或钉钯挖土，有的肩上一根扁担挑着两只土箕，来来回回在工地上穿梭……他们脸上都洋溢着战斗的豪情，脚下都虎虎生风，仿佛有使不完的劲。

他们来回穿梭的身影，汇成了一条生生不息的河流；他们脸上身上的汗水，升腾起一股热火朝天的激情。

冬天里的热潮

1958年12月初，已经过了小雪节气，江南的气温也明显降了下来。

每天清晨，天刚蒙蒙亮，嘹亮的军号声就响起来，唤醒了整个工地。睡在草棚里的民工都像战士一样，闻令起床，拿上工具就奔向作业现场。

黎明划破了夜的黑，淡青色的天空上仍镶嵌着几颗残星，晨曦与薄雾共同营造出一种朦朦胧胧的氛围，如同银灰色的薄纱笼罩着大地。

仿佛是一刹那，工地上就热闹起来了，民工们有的挥锹挖土，有的挑担运土，还有的推起四平车，大家有说有笑的，还有唱歌喊号子的，用"人声鼎沸"来形容也不为过。

最初开挖的太浦河宽200米，以河中心为界，分南北区域。若在河中心挑起一担土，不管是向南还是向北，都须穿过100米的河面，再穿过100米的青坎，方能卸下重担。即使是在靠近河边的地方，挑一担土也要走100米以上，来回也少不了200米。

这样挑着担子走上几个来回，民工们的身上就热了起来，有的挽起了袖子，有的还脱掉了外套，寒风轻吹的工地仿佛涌起了热流，让整个工地的气温都升高了。

天渐渐亮了，工地上空飘起了袅袅的炊烟，那是各连的食堂在给民工们做早饭。浓重的烟火味给寒风增加了温度，让人们心里都暖乎乎的。

收工开饭的旗子摇起来，民工们陆续回到工棚，在简易的食堂里取出自己的早饭，美美地吃起来。

吃完饭，不等军号响起，很多民工便回到了工地上，继续劳动。因为他们都参加了社会主义劳动竞赛，都争分夺秒、争先恐后，个个干劲十足。

白天的上工下工，也都是听军号和旗帜的号令。劳动时，民工们三三两两，按自己所属团队，集中组团在一起挖土，再用四平车把土运到岸边。没有四平车的，便各人挖一小块地上的土，再用扁担土筐往岸边挑，周而复始。每人力气有大小，有的一天挖三四方，有的能挖五六方，特别能干的也可以达到七八方。

晚上收了工、吃完饭，很多民工还要挑灯夜战。即使工地上熄了灯，有些民工还要加班，"星星当灯光，月亮当太阳"。

休息一晚，第二天又是相同的场景。在军号的催征中，十万大军又浩浩荡荡涌入工地，无论晴雨，不分寒暑，夜以继日。

平望镇龙南村的徐永才亲历了这样的场景。

徐永才出生于1936年6月，当时只有22岁，是梅堰营龙北排的一名青年民工。在接受采访时，他用了一个比喻："几千人的工地，就像一口沸腾的铁锅。"极言其热火朝天的程度。他还说，当时不同的连队有不同的红旗，干活时，工地上红旗招展，人山人海，很是壮观。

徐永才负责挑土，一趟一趟地挑，起初还劲头十足，后来脚步越来越沉重，再后就是咬牙坚持了。他把担子从左肩换到右肩，又从右肩换到左肩，肩膀被压得生疼，双腿也像渐渐往里灌铅，越来越抬不动。

他虽然是年轻力壮的小伙子，但当时也明显感受到了劳动量之大。他回忆说："挑了一天的土回到屋子里，肩膀酸得不得了，但只要睡上一觉，明天就又是一条好汉。"

对于当时的劳动热情，徐永才也是记忆犹新。他告诉我们，即使是雨雪天，他们都是照常上工，穿着蓑衣、草鞋，或者打着赤脚，绝没人歇着。泥太烂，洋锹没法整块地锹起泥来，工地上就用水泵排水，基本不影响干活。当时工地上流行着这么一句话："风大打气，落雨加油"；有人还编了一首顺口溜："小雨拼命干，大雨照常干。落雨当汗揩，落雪当粉擦。"

下面这张照片的画面，就是当时的太浦河工地的场景。两位挑着担子的民工健步走来，背景是正在劳作的人们，旁边醒目地立着"开挖太浦河，造福江浙沪"

的标语牌，远处还有不少举在手里或插在地上的旗帜，应该都是迎风招展的红旗。

此情此景，相信经历过的人都会难以忘怀，没经历过的读者也会感慨万千。这是何等的艰苦奋斗，这是怎样的众志成城，这是如何的乐观向上，这是怎样的壮志豪情！

七都镇开弦弓村老书记沈春荣曾亲眼看到过当年太浦河工地的场景。他在一篇名为《浦江源头》的文章中写道："生活在21世纪高科技年代的年轻人，不知道我们的先辈为开通太浦河付出了多少艰辛。当年，我只有13岁。我的舅舅潘金奎是一名共产党员，担任丰民大队大队长，被派往太浦河工程处。在我的恳请下，舅舅带我去工地参观，看到了当年人山人海、热火朝天的劳动场面，使我终生难忘。"

在这种氛围中，民工们憧憬着未来美好生活，一边挖泥，一边唱歌："一段路来一段歌，歌飘旗扬决心多。段段路路报战功，早日挖好太浦河。"

民工们千辛万苦挖太浦河，心里盼着今后日子好，唱《千年湖水不出险》："牵着太湖鼻子走，湖水乖乖向东流，要它画金它就画，要它献宝它就献，太浦功成水利化，两岸顷顷好禾田。"

民工们苦中作乐，自己动手造运泥车，自编自唱《英雄推着运车笑》："英雄连，英雄连，造出车子轻巧巧，手挖千方车里装，双轮泥轨飞样跑，车车搬走座座山，英雄推着运车笑。"

吴县团针对民工的思想情况，进行了一系列思想工作，尤其是提出了不少生动的战斗口号，鼓舞群众斗志。施工初期，他们提出了"赛吴江、超江阴，力争太浦河第一名，为吴县人民争光"的口号；县党代会开幕前夕，他们又提出"苦战十日夜，河底见青天，向县党代会献礼"；英模代表大会后，他们又提出"早完成早回家，投入春耕春种"。各营在各个时期也提出了很多激动人心的战斗口号："宁愿瘦掉一层皮，不愿少挑一担泥""宁愿骨头断，不愿决心软""风吹雨淋照常干，坚决冲破雨水关"，这些口号大大鼓舞了群众干劲，坚定了人人争先进、夺红旗、立大功的决心。他们还大力开展形式多样、生动活泼的工地宣传工作，组建了文工团、文娱队、宣传队，创作了大量群众文娱节目，活动丰富多彩，红旗遍地飘扬，民工心情舒畅。

青浦团也及时提出了战斗口号："总攻春分，决战清明，谷雨全胜，力争五一结束工程",让民工们明确工程的完成时间,坚定奋斗方向;"大闹旺港宅,攻下难方关,我们不怕硬,石头当口粮",让民工们勇于面对困难工段;"宁愿瘦掉十斤肉,不愿工程留只角",让民工重视工程质量……这些口号都很有鼓动性,有力地鼓舞了大家的士气。

为了交流经验、发现问题,工程指挥部及时召开了团营长现场会议,分析了第一战役的情况,肯定了各团取得的成绩,批评了个别干部群众存在的问题,并提出了解决问题的措施。在工程指挥部编发的第五期《简报》中,记载了这次会议的情况,采取的措施是"五抓":抓工具改革、抓民力动员、抓政治工作、抓三旗竞赛、抓干部带头,其中在"抓三旗竞赛"中,这样写道——

> 抓三旗竞赛,不断开展评比。整个工程分三个阶段进行大评比:第一段从现在起到25日,评比内容以工具为中心,结合出勤人数、工效等;第二段从25日到1月20日,评比内容以工效为中心,结合政治工作、民工生活等;第三段从1月20日到春节,评比内容以质量为中心。除了大评比以外,营与营、连与连、班与班、车子与车子、个人与个人、干部与干部之间,都要不断进行评比,对先进单位和好人好事可进行奖励,发奖旗、奖状、奖品……

工程指挥部发出了倡议,各团各营都积极响应,在各自工地上开展了丰富多彩的竞赛或比武活动。

吴江二团立即行动,启动了单位之间和个人之间的竞赛比武,鼓舞情绪,增强干劲。他们与吴县团隔河相望,便联合开展了一次万人大比武活动,争夺红旗。两个团的民工都激发出强烈的集体荣誉感,精神格外抖擞,干劲更加冲天,很好地推动了任务的进展。

吴江二团梅堰营与吴县团黄埭营还开展了不定期的随机比武竞赛。两个营的工地离得很近,一直比学赶帮,黄埭营甚至提出了口号:"只要梅堰营不歇工,黄埭营坚决不休息。"他们之间的比武竞赛随时都会开展,每营出10个人,规划好土方,比武就开始了,看谁挖得快、运得快。黄埭营通常用大筐,两个人抬着运;

梅堰营却做了些大土垯，一个人挑。这种比赛经常进行，战绩也互有胜负，但大家都乐此不疲。

竞赛与比武

在梅堰营中，有个叫王老四的，经常是这种比赛的"选手"，也经常是红旗的获得者。久而久之，他成为远近闻名的劳动能手，并得了个"挖土大王"的美名。

王老四是梅堰乡龙北村人，生于1937年12月，当时只有21岁。可他生得身强力壮，干起活来又卖力气，很快就脱颖而出。

我们没见到这位王老四，他的儿子王桂明倒是说了他的一些情况，还保存着他当时挖河的劳动工具。据他儿子介绍，他除了在工地上与吴县人比武竞赛，私下里还跟很多吴县人有来往，因为他家里曾住着十几个吴县来的民工，平时相处得很融洽。

在如今的平望镇龙南村，老一辈人很多都参与过当年的太浦河工程，只是年龄都已80岁以上，身体都有这样那样的问题，当然也有很多已经逝去。在寻访的过程中，我们见到了90多岁的袁世庆、何根泉，80多岁的钱掌林、徐永才、朱阿春、李应林、袁五金、钱留娜、樊叶金、朱阿留等，其中钱掌林还是当时的骨干。

钱掌林出生于1935年1月，当时担任龙北大队第九小组的副组长。他比较详细地讲述了当时的竞赛情况："挖土方比赛分组进行，一个组十来号人，分到一块地，便各自开始挖。测量员每天都来测深度，看这个小组今天挖了多少方。有的小组长还会定目标，规定每天至少要挖多少方，完不成就要加班。我们小组虽然没定目标，但看到其他小组比我们挖得深了，就想尽快超过他们。为了加快进度，我们也只好在晚上开夜工。"

徐永才补充说："当时，我们还成立了一个突击队，叫'勇亚'突击队，哪里需要就去哪里，竞赛比武都不在话下。"

"那时，每天早上，天还没亮，大家便起床了。只要集合的号声一响，乌泱泱的人群就争先恐后地往工地上赶。白天除了吃饭，基本上不休息，实在太累了，就抽支烟休息一小会，抽完就接着干。"钱掌林说，"当时，龙北大队一共14个组，200多号人，队员们干劲十足，是几个大队里挖得最快的。第一次开挖快要结束的时候，我们龙北大队被评为先进集体，扛回了一面红旗。我们这一段河道上，就得了这一面红旗，是我们大队的大队长扛回来的。"

梅堰营参加太浦河第一期工程的民工，一共有1870人，由各大队轮流派，以年轻的小伙子、姑娘为主，当时的说法都是"上等劳力"。因此，在各类竞赛比武中，这些姑娘小伙子都表现出很强的实力，渐渐成为吴江二团的先进营。

在工程指挥部办公室编发的第6期《快报》中，详细记载了梅堰营竞赛活动中的具体举措——

> 该营为了进一步开展高速度、高工效、迎春节的突击运动，连与连、班与班相互开展了友谊竞赛。第六连连长钱阿炳首先向各兄弟连摆下了擂台，他们的指标是按照总人数计算，每人每天保4方，早完成早收工，晚完成晚收工，不完成开夜工。他们的措施有五：一是土装得多；二是跑得不慢又不快，确保（体力）持久；三是消灭工地上的闲人，推车回来就帮助挖土；四是保证"五定"扎下根；五是白天完不成，晚上开夜工。第一连连长何金标根据上述指标，代表其他各连打了擂台。同时，各连的野战班也在会上开展了摆擂和打擂。在摆擂和打擂结束后，还有民工代表、铁木工代表、炊事员等后勤人员代表也相继在会上发了言，一致表示在不同的岗位上加油干，以保证春节前的任务顺利完成。会后，由八坼乡委派来的文工团进行了两小时的慰问演出。

几天后，在工程指挥部编发的《冲锋号角》战报中，就报道了竞赛活动的成果："吴江二团在26日工效也突破了4方关，其中梅堰营超过了5方……梅堰营成为全团最突出的一个高工效营。"

在吴江二团平望营，也有一个知名度很高的劳动能手，那就是前进大队的沈小宝。

如今,沈小宝已经去世多年,但在平望镇南杨村,很多参加过太浦河工程的老人都还记得他,并为他骄傲和自豪。大家记得他,除了他能干,还因为他是带着女儿上工地的,可以说是工地上为数不多的"上阵父女兵"。

沈美珍如今也已经80多岁,身体还算健康,思路也很清晰,谈起当时参加太浦河工程的往事,滔滔不绝。

"我父亲沈小宝参加过很多次挑泥比赛,拿过好几面红旗。"沈美珍自豪地说,"父亲那时40岁不到,能跑又有力气,挑的泥要比人家多一半,不仅扛回红旗,还拿到奖励的米饭。"

当时,沈美珍还是个19岁的妙龄少女。她主动要求参加劳动,就和父亲一起,来到了位于柳湾村的太浦河工地。她和几名女工住在一个草棚里,其他女工都是做后勤工作,她却坚持挖土挑土。

每天早上五点钟,沈美珍就和男民工一样,听着起床的军号从草席上爬起来,摸着黑就上了工,晚上还经常加班开夜工。

有一天晚上,天阴沉沉的,还刮着不小的风,沈美珍和父亲等几个男民工一起,又到工地上加班。

他们虽然带了汽灯,可风太大,不能把汽灯挂到高处。于是,除了挖土的地方可以照到,挑担走到岸边的路便看不清楚。

父亲担心天黑路滑不好走,便不让沈美珍挑担子,只让她挖土。

沈美珍不服气,她觉得白天已经把这条路走熟了,闭着眼睛也能走到岸边,便坚持继续挑。

她挑起担子,深一脚浅一脚地摸索前行。就快到岸边了,她突然脚下一滑,连人带担掉到了一个深坑里。

她下意识到惊叫一起,重重地摔在坑底。她挣扎着爬起来,却发现坑挺深,想爬上去还不太容易。而且,不知是刮的还是摔的,她觉得浑身疼,应该是受了些皮肉伤,好在骨头没事。

父亲和其他民工听到她的惊叫,赶紧跑过来救援。大家找来一条竹竿,才把她从坑里拉上来。

事后，她妈妈在家里听说了，心疼得直哭。可她不当回事，第二天又带伤继续劳动，和大家一样在工地上摸爬滚打了。

"虎父无犬女"，"巾帼不让须眉"，沈美珍在与男民工的竞赛中，一点不落下风，也像她的父亲一样，成为工地上的劳动能手，更是女工中的佼佼者。只是，两个月下来，她不仅脸晒黑了，头发还黄了，而且瘦得不像样子，连例假都不来了。

按照大队的安排，沈美珍只在工地上干了两个月，就被轮换下来，但这两个月的经历让她终身难忘，并给了她终生受益的精神财富。

"现在回乡下时，路过太浦河，我都忍不住多看几眼。"沈美珍感慨地说。

竞赛比武活动在吴江二团轰轰烈烈地进行着，其他各团也开展得如火如荼。

吴县团召开了千人誓师大会，进行大张旗鼓地摆擂打擂、挑战应战，陆续开展了营与营、连与连、班与班、个人与个人的"三旗竞赛"，营5天一评，连3天一比，个人天天比、日日评。他们的三旗设置为红旗、黄旗和黑旗，红旗单位为了保红旗，日夜苦干；落后单位得了黑旗，很多民工都难过得流泪，更是披星戴月地拔黑旗，不拔黑旗誓不休。他们还开展了一个规模由小到大、由点到面、形式多种多样的万人大比武运动，兵对兵、将对将的比武，篮球赛式的比武，英雄会师比武，营与营的长期比武，团与团突击性的大比武，还有派代表到各个工地的"旅行比武"、几个单位互相挂钩的"循环比武"、先进带落后的"互助比武"等。通过比武，各工段、各营、各连甚至每个班都出现了一些高工效的先进典型，树立了榜样，同时克服了自满保守的思想，打开了落后单位或个人的新局面，大大提高了工效。

吴江三团开展了夺红旗运动。屯村营、北厍营在木瓜漾东西两面穿荡，团部在中心插一面大红旗，谁先到就把红旗夺去，作用很大。屯村营由原来每天穿3米提高到12米，北厍营由原来的2米提高到9米。太湖大堤工地的横扇营和震泽营也竞夺红旗，每天可筑堤100米。庙港营更是开展了连与连之间的三旗竞赛，先进的连授予红旗，一般的连授予黄旗，落后的连只能插白旗。于是，白旗连决心一定要拔白旗，黄旗连表示一定要夺红旗，红旗连则要力保红旗，工地上一片竞赛口号声："红旗迎风展，明天到我连。""你行我也行，看谁真英雄。""你们能干到半夜，我们就能干到天明。"

青浦团开展了"六查六比"竞赛：查思想比作风、查领导比管理、查出勤比干劲、查工地比工效、查标准比质量、查纪律比群众关系，并根据营、连、排、班、个人及各个不同岗位，定出了不同的评比条件。随后，他们组织单位与单位、个人与个人之间的相互检查、参观，让大家参与评比的同时相互促进。青浦县太浦河工程指挥部宣传组还编写了两首关于"评比竞赛"的民歌，在青浦团工地上传唱——

政治挂帅第一条，宣传鼓动开展好。
人人思想插红旗，热火朝天生产搞。
你追我赶争上游，评比竞赛掀高潮。
誓夺红旗鼓干劲，太浦河上逞英豪。

为了开好太浦河，工作当然很艰巨，我们不怕苦。干劲盖山河，苦干实干加巧干，技术革新，全面动手搞，合理化建议，节省国家的财富。
国家建设赛火箭，人人心里亮堂堂，到处大跃进，一切大变样。开河筑路干劲足，有决心呀，任何困难都不怕，服从领导，团结一致力量强。

金山团通过"培养典型"开展比武竞赛。红旗连彭光先第一天挑了6.75方，为全团树立了标杆，"谁干得好，干劲足，就叫他出来比"，对民工进行鼓动。很多民工干劲高涨：廊下连王盛祥爱人生病，写信来叫他回去，他坚持不回；新农连朱金九的小孩子去世，也坚持不回家；干巷连民工唱出了一首民谣："决心大如海，信心比天高，苦干五十天，回去种秧田"；兴塔连民工豪迈地提出"宁愿肩上揭去一层皮，不愿剩太浦河一块泥"等口号。

江阴团在开展比武竞赛的基础上，结合工程指挥部提出的"大放卫星"号召，提出了"插红旗，拔白旗，争先进，迎新年，前方后方一条心，放出卫星过新年"的口号，团部王政委带头摆擂台，一营和二营的干部都积极响应，全体民工更是干劲冲天。

于是,"放卫星"的说法一下子在工地上火了起来,很快就成了比武竞赛的代名词,并延伸到各种评比乃至日常生活中。

"放卫星"

"放卫星"是"大跃进"时期产生的特定历史名词。

为何称为"放卫星"？是因为1957年苏联发射了人类历史上第一颗人造地球卫星后,"卫星"成为整个社会主义阵营的荣耀,是"高精尖"的象征,是那个时代的"热词"。1958年6月8日,《人民日报》登载了"河南省遂平县卫星农业社5亩小麦平均亩产达到2105斤"的报道,并将之称为"放出第一颗亩产卫星",一下子让这个词更火了,随着后来的深入报道,使其达到了家喻户晓的程度。随着卫星越放越高,人们改天换地的豪情、"超英赶美"的雄心越来越大,革命斗志也越来越高昂。不仅全国农村普遍放卫星,城市工厂也开展了放卫星活动；不仅农业战线放卫星,各行各业都在放卫星。

如今,"放卫星"这个词似乎专指吹牛、不切实际、夸大宣传,但在当时,却是很多人日常生活和政治生活的主题,是很多人勇往直前、追求进步的"小目标"。因此,刚刚开工的太浦河工地上,使用这个词也便顺理成章,并迅速在工地上流行开来。

最先提出"放卫星"口号的江阴团,提出口号第二天就放出了全团平均工效7.8方的"大卫星",该团的一个营还放出了工效13.58方的"特大卫星"。

吴江三团北库营钢铁连不甘示弱,也提出了"迎元旦、创奇迹、两天并作一天干、红旗飘扬钢铁连"的口号,全连平均工效达到了6.1方。三营五连还成立了"卫星班",用四平车运土,在远距100多米的轨道上放出平均7.07方的"卫星"。团里还提出突击修理工具放卫星,木工利用休息的间隙突击修理工具,两天半时间修好了四平车1007部,轨道1257米,也算放了一个很大的"卫星"。

震泽团三营一连成立了一个"妇女卫星班",用四平车运土,并采用定人定车、车不等人（互相调换车篮）、任务明确等办法，收到了很好的成效，每人每小时平均运土达到了3.5方，这对女工来说已经相当不容易。

1959年元旦，太浦河工地各民工团都放了一天假。这天，正好下起了小雨，各团便利用休息的时间，召开了新年庆祝大会。大家或打伞，或穿着蓑衣，都冒雨参加。单位负责同志作了报告，阐述1958年的伟大胜利，提出1959年的光荣任务，民工代表也讲了话，表明了态度，都是情绪高涨、斗志昂扬。

工程指挥部向全体民工发了慰问信，高彭年副指挥还带着慰问队来工地慰问，平望剧场的一些演员也参加了，在吴江二团工地演出了精彩的文艺节目。

这个节日虽然放了假，但大家一天到晚都没真正休息。当天下午，工程指挥部就召开了各团负责人参加的电话会议，布置接下来的任务，提出具体的要求。会议重点强调了劳动管理和工具革新的问题：在劳动管理方面，要求各团把任务层层包干，从营到连再到班，一包到底，让干部和每个民工对任务都心中有数；要根据挖土难易、运距远近、劳力强弱、工具效能等条件，制定每个人的基本定额，并按定额评工记分。在工具革新方面，提倡大放工具卫星，只有工具放出卫星，土方才能放卫星，充分发挥现有工具的效能，突击修理坏车、坏轨道，不能过分地增加劳动时间，更不能过分地拼体力。

元旦过后，各团各营都迅速行动起来，想方设法"放卫星"。他们有的加强管理，有的注重组合，有的革新工具，有的独辟蹊径，可以说"八仙过海，各显神通"。

吴江一团第一营推出了工地管理"三步曲"的管理模式：第一步是定人、定车、定轨道、定时间、定载重量、定任务量；第二步是每车土都拿筹码，分段结账计算成绩；第三步是每天都做工地评比，高产车、长寿车当场表扬，并把其经验及时推广。第七营在全营掀起了工具改革、技术革新的热潮，先后改制了铁箍车280部（铁心铁圈），革新了无架四平车（又称蛤蟆车）、有架木弹子四平车、铁轴铁心车、牛拉车、砖轨四平车等六种不同的运土工具，实现了车子铁箍化，以铁箍代替轴承，大大加快了运转速度，提高了运土工效。

青浦团三营采取了"六定""三平衡""四当心""一防止"的管理方法。他们的六定是：以单位定取土地段、以地段定轨道、以轨道定车子、以车定人、以车定量、以工区定指挥员；三平衡是轨道接口平衡、劳力搭配平衡、干部掌握平衡；四当心是推车当心车行驶的轨道、装土当心不要超量或缺量、垒工当心人群、管理当心运车人；一防止则是防止工伤事故。他们还创造了分轨驶车法，把原来铺好的轨道拆掉一部分，在二根总轨的两端各装上六条分轨，使两端方便更多的车子运转，解决了轨道少的问题，提高了轨道的利用率，也间接提高了运土的效率。

松江团二营实行了"五定三包一奖劳动责任制"的管理方法。五定是定人、定任务、定工具、定轨道、定工分，三包是包工具、包安全、包标准，一奖则是超额完成任务奖励，民工的劳动生活发生了显著变化，出现了"八多、四好、三少"的现象。八多指的是出勤的多、干劲大的多、大面积卫星多、运土装得满的多、挑应战的多、工地插红旗的多、上光荣榜的多、提前完成任务的多；四好指的是劳力工具搭配好、工具爱护管理好、奖励分明好、团结互助好；三少则是浪工窝工少、工具损坏浪费少、磨洋工的少。民工反映说："之前起早摸黑平均工效四五方，现在正常上工，有时还早停工，平均工效七八方。一天三知道，奋斗有目标。"他们还将原来的方口车箱改制成畚箕形摊口车箱，既轻便又平衡。十营也对四平车及轨道进行了改装，车轮外包上铁，轨道上铺铁皮，大大加快了运工速度；十三营全部消灭了人挑担，并基本淘汰了独轮车，全部用上了改进过的轻便四平车。在操作技术上，他们抓住"挖装运出"四个环节，提出了挖大块、装车满、自运、自出的操作法，以及上坡接力推车法，推车用力均衡，不易出轨。

金山团实行的则是"七定五快四好二不等"制度。七定指的是定任务、定人数、定时间、定质量、定工具、定工资、定人心；五快是取土快、装泥快、跑得快、修理快、解决问题快；四好是劳动组合好、工具保管好、共产主义协作好、互相团结好；二不等是不等装泥、不等运土。为了提高工效，他们把四平车全部改装轴承，加快其运行速度。新农连还改装了两部四平车，使车更方便操作，三个人就可以拉两部车，装运一个土方，工效提高了一倍；朱泾连用牛拉四平车，节省了人力，工效也有很大提高。

震泽团一营李小弟突击队创造了单轨直放快速装卸法，就是从取土处到放土处铺成一线轨，每条轨 5 个人 3 部车为一组，3 人取土，2 人推车，另外一部车作为循环预备车，全力协作，车不停，人不歇。这种装卸法节省轨道，铺轨便利，操作方便，往返直畅不绞车，也不容易出轨或损坏，可以大幅提高工效。

在"放卫星"竞赛过程中，很多民工改挑担为推车，既提高了效率，又减少了劳动量，大家都很高兴。有人便写了首顺口溜："摆擂台兵强马壮，打擂台人众志广，今用革新车子化，夺下全线大擂旗。"

在走访参加太浦河工程的干部和民工时，老人们都会不约而同地提到"放卫星"，并围绕这个词讲述当时的战斗故事。

平望镇平安村的钮金荣一开口就谈"放卫星"。他不无自豪地说："我参加了很多次，是个人与个人竞赛的形式，但代表我们连。我放了两次卫星，得到过两面红旗。"

钮金荣参加的这种"放卫星"，其实是连队与连队之间的比武竞赛。一个连队选出一个代表，参加营里的"放卫星"比赛，在规定的时间内，看谁挑的土方多，按照土方多少确定名次，第一名获得红旗，最后一名获得白旗，中间的获得黄旗。

"谁都想去参加放卫星，因为参加放卫星的人，赛前可以休息一天，还可以放开肚子吃饱饭，如果扛回了红旗，还可以再吃一顿饱饭，有时还会有小奖品。"钮金荣说。

一个叫黄天才的老人却有不同的看法："不是谁都可以参加放卫星的，因为关乎连队的荣誉。"

黄天才也是平安村的，没参加过这种放卫星竞赛，因为他是 1942 年 7 月出生的，当时只有 16 岁，身体也略显单薄。

他告诉我们，当时放卫星想了很多办法，他们连就充分利用了牲口，用牛拉车，拉一种改装的车，比肩挑人抬快很多，又节省人工。"只是苦了我们大队的牛，有一头活活累死了，还摔死了一头。"

有天晚上他们加夜班，没有灯，摸着黑干。干到 10 点多时，一头牛不小心掉到了一个大坑里。这头牛可能眼神不好，也可能是晚上没干过活不习惯，再就是累坏了，竟然就活活摔死了。

"放卫星"把牛都累死了，应该也算是放了个大大的卫星吧！

平安村的周凤全、俞阿菊、徐阿荣、张凤珍、吴坤泉都知道这件事，也都对这件事津津乐道。

在与老人们一起座谈时，大家还七嘴八舌地讲起别人"放卫星"的故事——

有一个叫李寿官的民工，长得人高马大，头脑还不简单。他用的工具自己都进行了改装，跟别人的不一样。他的铁锹又长又宽，还比平常的铁锹多一个下脚的横档，用起来很方便，每次挖的泥土也多。每次挖土，他把铁锹对准想挖的地方，大脚掌在横档上使劲往下踩，踩到底再使劲一撬，一块方方正正似枕头一般的泥块就被他挖了起来。妥妥地放入土垯，正好装满，他就挑起土垯，稳稳地往终点走去。因为土垯一头放着一个"枕头"，很少有碎土，他挑的土垯一般不会掉土渣。"放卫星"时，途中掉土渣也算违规，必须停下来捡起再往前走，他这样就领先了很多选手。当然，也有人学习了他的办法，改良了工具，但他的力气却不是一般人都有的。他挑的两个"枕头"都很大，最少有五六十斤，一担泥足有100多斤，一般人还真吃不消。有的虽然能挑起，但能不能持续挑一个小时，那就更不好说了。而他每次都能坚持到最后，于是就经常放出"大卫星"，为连队挣来红旗。

还有一个"放卫星"的高手，名字叫彭光先。他是金山团红旗连的民工，刚到太浦河工地报到时，就曾写过血书，誓夺全团第一。在竞赛比武过程中，他一直是团里的先进典型；开始"放卫星"后，他也是首先放出了一个6.75方的"卫星"。可是，之后同连的陈平连很快就以6.8方突破他的纪录，干巷连的沈怀粮随后又放出了10.36方的"大卫星"。他着急了，想方设法，加倍努力，迅速又以11.13方创出新的纪录。可是，张埝连的张秀根、罗发明再次挑战他，分别放出了14.5方、13.3方的"特大卫星"，只是他们的运土距离都比较短。彭光先又积极应战，连续5天长距离运土，放出了52.28方的"卫星"群。

如今，"放卫星"这个词已经成为虚报夸大、吹牛扯淡的代名词，甚至被说成是建设社会主义过程中的惨痛经历。可是，当时大家用这个词的时候，却是与奋勇争先、独占鳌头、再创辉煌等褒义词联系在一起的。虽然我们无法复核这些施工数据的真实性，但在太浦河工地开展的比武竞赛运动，以及争先恐后的"放卫星"，对当时鼓舞干劲、激发热情起到了重大作用，让大家在条件异常艰苦的情况下，仍能你追我赶、奋勇向前，个个争上游，人人夺冠军，完成了现在看来几乎不可能完成的任务。

不管怎么说，在那个激情燃烧的岁月，在那个热血澎湃的太浦河工地，"放卫星"都是民工们劳动生活的重要组成部分，让他们终生难忘。

让民工们难忘的，还有一个重要的词汇，那就是"饥饿"，尤其是1960年冬春再次走进工地时。

饥饿与激情

太浦河工地上的伙食，一开始还是不错的。

刚动工时，江苏省和苏州专区都有要求，必须让民工们"吃好、住好、休息好"，相关部门也给予了相应的补助，工地食堂的伙食标准比较高。偶尔有上级领导来慰问，还会带来一些猪肉等副食，为大家改善伙食，那就相当于过节。各级政府和各村也会定期派人来工地慰问，总要带些好吃的，让大家一饱口福。

平望镇中鲈村的袁掌生告诉我们，他当时是庄田大队的副大队长，经常带队去工地慰问，每次都会带一口猪一车大米，给民工们改善伙食。

据统计，仅吴县、江阴两团，就先后收到慰问猪肉8490公斤，鱼6549.5公斤，年糕4561.5公斤，还有不少豆制品、花生、粉丝和蔬菜等。通过慰问，前方后方互传佳音，大大鼓舞了民工们的干劲。

工地上的一日三餐，早餐是半斤米的稀饭或干饭，中餐是12两米的干饭（老秤16两为1斤），晚上还是半斤米的稀饭或干饭，定食定量。下饭菜除了萝卜干和咸菜，还有炒菜叶、炒胡萝卜缨等，偶尔还有炒肉。每逢过节，民工们还能吃到6到10个菜，吴县渭塘营最多还吃到过23个菜，有汤有炒，有热菜有冷盆，饭的品种也很多，有米饭，有面条，还有糕团、馄饨等。

食堂有的建在工棚边,有的建在集中居住的地方,但都干净整洁,尤其对卫生有比较严格的要求。

吴江三团北厍营战斗连的食堂办得比较好,创建过"民工满意的食堂和宿舍"。他们的食堂门口,挂着许多整齐的小木牌,上面写着"同志!您洗手了吗?""同志!您剪指甲了吗?"旁边用砖头修了一条阴沟道,可以用来倒水;靠墙放着一个长条的木架,用来放洗脸盆;木架下面又用砖修了一个倒水池,方便倒污水……食堂里的桌子、凳子排列整齐而清洁,左边摆着3只大水缸,上面都盖有稻草编结的草盖子,旁边有小木牌分别写着:"食用水""盥洗水",食用水是用漂白粉消毒并沉淀过的河水,盥洗水则是普通的河水。食堂的墙角还放着用破瓦做的痰盂。厨房里有3个灶头,两个是煮饭、炒菜用的,保证民工吃到热菜热饭,另一个老虎灶,保证民工随时有热水喝。厨房的卫生也很好,桌子、碗筷、灶头都很干净,餐具用纱布罩起来,菜盆不用时两个对着合起来,不受灰尘污染,6名炊事员都戴着口罩工作。用过的碗筷,每顿饭后用开水洗一次,每星期用开水烫一次,后来还做到了分食制,每人一碗菜一碗饭,分开吃……

吴县渭塘营曾流传着一个顺口溜:"工地生活安排实在好,饭菜花样勿勿少,粥饭面条口味好,饭后开水就送到,干活应该摆劲道"。吴县胜浦、唯亭营的民工也对食堂很满意,纷纷表示:"工地食堂真正好,饭热菜烫还有揩面水,真适意。"

即使到了今天,我们采访时问民工们这个问题,很多民工仍表示,当时在工地上吃食堂,确实比在家里吃得好、吃得饱。

可是,1960年2月复工时,已进入三年灾害时期,全国人民都在挨饿,相对富庶的江南水乡也不例外,民工的生活问题就成为一个大问题。

在苏州专区水利工程指挥部1959年11月1日召开的"太浦河工程施工预备会议"上,专门讨论了生产资料和生活资料的供应问题,确定了供应标准和办法,并做出了相关决定——

> 各县成立供销站负责解决。民工口粮标准,除按当地出工同等劳动力的定量标准自行带足外,国家补助6两(脱产干部补助4两),自带部分由各

县粮食局过拨到吴江就地供应，价格按统购标准；食油按吴江农村标准供应，蔬菜按每人每天 2 斤标准由吴江供应；烧草按每人每天 3 斤标准，江阴、常熟由吴江供应，吴县过拨到吴江供应，抵消吴江外调任务；鱼肉等副食品根据工地需要和地方可能就地供应，抵消吴江外调任务；其他工具设备、办公用品、生活用品等，均由各县自己组织货源，专区商业局安排调拨。

会后，苏州专区粮食局还下发了粮统（59）字第 256 号文件——《关于太浦河水利工程粮油供应问题的通知》，明确粮油供应工作的供应站设点、人员配备、供应标准及实施办法等，并要求各地粮食部门根据工地需要配足力量，保证做好粮油供应工作。

上海市太浦河工程指挥部在 1960 年 3 月 28 日召开的支委员会议上也提到，参加开河的上海市区民工"粮食平均 26 斤，补助 6 两"；指挥部在给上海市委农村工作委员会的工作汇报中则写道："参加开河的上海市区民工平均 28 斤，每人每天补助 6 两，松江、青浦、金山三县农村民工每人 40 斤，每人也补助 6 两。"

虽然工程指挥部都很重视，相关部门仍是给予了补助，但伙食标准总体上还是比 1958 年降低了。工地上的一日三餐，大多改为两稀一干，早晚两顿都是稀饭，中午虽然还是干饭，米量也有所减少，下饭菜就只有萝卜干和咸菜了。

平望镇龙南村的何根泉告诉我们："1960 年复工时，碰上了自然灾害，外面好多人都饿着肚子，但工地上还是好一些。一天三顿饭，早上粥，中午和晚上各一顿白米饭，后来晚上也改成了粥，经常吃不饱。"

工地劳动是重体力劳动，民工们经常吃不饱，尤其是定量较低的市区民工。上海市太浦河工程指挥部在给上海市农工委的工作汇报中曾写道："市区民工都感到粮食有问题，因原定量低而不够吃，副食品很紧张，青浦工地的民工有时青菜也吃不上……""副食品方面不要说荤菜，就是青菜往往吃不上，有的只吃些咸菜。"

金山县太浦河工程指挥部在 1960 年 4 月的工作汇报中曾说："想尽了一切办法，尽量让民工吃到两饭一粥。"在后来的总结报告中，再一次提到"领导亲自挂帅，抓好生活，一般能吃两饭一粥"。由于从事的是强体力劳动，而且经常进行劳动竞赛,"两饭一粥"对于大部分民工来说是无法满足需求的,民工普遍反映说:"劳动强度大,粮食不够吃,没有零用钱,香辣吃不出来。"

在供应不足的情况下,金山县太浦河工程指挥部成立了生活管理委员会,各连部成立了生活管理小组,领导亲自挂帅,抓好生活。有些民工大队(连)因地制宜,自力更生,青浦朱家角大队在工地附近空地上播下了菜籽40多斤,争取蔬菜自给,并要求每个食堂用菜皮、菜叶、泔水等养猪。

民工们虽然吃不饱甚至饿肚子,劳动热情还是没受影响,工地上的社会主义劳动竞赛还是一如既往地如火如荼。

1960年2月,太浦河工程再次开工时,苏州专区太浦河工程指挥部刚组织召开完誓师大会,江阴团就摆下了擂台,向各团发出了《擂台书》,提出了"赛常熟、胜吴县,超吴江,冠军红旗江阴飘"的口号。

吴江总团立即应战,发出了《应战书》——

> 吴江总团全体到会代表,听了梁书记报告和周专员的重要指示,通过讨论,肯定了成绩,表扬了先进,交流了经验,树立了雄心壮志,人人干劲冲天,个个斗志昂扬。听到江阴团已摆下擂台,江阴是兵强马壮,我们是人多志广,我们誓不罢休,决心打下擂台。
>
> 我们的口号是:"赛吴县、战常熟、超江阴、夺冠军。"
>
> 我们的指标是:以猛虎下山的姿态,决战15天,决心在3月5日前河底见天,平均每天完成12万土方,保证完成180万土方,力争完成200万土方。
>
> 实现以上指标,我们采取的措施是。
>
> 第一、坚持政治挂帅,大搞群众运动。迅速贯彻指挥部誓师大会精神和开展社会主义宣传教育运动,组织鸣放辩论,横扫右倾,大股干劲。继续展开层层树标兵、大搞竞赛,掀起学标兵、赶标兵、超标兵运动。
>
> 第二、大抓技术革命,大搞工具改革。贯彻土洋并举两条腿走路方针……

实现施工电气化、机械化、半机械化，达到先进工具数量多、使用好、功效高的要求。基本实现消灭肩挑。

第三、切实加强具体领导，改善领导作风。干部以身作则，亲临前线，继续发扬同吃、同住、同劳动的优良品质，并抓二头、带中间、排差异，发现先进及时推广，发现落后具体帮助。关心民工生活，注意劳逸结合，达到发展平衡，持续跃进。

第四、加强劳动管理，改善劳动组织。狠抓出勤，压缩后勤，把工地上所有人员全部调动起来，实行边劳动边工作，达到出勤95%以上。

第五、坚持规格标准，坚持施工程序。处处订立样板，达到"三平""四光"（河底平、青坎平、路面平；河底光、青坎光、坡度光、路面光）。

以上口号、指标、措施，作为我们的誓言，请指挥部公证。我们全团35000名指战员决心在太浦河上立大志、树雄心，誓夺冠军。

于是，太浦河工地上，社会主义教育活动开展起来，比武竞赛的热潮也升腾起来。在教育的同时，各团狠抓干部作风，强调干部以身作则，亲临前线，与民工同吃、同住、同劳动。江阴团作出规定，团干部每隔一天劳动半天，营干部每天劳动半天，连排干部与民工一样劳动；吴江三团则规定，团、营、连干部每天分别完成1、2、3立方米……干部参加劳动，与群众打成一片，激发与鼓舞了群众的劳动热情。

江阴团文林连指导员顾雪和坚持"三同"，激发了民工劳动热情，工程进度很快，全连140米工段到2月底就全部完工。

吴江一团庙港营在为期20天的大比武中，干部参加比武的有3000多人次，出营比武的有8000多人次。这20天主要是阴雨天，但全营的工效却相当于晴天。

常熟团大义营凤凰连党员张祥宝天天出勤，带病坚持劳动，每天工效都在五六方以上，在全营大比武中夺得头名状元。全营掀起了人人学习张祥宝的标兵运动。

这次的比武竞赛不仅在各地指挥部内部进行，还扩大到了太浦河全线，苏州和上海也开展了竞赛。

起初是上海金山县太浦河工程指挥部向苏州专区发出了"关于全面开展革命友谊竞赛"的倡议。

苏州专区太浦河工程指挥部立即响应，并反客为主，又以全体指挥员和战斗员的名义，向上海市太浦河工程指挥部发出了《倡议书》——

我们苏州专区太浦河工程8万指挥员、战斗员，坚决响应上海市金山县水利战线上同志们发出的关于全线开展革命友谊竞赛的倡议，决心与金山县水利战士争红旗、比高低，共同大跃进。为了更好地相互促进，高速度地完成今春水利建设任务，我们并向上海市太浦河工程指挥部的指挥员、战斗员倡议，开展高速度、高质量、全面提前完成水利建设的大比赛。

我们苏州专区太浦河工程全体水利战士，在党的领导和教育下，高举三面红旗，坚持高速度，保证881万土方任务坚决不过清明节，使8万大军及早投入春耕生产运动，实现1960年的持续大跃进，立誓在1959年胜利的基础上更上一层楼，夺取全国冠军。我们的口号是："高举红旗志凌云，水利战线争标兵，任务不过清明节，凯旋归乡闹春耕；现在水利称魁首，秋后全面夺冠军，六十年代开门红，苏州跃进无止境。"

我们的措施是大搞群众运动，大搞标兵竞赛，大搞摆擂打擂，大搞检查评比，大搞现场比武，大搞报喜贺喜，使运动气势磅礴，席卷风云，一浪高一浪，做到万众一心，发奋争先；发扬"三干""三敢"精神，苦干实干巧干，敢想敢说敢做，大搞工具改革，严密劳动组织，大力推广先进工具和先进经验，基本实现车子化、机械化、电气化施工，做到劳动强度低，持久高功效；坚持高标准、高质量，达到"五光"（河底光、河坡光、青坎光、堆土坡光、堆土顶光）"三直"（河底线直、河口线直、堆土线直）"三平"（河底平、青坎平、堆土平）"三级分开"（河底、青坎、堆土分开），开河筑路，一气呵成……

上述条件，我们坚决实现。为了更好地相互学习，相互促进，取长补短，共同提高，我们建议请上海市委、江苏省委、上海市太浦河工程指挥部等组成评比检查团，在三月底全面进行大检查，清明大评比。

于是，在太浦河苏州段和上海段的工地上，比武竞赛又有了新的目标。

上海段的竞赛运动开展得也很广泛很热烈。各县各大队都大力组织，广大民工干劲十足，斗志昂扬，形成了一个轰轰烈烈、你追我赶、一浪高过一浪的大好局面。

金山县太浦河工程指挥部向太浦河全线发出友谊竞赛倡议后，也在内部广泛开展了比武竞赛活动。朱泾连向青浦朱家角提出了挑战，本县的各兄弟连相互挑战，坚决要超六方、跨八方、争十方，夺取循环红旗。干巷连设置了决心台和比武台，开展了排与排、班与班之间的夺红旗竞赛，还在工地上召开了争光荣、保红旗的誓师大会，开展保红旗与送红旗的大辩论，工效从原来的2方增加到4方，提升了一倍；吕巷连全部实现了车子化，每天出勤总数在95%以上，还组织后勤人员，利用送饭菜的时间参加两个小时的劳动，想尽办法挖掘潜力，提高工效。

青浦练塘大队于3月13日召开了比武大会，中队与中队、小队与小队，开展了摆擂打擂。开会当天，他们就在135米的远距离完成3515土方，平均每人达到5.17方。为了争取优胜红旗，五一劳动节这一天，原来很多民工打算趁假期回家的，后来为了创高工效争红旗，都自觉地把假日变成高产日。

松江县工地上，也是一片争先进、夺上游的热烈气氛，支援太浦河工程的市区民工劳动热情也很高。静安大队三中队二小队8个民工主动夜战铺轨，虽经领导婉言劝导还是坚持战斗，三个人拿电筒照明，五个人抬木头，一段一段铺设轨道。7月10日，为了创造全市最高记录，大队全体民工连续工作16个小时，在太浦河上创造了大队平均15.5方的奇迹。

值得一提的是，红旗竞赛既是上级的提倡引导，在一定程度上也是部分民工的自觉要求。尤其是晚上加班，经常是干部们一再制止，勒令收工，民工们却不听劝阻，继续劳动。对此，当时在太浦河工程上海段工地负责具体工作的市农委陈玉华处长曾在一次会议上说："大家看到，搞竞赛是群众的要求，愿意促进，我们革命干部、共产党员就应该积极领导这个运动，开展红旗竞赛，大搞群众运动。"

民工们之所以有这种自觉要求，愿意主动搞竞赛，关乎当时全国大环境，更关乎那个时代人民群众普遍具有的朴素与激情。

在饥饿的大背景下，仍能保持如此的战斗激情，则是精神的巨大力量。不仅有攻坚克难、创新创造、自力更生、艰苦奋斗的精神，还有更重要的牺牲奉献精神。

奉献与牺牲

2021年9月17日，在吴江区平望镇政府会议室里，举办了一次关于太浦河的座谈会。平望镇党委负责宣传的委员刘淼在主持会议时，就重点提到了平望镇乃至太浦河沿线人民的奉献与牺牲，参加会议的领导和专家也都围绕这个话题谈了很多。

平望镇秋泽村原书记沈虎荣说，当时，沿河的很多村里，不仅要出人去挖河，还要出房子供外地挖河的人住。双浜村有个叫张孝生的民工，他去参加挖河了，就睡在工地的草棚里，自己家的灶房也让了出来，让外地来的民工睡觉。为了能容下更多的人打地铺，他把灶屋里的土灶头都拆了，住进了13个女民工。

平望镇水利站原站长汝雪明感慨地说："当时，只要有需要，不管谁家的房子，都能用，而且主人家都积极配合的。就连当年的住房拆迁，都是按需要先征用，过后补偿也微乎其微。群众都是顾全大局，坚决服从，二话不说就按要求愉快地搬到了临时安置地，有的甚至自己想办法，住到了亲戚家。"

据统计，在太浦河第一期工程中，吴江全县就挖废土地7042亩，压占耕地13954亩，拆迁房屋8048间，涉及农户1188户，两个自然村落整村拆迁（平望公社郭家港村和芦墟公社孙家浜村）。后来的第二期工程中，吴江县又挖废土地677亩，压占耕地2452亩，拆迁房屋2490间；第三期工程除了挖压废耕地，还拆迁了不少厂房和民房……

至于太浦河全线的征地和拆迁，数据更是惊人。在《太浦河工程建设史》中，对第三期工程的征地拆迁有明确的记载——

太浦河江苏段工程实际完成永久征地2156.25亩、临时占地3769.1亩，拆迁房屋1477.5间，拆迁工厂3家，及其他地面附着物拆迁工程量。

太浦河浙江段工程永久征地1202亩、临时占地477亩，拆迁房屋5185平方米，拆迁工厂5家。

太浦河上海段工程共完成永久征地4485亩、临时占地9469亩，拆迁房屋35554平方米。

该文中，作者还写道，征地拆迁安置工程征地拆迁涉及三地14个镇73个行政村，涉及的单位和个人都本着团结治水的精神，识大体，顾大局，舍小家，为大家，坚决服从"土地先用后征，构筑物先动迁后补偿"的安排。

1960年11月，平望人民公社党委给太浦河工程指挥部致函，请求解决下辖新丰大队拆迁后木料使用费用。其中写道："我社新丰大队在太浦河施工初期，拆掉社员房屋共141间，各户曾收到国家补助拆迁费每间50元，但当时该大队负担制造四平车木轨道任务较重，而大队又缺乏原材料，为了完成任务，经请示指挥部负责同志，立即动用了社员拆下的旧木料，制成四平车88部、木轨道3338米，送交指挥部统一分配使用……"这就是说，新丰大队的社员们不仅按要求拆掉了自己的房屋，还把拆下来的木料贡献出来，做成了四平车及木轨道，可以说奉献出了他们最大的力量。

无独有偶。平望公社三联大队的徐晓娜拆掉了1间草房、徐爱兴拆掉了两间草房、沈海生拆掉了3间草房，幸福大队拆掉了15间草房，红旗大队拆毁载重二吨的木船1艘，房料、船料都直接运到了工地，搭了4间草棚，做了4辆四平车、1200米木轨道；梅堰公社龙北大队拆毁瓦房228间、草房62间、牛棚4间、船棚4间，房料也都被工地民工拖去，或搭草棚，或当柴烧了。

在吴江县革命委员会给江苏省革委会的一件报告中，更具体地列举了当时拆迁的损失。这份报告题为《关于请示处理1958年太浦河工程遗留问题的请示》，时间则是20年后的1978年10月，文件号是"吴革（78）字第73号"。

从这份文件中的陈述内容来看，太浦河沿线群众做出了很大的牺牲，在此后的20年中还一直承受着这种损失。

重大工程建设免不了征用土地和拆迁房屋,也会影响个人和局部利益,但大都有较好的安置或补偿。太浦河工程沿线的居民,却是以大局为重,真正做到了"一切为了太浦河,一切服从太浦河",这应该说是一种大公无私的奉献与牺牲。

事实上,不仅是太浦河沿线的群众,也不仅是参加工程的十几万民工,还有数不清的江浙沪人民也为太浦河工程做出了贡献。

一期工程中,苏州专区动员各县及各行各业大力支援,农业、水利、计划、物资、商业、供销、粮食、农机、公安、交通、财政、银行、文化、卫生、邮电等部门,想工程所想,急工程所急,紧密配合,努力工作,并从人力、物力和财力等各个方面支援太浦河工程。有关部门组织工厂日夜赶制胶轮车、四平车、铁木斗车、拖拉机、水泥船、轻便铁轨、机械绞关、履带输送机、水枪、高压泵和泥浆泵等,并派技术干部和工人到工地指导,协助解决施工困难。

吴江县不仅努力完成工程的土方任务,还积极发动沿河社队及时搞好拆迁、清障、打坝、抽水等工作,齐心协力为工程作贡献。

平望作为太浦河工程指挥部的驻地,公社各部门、各大队积极配合,在工作、生活、文化活动、医疗卫生等多方面大力支持,驻平望的国营企业也纷纷伸出援助之手。

驻平望的吴江县农业机械厂就是援助企业之一,该厂员工朱文华在《太浦河"喇叭口"工程之印象》中有详细回忆——

> 地方国营吴江县农业机械厂因厂址在平望而义不容辞地前往工程前线服务,我亦受领导指派,与三四名工人一起,搬了部分小型机械、煅工炉等简单设备首批进入工地。在工地上,我们搭了一个较大的油布棚,设立起机械维修工厂,从此吃住在工地上。随即在长达数里的平北工地上,来自苏州市的有关工厂、手工业、商业所搭建起来的一排芦苇棚、帆布棚、油布棚的工地服务点紧挨不断,形成了一个名副其实的工地市场。大家争相为"喇叭口"工程服务,市场上不仅有原材料、机械配件、工具和辅料供应,商业

部门亦为民工们想得周到，日、杂用品货源充沛运往工地，连"味雅""老正兴""采芝斋"等一批著名老字号店也来工地竞相设点。一些修补胶鞋、雨伞的个体户亦在工地设立了服务点。总之，凡是工地上生产、生活需用的均应有尽有。由于任务繁重而工地上常要"挑灯夜战"，各服务点亦必然是日夜敞门服务。我们这个归属由县水利局丛树超同志为处长的后勤管理维修工厂，承担着工具小改、小革、小修、小补的"四小"任务，凡遇较大或复杂的机械活，则送往厂内解决，这样既利于民工们在劳动中随时碰到困难的解决，更利于减轻厂部烦于应付"四小"的压力，因而我们这个维修工厂的工作时间必须与整个工地及各服务点的劳作同步。只要工地上还有人在施工，我们就不能关门。在此大环境里，工作、生活虽然艰苦，然而大家情绪非常饱满。

在太浦河的诞生过程中，沿线人民群众不仅付出了辛勤和汗水，奉献了很多个人及家庭利益，有的还牺牲了亲情、爱情乃至自己的生命。

原梅堰镇文化站长洪志诚告诉我们，他当时只有13岁，但记得很清楚，那年特别冷，还下了雪，他看到过挖河的民工穿着草鞋在雪地上劳动，脚上都起了泡……他还听说，很多参加过挖河的民工都累晕过，还有连累带饿生病住院的，更有不少人把生命留在了工地上。

平望镇莺湖文学社社员王建珍曾采访过当年参与挖掘太浦河的民工，她给我们讲了一个名叫黄好弟的老人的故事："黄好弟是藏龙村人，采访时已经93岁。当年，别人是轮换着上工地，他则是长驻太浦河，平时也一直吃住在工地。有一年过春节，他晚上很晚才回到家，家里的人都已经吃好饭准备睡觉了，家里也没什么可以给他吃的。他儿子和他老父亲养了几只兔子，平时是舍不得杀了吃的。大过年的，老父亲就杀了一只，烧好兔肉端上桌。黄阿弟不吃，叫父亲和儿子吃。六岁的儿子说，白米饭已经是很香、很香了，他用不着吃兔子肉。孩子很懂事，他心里既欣慰又心酸。在家过两夜后，年初二即返回工地。"

在《上海市郊各县人委1959年有关水利工程问题的总结报告》中，记载了几件关乎亲情爱情的事。叶榭营三连民工张声林的父亲生病,打电话来叫他回家一次,团营干部也批准他回去,他说,开河任务很紧,训练机会又难得,写封信回去就行了;张泽营民工张吉明家里两个小孩出痧子,他原想请假回家,当天正赶上政治课,贯彻三大任务和十项守则教育,听到民兵要有组织性、纪律性,要以集体利益为重,他是民工也是民兵,就决定服从开河需要,坚决不请假;廊下连王盛祥爱人生病,写信来叫他回家,他没有回;新农连朱金九的小孩子去世了,他也抹抹眼泪继续劳动,没有回家……

民工们离别了亲人,照顾不了父母及老婆孩子,有的甚至常年在工地,见一面都不容易。

到了工地,他们面对的是艰苦的条件和繁重的任务。太浦河工地的生活条件比较艰苦:粮食定量供应,饭菜相对单一,很多民工还吃不饱;住的是临时搭建的草棚,很多民工睡的是地铺,又湿又冷。加上繁重的劳动和忘我的精神,民工受伤、生病的事时有发生。据《上海市太浦河工程指挥部松江县指挥部卫生所工作计划、总结报告》记载及分析,在1960年太浦河工程上海段工地上,民工患消化系统的疾病最多,如腹泻、胃病、消化不良等,其中发病比率最高的是腹泻,占10%—20%。对于民工中消化系统疾病较多的原因,工地医务人员认为是饮食不良及饮水不清洁造成的,而分析后又觉得,这么多的民工患消化系统的疾病,无疑和当时粮食定量供应、不够吃有关。民工们平时处于半饥饿状态,很容易患胃病,一旦伙食改善,就吃得过多、过快,又导致更严重的消化系统疾病。

在苏州专区太浦河工程指挥部1960年3月26日的一份《通报》中,也综述了工地民工的生病情况:开工以来的病员达到2754人,占全部民工的3.6%,患病以感冒、肠炎、浮肿病较多。有12名民工因病死亡,死因大多是急性心力衰竭,也有的是肺炎、肝炎、胃穿孔、脑溢血等,特点是发病急,难抢救……

这份《通报》是在吴江区档案馆里看到的,是一份没有"秘级"的文件,可是却不能像其他类似文件一样复印,据说是"按规定",可能是涉及死亡比较敏感吧。为此,我们隐去了这些人的名字,只把相关情况抄录如下——

唐某，男，43岁，常熟乘航人。2月24日上午腹泻一次，10时上腹部突然疼痛、呕吐，腹部膨胀又疼痛，25日晚11时经抢救无效死亡。最后诊断死亡原因是胃穿孔、腹膜炎。

张某，男，31岁，吴县斜塘人。素来体质瘦弱，2月25日发病，头痛、畏寒、鼻塞、咳嗽、气急，3月1日上午死亡。最后诊断死亡原因是肺炎、呼吸衰竭。

陆某，男，33岁，吴县胥口人。2月27日开始腹泻，29日凌晨4时昏迷，上午8时送到工地医院，3月1日下午3时10分经抢救无效死亡。最后诊断死亡原因是心力衰竭。

顾某，男，38岁，吴县斜塘人。素来体质不好，2月23日晨4时发现已昏迷，急送吴江人民医院，当日下午5时经抢救无效死亡。最后诊断死亡原因是心脏病。

吴某，男，43岁，吴县郭巷人。素来体质较弱，2月15日起发冷发热，上腹部胀痛，肝肿大，巩膜发黄。19日下午3时死亡，最后诊断死亡原因是急性肝炎。

魏某，男，49岁，吴县湘城人。2月3日下午3时突然感觉头晕，跌倒后约一分钟即昏迷，约5分钟即死亡。最后诊断死亡原因是脑淤血。

沈某，男，55岁，吴县黄埭人。1月30日，在奔赴工地途中吃了三个冷团子，就腹痛呕吐，2月4日下午病情加重，派人送往苏州，下车时昏倒，经抢救无效死亡。最后诊断死亡原因是胃穿孔、腹膜炎、心脏病。

宋某，男，46岁，吴江七都人。2月24日上午自觉疲惫，休息到27日，仍发热、头痛、胸痛、咳嗽。27日晨7时送往苏州医院，当晚经抢救无效死亡。最后诊断死亡原因是肺炎。

李某，男，47岁，吴江铜锣人。2月27日起全身疲惫、酸痛、畏寒，28日晚上10时发生抽搐，片刻即死。最后诊断死亡原因是急性心力衰竭。

张某，男，41岁，吴江青云人。2月29日起畏寒发热，咳嗽胸痛，3月3日转入工地医院，4日下午4时经抢救无效死亡。最后诊断死亡原因是肺炎、呼吸衰竭。

梅某，男，27岁，吴江八坼人。2月29日脚酸无力、胃痛，3月3日晨6时发现已死亡。最后诊断死亡原因是心力衰竭。

顾某，男，35岁，吴江莘塔人。3月3日下午头晕乏力，回宿舍时跌跤，晚上7时左右昏迷，当晚11时死亡。最后诊断死亡原因是急性心力衰竭。

《通报》中分析这些人的生病原因时，主要强调了年龄较大、身体较弱、营养不良、有基础疾病，还有就是没能做到量力分工，致负荷过重……

对照这12人生病时的情况，年龄最大的只有55岁，最小的才27岁，应该都算是青壮年。仅有3人强调了"素来体质弱"，其他人应该算正常。死亡原因大多是急性病，与基础疾病似乎关系并不大。那么，主要原因就剩下"营养不良"和"负荷过重"了。

不管是什么原因死亡的，这12人都是死于太浦河工程，都是把生命留在了太浦河。他们有5人是吴江本地的，还有7人是吴县、常熟来支援的，其中年龄最大的沈金木还没到工地就病倒了，却不能否认他也是为太浦河而死。

除了记录在案的这12人，除了这一个多月的时间，还有多少人在漫长的工程期间死亡，如今已很难统计，至于受伤的、致残的，因参与工程身体得病并留下后遗症的，应该就更多了。

然而，谁也没想到的是，十几万人轰轰烈烈、牺牲奉献开挖的太浦河，却因为各种原因而停工了。

一条规划好的大河，却成为横亘在江浙沪大地上的一个烂摊子，不仅没能发挥作用，还产生了不少"负面效应"。

第三章

何谓困苦？这就是！

　　由于诸多原因，太浦河工程停了下来，原有水系被打乱，致排水受阻，交通受限。洪涝来袭，百姓苦不堪言；隔河出行，只能靠船摆渡。于是，在水电部的协调下，太浦河再次开挖，江苏段按规划要求完成了施工任务，上海段却没有开工，浙江段甚至连设计预算都没有编报……

望河兴叹

1960年4月15日，太浦河江苏段工程任务胜利完成。来自吴江、吴县、江阴、常熟4县8个团7.8万民工，经过两个多月的奋战，完成土方736万立方米，河道土方工程全部竣工。

4月30日，工程通过了指挥部验收组的验收鉴定。鉴定结果：太浦河河底宽150米，均按标准开足；河底高度基本符合设计标准；坡度1:2 — 1:3，均做足；青坎15米符合要求；一般都达到了"五光"（河底光、河坡光、青坎光、堆土坡光、堆土顶光）、"三平"（河底平、青坎平、堆土顶平）、"三直"（河底线直、河口线直、青坎线直）、"三级分开"（河底一级、青坎一级、堆土一级）的标准，有的地方已做到河路并成。

此前的1959年10月，被称为"太湖第一闸"的太浦河节制闸工程也已竣工，并通过了苏州专署水利局组织的验收委员会验收，移交太浦闸管理所使用。

可是，太浦河上海段的工程进度却不如预期。上海段全长只有16公里，任务量要比江苏段小很多。起初，上海太浦河工程指挥部的决心很大，先从金山、松江、青浦3县抽调了1万多人投入施工，又从上海市区抽调了2800名城市待业知识青年，也在工地上开展了轰轰烈烈的比武竞赛活动，工地劳动氛围很好，工程进展较快。后来，由于条件太差、粮食不够吃、病员较多等因素，施工速度有所减慢。

1960年5月的一天，太浦河江苏段放水通行。太湖水汹涌澎湃，一头涌进太浦河，并一路欢歌流到了江苏省界。可是，浙江省嘉善县河段一直未动工，太湖水流到这里，只能停下观望了。

到了6月，随着全国性大饥荒的扩散，农田水利建设逐渐陷入十分窘迫的境地。迫于形势，中央下达指示，决定控制农田水利建设规模，要求"只搞续建工程和配套工程，不搞新建工程"，并限制动员劳动力的数量。7月，太浦河上海段暂停施工，理由是劳力、资金、材料不足等。这时的河道已粗具雏形，但河底仅挖到1.00米，距设计标准负1.00米还差2米之多。而且，青浦县钱盛荡附近3公里长的太浦河工程挡水工作坝没有拆除，后又被当作池塘养鱼，相当于在太浦河上设置了一座水坝。

太浦河水只能停留在江苏境内，大河成了一条不能流动的河。

水虽然不流了，但大河的雄姿已然展现在人们面前，沿河的群众都很兴奋，参与挖河的民工更是激动。在春耕生产之余，大家纷纷到河边参观，感叹大河的壮阔，畅想大河的未来，有的还跳进河中游泳，感受河水的浮力和亲热。

吴江县体委也发现了这条河的魅力，在这个夏天就先后组织了两次横渡太浦河的活动。

8月1日，来自吴江各地的100多名游泳爱好者齐聚太浦河，冒着6级的大风，在宽阔的河里劈波斩浪。参加活动的有工人、农民、教师、学生等，有经验丰富的游泳高手，也有刚学会游泳的小姑娘，分少年组和成年组进行了比赛。最后，县运输子弟小学的业余体校游泳班的学生黄金周获得少年组冠军，成绩是4分钟；盛泽公社水产养殖场的陈海荣夺取成年组第一名，成绩是3分21秒。

参加活动的人员还在太浦河里学习了游泳操，练习了游泳新姿势，准备在下一次的横渡中取得更好的成绩。

横渡活动结束后，县体委做了总结，并计划把"横渡太浦河"活动办成一个规模更大的群众性游泳活动，从"百人横渡"扩大到"千人横渡"。

最初的兴奋和激动之后，沿河群众渐渐发现，这条不能流的大河，并没给他们带来多少好处，相反，还带来了不小的麻烦。

俗话说，"隔河千里远"。原本相邻的两个村子，如今隔了条河，而且是条又宽又深的大河，附近又没有桥，看起来很近的距离，因为要绕路走，实际路程就很远了。于是，河上出现了摆渡船，人们过河可以坐船了，但群众还是觉得过河很麻烦。

苏州市吴江区政协社会事业委员会主任施国强说，他岳父是平西村的，就在太浦河边上，因为他家的地在河对岸，干农活就必须摇船摆渡过去。他还说，当年挖河挖出来的土，压毁了很多田地，后来再利用，做成了苗圃，倒成了小孩子们的乐园。

为了解决河道给交通带来的不便，太浦河工程最初的设计，就在平望规划了一座大桥，但大桥的施工速度比较慢，河道放水后，大桥刚刚开始施工。

平望大桥是 1960 年 4 月 4 日开始施工的。项目由苏州专区交管局负责，太浦河工程指挥部配合，专区水利局工程队具体承建。因此，平望大桥的工地上，有苏州来的工程师、技术员，也有工程队的工人，还有配合施工的民工，可以说是一个土洋结合的混合队。于是，大家贯彻土洋并举、两条腿走路的方针，大搞机械化、自动化，使所有的洋机械、土机械、自动的、半自动的、手摇的工具，都充分发挥它的作用，减轻体力劳动，加速施工进度。

指挥部直接抓大桥桥墩工程。桥墩基础处理采取填沙的办法，保证高质量。可是，要换土填沙，必须用平板式震捣机震捣，工地只有插入式震捣机，不适合换土填沙。如果采用人工震捣，一个桥墩需用 30 人，操作 24 小时。工人郁阿毛、汪铖等积极想办法，利用插入式震捣机改装平板式震捣机。由于结构复杂，他们连续试制四次，都以失败告终。可他们毫不气馁，继续努力，终于在第五次改装成功。于是，他们先后把二台插入式震捣机改装为平板式震捣机，只要 8 个人操作，3 个小时内就能完成一个桥墩的震捣，大大节省了劳力，提高了工效。

震捣过的黄沙需要用"履带输送机"运送，可输送机运速很快，每秒运转 2.5—2.7 米，民工送沙根本跟不上，导致开空车多，磨力大，机器时常发生故障，修理起来又很耽误时间。申金德、赵高高等工人与苏州来的工程师、技术员一起动手，改装了履带式输送机，把其运转速度降低到每秒钟 0.65—0.7 米，正好适合民工操作，不仅节约了能耗，还提高了效率。

下雨后，桥塘积水很多，大家只能赶紧排水。抽水机装好了，可是缺少四寸莲蓬头，再定制的话时间来不及。工人姚亨男想到了一个办法，用木椿头和羊毛毯制成土式莲蓬头，试用后效果也很好。于是以土代洋，保证了机器排水，保证了施工进度。

经过一年的努力，1961年3月，平望大桥终于建成通车。建成的大桥全长232米，共11孔，边孔跨度12.5米，次边孔跨度17.5米，其余为20米，桥面净宽7米，两侧人行道各宽0.65米，T型悬臂梁结构……这座大桥气势宏伟，美观大方，在当时的吴江来说，算是首屈一指的现代化桥梁。

在修筑平望大桥的同时，吴江县交管局也在黎里和芦墟各修了一座太浦河大桥，均为浆砌水泥墩木桥。因为工程量较小，施工较简单，很快就建成使用，方便了群众过河。

可是，在40多公里的太浦河沿岸，大量的群众还是"隔河千里远"，不得不"出门把船摇"。

太浦河不仅带来出行的不便，还带来了一个更严重的问题。她虽然串起了原来的河湖荡漾，可也把原来的水系打乱了。一方面，由于太浦河下游未开通，不能发挥其专用泄洪道作用；另一方面，太浦河沿线原先南北贯通的河港，在工程中大部被堵死，浦北地区涝水原经蚂蚁漾、杨家荡、大平荡、汾湖等湖荡向南向东排泄，因河口被堵，致使南向排水受阻。根据苏州专区水利规划，浦北区需开辟两条东西向排水干河，但因财力物力所限，一时没能实施，从而造成浦北区泄水不畅、防洪除涝能力减弱等问题。

太浦河工程竣工不久，吴江县就受到了暴雨的考验。1960年8月3日，全县突降特大暴雨，3日内平均降水量达到300毫米，沿太湖地区高达355毫米，河湖水位普涨0.4米以上。稻田排水不畅，受涝面积达40多万亩。全县动员16万人投入排涝斗争，苏州和吴县抽调39部电动机、36台内燃机到吴江支援，连续奋战8昼夜，才把涝水全部排出。

为了让太浦河在未开通前发挥一定的作用，吴江县水利部门只得另辟蹊径，在太浦闸至杨家荡之间，先后开通了7条施工坝埂，解决了局部的排水问题。

可是，1962年的一场特大暴雨，吴江县又一次受灾。9月4日，14号台风袭击吴江，并伴有特大暴雨，3天内降雨量又在300毫米以上，其中平望314.5毫米，是平望有雨情记载以来的3日暴雨量最大记录。由于排水不畅，暴雨又继续袭击，平望水位一路上涨，最高达到了3.95米，远远超过了危险水位……这次暴雨，吴江全县共有62.1万亩稻田受涝，全县出动12万劳动力，各种抽水机1362台套，其它排水工具21000件，经过20天的突击排涝，仍有1.1万亩稻田绝收。

太浦河无法起到排水的作用，只能局部"对症下药"，吴江县水利局决定，在太浦河两岸开通7条河港，以利排水。于是，1962年，开通了芦墟窑港、平望北草荡、梅堰袁家埭港；1963年，又开通了横扇亭子港、雪落漾口、李家扇港、黎里罗汉寺北港，才算解了些燃眉之急。

然而，开通几条泄水河港，只能解决局部的排涝，大量的涝水还是排泄不畅。有识之士都认为，彻底解决问题的办法，还是全线开通太浦河。

于是，众多有识之士又开始想方设法，为了全线开通太浦河而努力。

上下而求索

全线开通太浦河，说起来容易，做起来却很难。

这件事涉及江浙两省和上海市，不仅吴江说了不算，苏州专区无能为力，江苏省也只能想办法协调。更重要的是，太湖流域的水事，历来就有些矛盾，对太浦河工程的看法和态度也不尽相同，解决起来就更难了。

说起水事矛盾，要从1954年超纪录特大洪水说起。那次洪水后，江浙两省都调查研究治理方案，各自提出了治理对策，并开始在区域内实施治理。江苏在太湖东岸开挖太浦河，直通黄浦江上游的泖河；浙江在浙北开挖红旗塘，直抵浙苏边界（此时松江地区归江苏所辖），改变了河道原有的历史走向和上下游格局。由于苏浙两省都是各自规划、各自施工，且一直未能达成基本统一的意见，矛盾便产生了，并持续不断。后来，江苏省松江地区成建制划归上海市，水事矛盾由两省扩大为两省一市。

矛盾的焦点，也是流域治理的关键问题，主要是对太湖洪水的排水通道存在认识上的分歧和争论。浙苏之间，存在杭嘉湖嘉北片向太浦河排水出路的北排通道之争；苏沪之间，则是淀泖河区向东排水出路之争；而浙沪之间，主要是开通红旗塘之争。

矛盾的结果，就是相互之间不愿意配合，即使达成了协议也不积极履行。太浦河工程的挫折，虽然有不少客观原因，但各方的主观因素也起了很大作用。如果上海、浙江都像江苏一样广泛动员、积极施工，那任务量更少的上海、浙江也早就完工了。而现实的情况却是，上海中途停工，浙江根本就没动工，而且"各自为政"还有了新的发展，有些地方局部工程堵塞了太湖泄水出路，减少了原有泄水通道；上海在未完成的太浦河和红旗塘的省市边界处堵坝阻水，江苏阻断了浙江向北排水通道，上海市又阻断了苏南东排河道等。

为了解决三省市的矛盾，更好地治理太湖流域的洪涝灾害，1963年秋天，中共中央华东局和水电部联合做出决定，组建太湖水利委员会，进一步统一流域的治理规划。当年11月，太湖水利委员会在上海召开第一次会议，研究探讨了太湖治理方向和实施步骤，产生了很大的争议。争议焦点在于治理措施，到底是采取根本措施，还是采取逐步改善的措施，有些专家认为，"太湖流域原已有完整的水利系统，虽标准还低，但情况复杂，治理必须采取谨慎的态度"。最后，会议形成了太湖治理的工作方针："全局出发，团结治水，加强协作，互相谅解，勤俭治水，发挥现有水利设施作用，逐步改进。"形成了治理工作的基本方案："第一步，在两三年内充分利用现有基础调整巩固，以保证一般年份稳定增产；第二步，对以前规划中提出的控制太湖已有各出口，使太湖洪水不进入下游地区河网，另辟太浦河作为太湖洪水出路的方案，及其他有关太湖远景规划问题，进行深入调查研究，确定远景规划，彻底治理太湖。"会议决定组织流域内两省一市和水电部上海勘测设计院进行规划，以上海勘测设计院为主开展工作。

1964年1月至5月，水电部上海勘测设计院组织专门力量，对太湖流域圩区河网进行了调查。他们先后派出5个工作组，共20人，选择了江浙两省的4个县为调查对象，分别是吴江县、吴兴县、嘉善县、嘉兴县。调查组在吴江县调查了太浦河以南的圩区和水系，提出了关于河网建设的7点看法，主要是：向东河道多保留，干河西岸支港多保留，湖荡主要进出水河道要保留，较大湖荡不包在联圩内，改建束水桥梁等。

可是，上海勘测设计院还未完成规划，"文化大革命"就开始了。上海勘测设计院被撤销下放，太湖水利规划工作又告中断，太湖流域的治理再次进入"各自为政"的状态。

1970年9月，吴江县农水局组织人员进行了水系调查，于16日形成《关于水系问题的初步调查报告》。在《调查报告》中，调查人员一致认为，吴江县洪涝威胁严重，主要原因是上游来水量成倍增加，太浦河又不通，而下游兴建联圩、围垦湖荡，堵死了排水河道。《调查报告》提出两条治理意见：一是合理安排太湖洪水出路，北向排水入长江，东向经吴淞江、太浦河、红旗塘排入黄浦江，南向经海盐塘、乍浦排入东海；二是疏浚县境内淤浅的排水干河。这年，县农水局清除了太浦河芦墟境内的汾湖东坝，东姑荡东、西两坝，按底宽100米，底高程0.50米标准开挖，完成土方1.87万立方米。

这年年底，苏州地区水文站和吴江县农水局联合组成水系调查组，实地查勘了吴江县水系现状，并对上游的吴兴、桐乡、德清、海盐、平湖、嘉兴等6县以及下游的嘉善、青浦、金山等3县的水系进行实地调查，实测了太浦河、江南运河、烂溪、頔塘、麻溪、瓜泾港、海盐漕、大浦港、北大港等124条主要河道的流量和断面，查勘了元荡、三白荡、淀山湖、元鹤荡、南星湖、同里湖、九里湖等31个主要湖荡的水深及进出口，还踏勘了上海市和浙江省的长斗口、大钱口、小梅口、濮溇、幻溇、胡溇、乌镇市河、横泾塘、顾家塘、海盐塘、乍浦、红旗塘、金山卫口及拦路港等38条主要水道。

1971年4月20日，调查组经过近半年的调查，形成了《吴江县水系调查及治理报告》。调查组认为，浦北区以太浦河和瓜泾港为流域排水干道，浦南区以烂溪、頔塘和江南运河为流域排水干道，建议开通太浦河，在东太湖开泄洪道直通瓜泾港。地区治理的原则是以太浦河为骨干，大力整治东西向主要排水河道，做到以排为主，防洪除涝为重点，统筹考虑防旱、防风、防浪，全面规划，为扩大稳产、高产农业基地创造条件。

这年11月，水电部在北京召开长江中下游规划座谈会，并专题研究了太湖治理问题，向流域各省分发了《关于太湖治理的初步意见》。在这份《意见》中，强调了太湖治理的大方向："当前，太湖治理主要是解决排水出路问题。应按团结治水的方针，统一规划、综合治理、蓄泄兼筹、上下游互利，在发生1954年同样严重的洪水时，太湖水位控制不超过1954年实际洪水位，保障农业丰收，比较彻底地解决太湖地区的洪涝灾害，确保上海市区的安全。"《意见》也提出了初步的设想：太浦河按原设计标准开通，但需控制运用，确保上海市区安全，便利杭嘉湖涝水东排黄浦江。遇1954年型洪水，太浦河排泄太湖洪水量的35%—40%，并应控制平望及松江水位不超过1954年实际洪水位。会议同时明确："长办（长江流域规划办公室）承担太湖流域规划任务，有关省市配合。"

1972年，水电部和长江流域规划办公室会同苏、浙、沪水利部门，组织了一次太湖流域查勘，并集中人员在苏州拟定太湖流域规划方案。

1974年3月，水电部向江浙沪函送长江流域规划办公室编制的《太湖流域防洪除涝骨干工程规划草案（征求意见稿）》。该规划统一了水账，对洪水、涝水排水出路作了调整安排，提出了工程措施。在这个规划中，太浦河由专排洪水改为以排洪为主，亦排杭嘉湖地区涝水，河底标高按原规划标准再挖深1.3米……

可是，一晃三年又过去了，《规划》仍未能达成共识，更没能组织实施。这期间，交通部门先后挖除了太浦河节制闸至青浦马斜湖西坝的21处施工暗坝，疏浚了太浦河坝埂，但这些零星工程，难以真正解决太湖洪水出路问题。

1977年，太湖流域又遇严重洪涝灾害，接连出现了3次台风暴雨天气。5月上旬连续阴雨，太湖水位猛涨，仅吴江县就有4.4万亩农田内涝；8月22日，受7号台风影响，连降11小时暴雨，吴江的3.86万亩外滩田、围垦荡田被完全淹没，11.8万亩农田积水在1尺以上；9月10日，8号强台风袭境，风力达9级，并伴有大暴雨，平望水位短时间内上升到3.58米，太湖流域再次受灾……

1978年7月上旬，国务院副总理纪登奎、陈永贵，水电部部长钱正英等领导莅临苏州，同行的还有广东、广西、贵州、云南、湖南、湖北、上海、江西、浙江、福建、安徽等省市的负责人，参观调研苏州地区农田基本建设和农副工相结合综合发展的情况。其间，江苏省和苏州地区的领导都特意提到了太湖流域治理的问题，受到了国家领导人的高度重视。8月，全国农田基本建设会议期间，在水电部领导的召集下，江浙沪参加会议的领导坐在一起，协商了续办太浦河工程的事，领导们一致表示，要尽快上马这项工程。

关于这段历史，我们在采访水利专家、原吴江市政协副主席、苏州市水利局原局长戚冠华时，听他讲了他了解的情况。他说："太浦河第二期工程的启动，时任江苏省革委会副主任陈克天起到了很大的作用。陈副主任担任过省水利厅长，制定过全省治水的流域规划、区域规划，太浦河的第一期工程，他就是规划者之一，因而不遗余力地为太浦河奔走呼吁。退出领导岗位后，他又来过一次吴江，我陪他参观了东太湖大堤、太浦河口。那天冒着小雨，路也不好走，可他还坚持去看太浦闸，并跟我说了很多关于太浦河的事，其中就有第二期工程施工前的几次汇报与协商。"

在陈克天等领导的努力下，时隔18年，太浦河工程终于又看到了曙光。

18年，一棵小树已经参天，一个孩子已经成人，太浦河却仍在孕育中。这已经不仅是艰难与曲折，可以说成困苦与磨难。

尽管还没最后确定，但苏州地区的领导们都认为，这次应该不会再有意外。至于原因，一则水电部领导很重视，二则有天时地利甚至人和。这年，太湖流域出现特大干旱，河湖水位普遍下降，很多水库塘坝甚至出现干涸，一向不缺水的浙江、上海也持续干旱，下游的人们突然发现，开通太浦河并不一定对其不利，相反，遇上旱灾还可以引来太湖水。观念改变了，主观能动性增强了，那协作就是水到渠成了。

因此，苏州地区又一次率先行动起来。10月12日，苏州地区太浦河工程总指挥部成立，中共苏州地委常委范育民任指挥，姜政、陆启明、高风喈、袁培春任副指挥。总指挥部下设秘书、政工、群工、工程、后勤五个组，指定抽调计划、水利、农业、商业、物资、交通、文教、卫生和军分区等部门的负责同志，作为总指挥部的领导骨干，还从各部门抽调了一批机关干部，组成了一套工作班子，办理有关具体事宜。总指挥部设在吴江县平望大桥堍通用机械厂内。

10月18日，太浦河工程吴江县指挥部也成立了，县委副书记史振康任指挥，徐志良、曲以敬、朱慰祖、张行高任副指挥，指挥部设在平望大桥堍，县商业局预制场。各公社也相应成立指挥机构（营部），由一名公社党委副书记、革委会副主任或人武部负责同志担任营长。

10月底，平望、梅堰、横扇、庙港等4个沿线公社开始修筑拦河坝、清障、拆迁房屋等，做好工程准备工作。需要拆迁的房屋有1000余间，涉及面广，情况复杂，时间又紧，吴江县指挥部会同有关社队一起，逐户调查，反复落实，做了大量的工作，按照原拆原建、拆多少补多少、拆多少建多少的原则，组织力量包拆包建。沿线有关社队、单位和社员，以大局为重，密切配合工程指挥部，按要求进行拆迁。各有关社队组织专业队统一拆建，仅用了20多天时间，就完成了拆建任务。

11月初，水电部又召集江浙沪水利厅（局）负责人，在北京具体磋商施工事宜。这次，三方很快达成共识，并经水电部批准，形成了《水电部关于开通太浦河问题的意见》，决定太浦河第二期工程于1978年11月动工，由苏州地区太浦河工程总指挥部负责施工。随后，水电部发出《关于太浦河续建工程（江苏、上海段）初步设计的批复》，同意采用人工开挖办法，先实施江苏境内平望大桥以西新运河口至太湖边的13.6公里上游段；新运河口以东的下游段，江苏和上海均采用水下机浚为主、水上部分人工开挖的方法，待上游段竣工后再施工；浙江段要求在1979年上半年编报设计预算。

于是，苏州地区广泛动员，吴江、江阴、无锡、沙洲、常熟、太仓、吴县、昆山等8县纷纷行动起来，开始组建民工队伍。

集结号再次吹响

一样的场景,一样的任务,可时间已经过去了20年,物是而人非。这次组建的民工队伍,地域范围更加广泛,增加了无锡、沙洲、太仓、昆山,人员构成也基本更换为下一代。

按照总指挥部的统一部署,各县在思想发动的基础上,经过本人报名、群众评议、领导批准,挑选出思想好、体质强的青壮年劳动力,按照民兵建制成立民工营、连,由社队领导担任营连领导。民工出发前,各地都召开了誓师会、欢送会,党委负责同志千叮咛,万嘱咐,勉励民工争先进,夺红旗,为太浦河多作贡献。于是,12万大军陆续从苏州各县开往太浦河工地,如同军队开赴前线一样。

工地上的氛围依然浓厚,红旗依然随风飘扬,标语横幅也挂得到处都是。

"胸怀总任务,奋勇战太浦。大干四十天,开出幸福河。"

"苦不苦,想想红军二万五;累不累,比比革命老前辈。"

"树雄心、立壮志、高标准、高速度、高质量办好太浦河水利工程。"

1978年11月16日,来自吴江县20个公社(湖滨、莞坪、震泽3个公社除外)的营连干部及民工代表在工地上集结,参加了太浦河工程吴江县指挥部举行的隆重誓师大会。县委副书记、县革委会副主任吴砚池到会并讲了话。他在讲话中指出——

> 续办太浦河工程,是加快四个现代化步伐,特别是加快农业现代化步伐、实现新时期总任务的需要。水利是农业的命脉、大搞农田水利基本建设是一项伟大的社会主义事业,是加快农业现代化步伐的根本性措施。我们的农业生产与过去比,确实有了很大的发展,但是与四个现代化的要求比,与世界先进水平比,差距还很远,我们的水平还很低。要彻底改变这种落后状况,实现农业现代化,就要在更大的规模上,大搞农田水利基本建设,办太浦河这样的大型水利工程,创造更好的水利条件,确保农业高产稳产,实现农业现代化就有了希望。

续办太浦河工程，是增强太湖地区抗灾能力，高速度发展农业生产的需要。太湖地区是全国著名的产粮区，经过多年的建设，举办了许多中小型水利工程，水利条件大有改善，但是还不能彻底解决问题，每逢汛期，来自上游的洪水不能完全控制，造成灾害。太浦河工程是与望虞河、太湖控制线配套的太湖治理规划重要组成部分。这个工程完成以后，太湖上游来的洪水再大，也可迫使它通过太浦河流入黄浦江入海，即使碰到百年一遇的大雨，也不会受灾。这样，就可以加速我们苏州地区的吨粮田建设，促进农业生产的大发展，保障人民生命财产的安全。

……

总之，太浦河是发展农业的增产河，是改造自然水利河，是造福子孙后代的幸福河，是我们苏州地区继浏河工程后的又一大型水利工程。我们能够亲自参加这项工程的建设，为四个现代化作贡献，是非常光荣的。

按照规划要求，在我们江苏的一段，也就是在我们吴江县的40.5公里，分三段施工：西段从太湖边到新运河西，长13.2公里；中段从新运河西到汾湖东，长21.3公里；东段从汾湖到马斜湖（与上海交界），长6公里。工程标准：河底宽度150米，在太浦河闸上游，河底还要逐步放宽到300米，成喇叭口。河底高程从负1.5米由西向东逐步下降至负2.3米到负2.7米，大堤堤顶高程7米，顶宽10米。整个工程在三四年内完成。

今年开挖的是西段，总土方490万左右。地区组织全区8个县12万民工参加会战，从11月20日开工，到明年1月20日前结束。工程质量要求做到"三平、四足、五整齐"："三平"就是青坎面平、堤顶面平、堆土面平，"四足"就是河底深度足、河底宽度足、青坎幅度足、大堤宽度足，"五整齐"就是河底线齐、河口线齐、青坎线齐、大堤线齐、堆土线齐。两岸绿化和配套建筑物，力争同时完成，当年发挥效益。地区总指挥部要求我们，继承和发扬浏河施工的好经验、好作风，在工程的速度、标准、质量、工效上都要超过浏河，把太浦河工程办成苏州地区高标准、高速度、高质量兴修大型水利工程的又一样板，做到上级满意，干部满意，民工满意，当地群众满意。

地区总指挥部分配我县河道土方任务长1139米，47万3千个标准土方，平均每人40个，这是一个既光荣又艰巨的战斗任务。现在，各兄弟县的水利战士已经陆续到达工地，战斗已在全线打响。他们都做到了准备工作抓得早，士气鼓得足，都决心提前超额完成上级分配的任务。太浦河在我们吴江县境内，我们是首先受益的一个县，是东道主，面对这样一种逼人的形势，我们怎么办？按常规办事吗？不行！慢慢来吗？更不行！我们决不能辜负党对我们的期望，也决不能辜负远道而来参加战斗的各兄弟县水利战士对我们的鼓励。我们一定要横下一条心，拼死拼活争上游，一天要干两天活，两个月的任务一个月拿下来。我们一定要做到施工速度最快、质量最好、风格最高，为全县人民争光，让全县人民放心。

我们县指挥部提出的战斗口号是：太浦河上摆战场，日夜奋战打硬仗。一月拿下五十万（土方），学习吴县争快上。

为了胜利完成战斗任务，县委、县指挥部要求各民工营、民工连和广大水利战士立即紧张地动员起来，从各个方面做好工作，为夺取这场攻坚战的全胜而努力。

吴砚池在讲话中还提出了具体的要求，从思想上、组织上、行动上进行了详细的部署，强调了"开展社会主义劳动竞赛"的经验和党员干部的带头作用。他强调指出，为了加强相互学习，鼓励奋发勇进，加快工程建设速度，要在营与营、连与连、组与组之间开展以"六比"为内容的社会主义劳动竞赛。比工效进度，比工程质量，比团结纪律，比安全生产，比勤俭节约，比共产主义风格。各营、连都要培养和树立典型，不断总结和推广先进经验，鼓励先进更先进，后进赶先进，各找对手，开展竞赛。为了奖励先进，交流经验，要根据工程进展情况，定期进行评比活动。民工营的评比工作，分南北二片进行，优胜单位由县指挥部发给流动红旗。民工连的评比工作，由各营考虑组织。

在誓师大会上，桃源民工营营长沈光荣向南片其他民工营发出了挑战书，题为

《拼死拼活干一番，优质高速敢登攀》——

在党中央的亲切关怀下，太浦河续办工程胜利开工了。我们桃源公社全体水利战士，决心以伟大号召为强大动力，满腔热情地投入战斗，脚踏实地干，扎扎实实干，高标准、高质量、高速度地完成上级交给我们的光荣而艰巨的使命，并与南片各兄弟公社营开展友谊竞赛。

我们的战斗口号是：桃源民工志气昂，太浦河上英雄当。高质高速争第一，日夜苦战打硬仗。不获全胜不收兵，坚决打个漂亮仗。

随后，盛泽民工营营长沈泉春代表南片的八个营，接受了桃源营的挑战，并当场宣读了应战书，题为《新长征中打冲锋，太浦河上立新功》——

在这精神振奋的讲台上，我代表南片八个营的全体水利战士，向县委、县太浦河工程指挥部表决心。我们的口号是：新长征中打冲锋，太浦河上立新功。学习桃源拼命干，奋战到底争上游……我们的措施是：思想领先，干群一心，政策兑现，后勤保证。

让我们满腔热情地加快步伐，脚踏实地，知难而进，拼命快上，为提前完成施工任务做贡献。

接着，同里民工营营长周生荣又向北片各营发出了挑战，八坼民工营营长杨忠禹代表北片的其他七个营应战。

杨忠禹的应战书写得很具体，有决心，有口号，有目标，有措施——

我们北岸平望、八坼、屯村、芦墟、北厍、金家坝、青云等七个公社参战的5000多名水利战士，坚决响应同里公社民工营老大哥提出的挑战，决心在这一场续办工程的大会战中，发扬革命精神，下大决心，花大力气，优质高速地完成上级下达的施工任务。

我们的决心是：风吹雨打不怕难，天寒地冻更无畏。天大困难脚下踩，定叫太浦河底翻。

我们的战斗口号是：北岸民工斗志坚，太浦河上身手显。敢与同里比高低，两月任务一月完。

我们的竞赛倡议是：比思想，看谁政治工作做得细；比进度，看谁大干苦干劲儿足；比质量，看谁坚持标准质量好；比风格，看谁团结友爱姿态高；比安全，看谁安全生产措施实。

我们的措施是：抓思想发动，坚持思想领先；抓领导班子，坚持干部参加劳动；抓政策落实，坚持高速度、高质量完成任务；抓后勤卫生，坚持安全施工无事故。

南北两片各营挑战应战后，青云民工营红卫连又联合17个民工连，向全县各连发出了联合倡议书，表示坚决响应县指挥部发出的战斗号令，在太浦河工程的大会战中"苦战当尖兵，做出新贡献"。他们倡议，各连组与组、人与人之间开展竞赛，比团结、比风格、比节约、比进度、比质量、比安全，激励斗志。他们决心争当急先锋，晴天加班干，小雨照常干，晚上挑灯战，一人要顶二人用，一天要干两天活，多快好省地完成施工任务。

这次誓师大会，指挥部下达了施工任务，发出了施工命令，各营各连纷纷挑战、应战，营造了热烈的氛围，鼓舞了大家的士气。会后，各营各连便迅速开进工地。

从11月17日开始，太浦河西段沿线地区的公路上，车辆络绎不绝；平时并不繁忙的大运河里，一时船队川流不息。来自苏州地区8个县、192个公社的水利大军分批出发，水陆并进，陆续开往太浦河工地。

各路水利大军的到来，受到了驻地领导和群众的热情接待。大家像接待远方来的亲友一样，把民工接到自己家中，嘘寒问暖，腾房让铺，为民工提供生活方便。后勤人员准备了热菜热饭，使每个民工都能吃饱吃好，抓紧时间休息，准备迎接战斗。各县指挥部领导和工作人员，挨家挨户，逐个工棚检查民工食宿情况，及时解决民工生活上的困难。民工们纷纷表示，"领导这么关心，当地群众这么热情，生活安排这么周到，我们在工地比在家里更感到温暖，一定要甩开膀子大干，为太浦河工程贡献出自己的全部力量。"

从太浦河口到平望大桥，在长达13公里的太浦河两岸，12万水利大军安营扎寨，摆下了一字长蛇阵。

11月18日至19日，昆山、沙洲、吴县、常熟等县分别召开了誓师大会或动员大会。首先由指挥部党委动员，然后营、连、排的代表发言，谈认识、表决心、发倡议、搞竞赛，互送了挑战、应战书，预领了优胜红旗，并公布了竞赛的奖励标准和具体办法，形成了一种争上游、夺红旗的浓厚氛围。

县与县之间，相互开展了对口竞赛。无锡县提出挑战："解放思想大步迈，万众一心排万难；苦干巧干三十天，誓夺冠军高峰攀！"江阴县奋起应战："奋战三十天，任务早完成，元旦召开庆功会，胜利跨入七九年！"吴县与吴江，沙洲与常熟，昆山与太仓，也分别结成了竞赛对子，提出了战斗口号。同时，营与营、连与连、民工与民工之间，互找对手挑应战，广泛开展以"六比"为主要内容的社会主义劳动竞赛。

太浦河成了万马奔腾的战场。

一场没有硝烟的"战斗"已然拉开了序幕。

"战场"与"战斗"

1978年11月20日，"战斗"正式打响。

20日凌晨3点，昆山县石牌营红旗连带头上工，其他连排随即跟上，6时前，全县民工全部进入工地。昆山县承担1564米的开挖筑堤任务，全县16762名民工信心十足。石牌营红旗连是昆山县著名的开河先进单位，这次来到太浦河工地，更是斗志昂扬。

可是，进入施工现场，大家都不由倒吸了一口凉气。如此的工地条件，施工难度太大了！大家的热情一下子冷了许多，像是被浇了一盆冷水。

其他各县的民工也先后来到工地，也都为工地作业面的复杂而震惊。

大家眼前的工地，是一条又宽又深的河床，有着沉积了近20年的河底，淤泥太深了，河床太宽了，运距太远了，需要爬的坡太高了，工程难度实在太大了。

尤其是淤泥，一般深度为1.2米至1.7米，最深处达3米左右，人一脚踩下去，半条小腿都能陷进泥里。在这种环境下，走路都很吃力，别说再挑上一担沉甸甸的泥土了。况且，工地的平均运距长达240米，运距之长在水利建设史上也是罕见的。

可是，要想正常施工，必须先把河底淤泥彻底清除。而要把这么多的淤泥从河底运上4米多高的河岸，再送往200米外的堆泥处，如果光靠人挑肩扛，实在是太难了。有人说："太浦河，淤泥深，难上难，愁死人。"还有人说得更夸张："不用直升机，别想把淤泥搬走。"

如何对付这只拦路虎？各级指挥员和广大民工战士同工程技术人员一起，动脑筋、想办法，千方百计攻难关。

常熟杨园民工营的工段有淤泥7300多个土方。民工营负责人开工前就来现场察看过，心中已有数，就提前做了一些准备。他们提前准备了11台手扶拖拉机上的发动机和60多辆装泥小车，分散在11个民工连的工地上使用，机力牵引和人力挑运相结合，减轻民工的劳动强度。

民工们把淤泥装满小车后，把车钩往牵引索上一挂，重墩墩的泥车就被牵上河岸了。大家深深感到，机力牵引运泥实在好，它有利于减轻劳动强度，有利于连续作战，有利于确保后段工程任务的提前完成。

这样干了5天，杨园民工营运送淤泥土方已达4200方，其中机力牵引运泥的土方达2700多方。尝到了"甜头"，杨园民工营又增加了10部牵引机，全营21个连全面实现了运泥半机械化。

针对淤泥深的问题，江阴民工摸索和掌握了一套成功的经验，包括多沟排水法、一垦到底法、括泥填土法、挖潭降水法、搭跳取泥法等。

"多沟排水法"的做法，首先集中20%的劳力，挖一条中心龙沟，统一标准、统一时间、统一行动，保证一次突击成功。然后，每个营组成专业队，开挖横向支沟和积水深潭，自成排水系统，把渗水引向龙沟或由高压泵外排。专业队主要负责开挖井字沟，做到三沟配套，专人负责，住在工地，日夜排水。

"一垦到底法"则针对有硬底的淤泥，先用干泥铺路，然后一垦到底，这是最简便的办法。

"括泥填土法"针对港槽淤泥稀薄的情况。把水抽干后，把稀薄淤泥括光，用粪桶挑走，再用干土填路，就能顺利施工。

"挖潭降水法"针对周围高、中间低的淤泥。这种淤泥的渗水无法排出，就在工段中心挖一深潭，引水入潭，再抽水外排。

"搭跳取泥法"针对泥深潭大、不便通行的地块。在长寿营、华士营等工地，发现有10多米直径的深潭，有的是老河底，有的是挖泥炭造成的，泥深潭大很难过去，他们就用毛竹草绳做成多孔便桥，谓之"竹跳"，解决了过河问题。民工风趣地说："过去红军长征走铁索桥，现在我们担泥走竹跳桥。"

昆山民工也创造了类似的对付淤泥的五种办法，分别是：干泥铺路法、搭跳挖淤法、一次见底法、分条取土法和开潭引淤法。他们还根据观测，总结出各类淤泥的自然坡比，为以后施工积累经验。

针对河底烂泥多、淤泥层厚等特点，吴江北厍营梅墩连、盛泽营盛虹连和大东连、黎里营南英连以及芦墟营中星连、云东连、伟明连、爱好连等，也先后在劳动强度最大的地段设置了机械化运泥线，减轻了劳动强度，提高了工效。

在总结群众经验的基础上，指挥部及时召开了现场经验交流会，因地制宜，大力推广，较好战胜了淤泥难关，促进了工程顺利进展。

由于工程作业面的特点，一般的施工工具很多无法适应，既吃力又费工，事倍功半，影响工程进展。为了解决这个问题，各地发动群众，普遍进行了工具改革。铁耙垦烂泥，有力无法使，就改用铁铲挖。小土担装泥少，空担重，速度慢，不少地方就用蛇皮袋当运泥工具，装泥多，空担轻，速度快，又省力。

在工具改革的同时，指挥部推广了常熟杨园民工营的做法，在无锡县东亭、梅村等10多个民工营进行了机械化施工的试点。采用人力挑运与机械牵引相结合的方法运泥、推土，民工运用机器作动力，牵引满载淤泥的小车上河岸，然后再由人力推车送泥，减轻了劳动强度，提高了劳动工效。据统计，一台机器可轮流牵引

4辆车，在200多米长的泥路上，每天能运泥50多方，其工效比单纯的人挑肩扛提高50%以上。

工地上，机声隆隆、小车如梭，民工们随车往返不绝，干得热火朝天。

施工过程中，江阴、无锡一马当先，高质高速，对整个工程速战速决起了很好的榜样作用。

11月26日，总指挥部在横扇召开各县指挥会议。会议要求各级指挥员、战斗员紧张地动员起来，思想再解放，干劲再鼓足，苦干加巧干，任务早完成，以出色的成绩向党中央汇报，向1979年元旦献礼。无锡县前洲民工营和江阴县陆桥民工营向会议报喜，已经胜利完成了全部土方任务，而这时距离开工仅过去了一周时间。总指挥部党委对前洲民工营和陆桥民工营表示了热烈的祝贺，还把无锡县藕塘民工营列为整个工程的样板，要求各县都达到藕塘的标准。各县各营抓紧贯彻会议精神，以前洲、陆桥、藕塘民工营为榜样，千方百计加快工程进度，一丝不苟确保工程质量，都表示要提前完成土方任务。

11月29日，吴江桃源营红星连、卫星连、雄壮连和铜罗营的一个连都完成了全部土方任务，向指挥部报喜，平均每人每天完成3.5方以上。

在吴江县指挥部主编的第21期《太浦河简讯》上，采编了一篇记述桃源民工营红星连工地见闻的文章，全面反映了当时的红星连战斗历程，也从中可以想象当时整个工地的施工情况，现全文转录如下——

初冬，太浦河工地这个火热的战场上，红旗如画人似潮，革命干劲冲云霄，水利战士你追我赶，学习硬骨头六连，争当太浦河先锋，一个以"六比"为内容的社会主义劳动竞赛热潮，一浪高过一浪。桃源营红星连就是在这样的竞赛热潮中第一个完成土方任务的连队。昨天，我们以无比喜悦的心情来到了工地，走访了红星连。

红星连是当年参加浏河、北塘河的尖兵连。在11月中旬，这个连接到了县指挥部和营部的通知后，闻风而动，全连18名战士，于11月19日开赴工地，第二天就投入战斗。经过10天奋战，到11月29日，685个总土方任务全部完成，平均每人每天4.3方。他们的特点是：人心齐、速度快、干劲足、风格高、纪律好。

俗话说，"人心齐，泰山移"。这个连严格按照县指挥部规定，按照思想硬、干劲足、身体好的要求，组建民工队伍。全连民工平均年龄25岁，最大的40岁。政治素质亦很好，有2名党员、8名团员、5个生产队副队长，大队支部副书记沈玉坤同志担任连长。在组建民工队伍时，他组织全体民工重温了毛主席关于"水利是农业的命脉"的伟大教导，使大家明白了开好太浦河与建设大面积旱涝保收、稳产高产吨粮田的关系。在临战前，他又向民工说明了这次工程时间紧、难度大，要求每一个民工做好吃大苦、耐大劳、打大仗、打硬仗的思想准备。由于思想工作抓得及时、有力，民工们个个斗志昂扬，纷纷向连部表了决心，真是高高兴兴上战场、上下团结一条心。除此，沈连长与其他几个连干部，分工不分家，密切配合，搞好一班人团结，充分发挥党团员先锋模范作用，为这次开好太浦河奠定了思想基础。

红星连战士在施工期间，平均每人每天要挖土4.3方，速度之快确实惊人。这样的高速度，决非偶然。他们是敢与时间赛跑的人，时间观念特别强烈，因此，当他们一到工地，战斗就在全营展开。战斗中，那种分秒必争、大干苦干的精神是很感人的。如在决战淤泥中，由于所带防滑工具不够，副连长沈福强积极发动民工自己动手扎毛跳、编囤皮。共青团员沈永强为了编扎毛跳、囤皮，常常利用业余时间苦干到深夜。青工姚炳芳同志，思想红、干劲足，不仅重活、累活抢着干，还特地从家里带来以前做木工用的工具，为集体开毛竹、做跳板，利用吃饭、黄昏和收工回来的点滴时间，帮别人装铧铲、铁搭，有力地保证了施工的顺利进行。

战斗开始时，留家负责后勤的沈玉坤从电话中得知前方缺少毛跳和照明设备时，立即发动社员连夜赶制了75米毛跳，筹备了6盏新汽油灯，第二天一早亲自送到工地。沈连长来工地后，马上与民工并肩战斗，后方的支援极大地鼓舞了民工的士气。由于民工们苦干实干拼命干，前方后方紧相连，淤泥很快被战胜了。

红星连的民工个个生龙活虎,为了争时间、抢速度,他们政策兑现好,民工干劲足,连队干部身先士卒,吃苦在前,既当指挥员,又当战斗员,从来不比民工少挑一担泥。他们经常研究战斗情况,把党团员骨干搭配好,分别编到各个民工小组,开展组与组之间竞赛,并采用了定人、定班、定地段、定时间、定任务的"五定"办法,把原来每班 8 小时改为 12 小时,每人干 4 小时,休息 4 小时,轮流休息,通宵达旦地战斗在工地上。每到夜晚,6 盏汽油灯把工地照得通明。

在县指挥部第一次总结评比会议后,这个连的民工干劲更足了。他们响亮地提出"奋战三昼夜,定叫河底见蓝天"的口号。在一次夜战中,连长沈玉坤不慎扭伤了脚踝骨,肿得很厉害,他坚持不下火线,继续战斗。由于连长带头,民工斗志倍增,沈法根、姚炳芳坚持挑大担、挑满担,处处吃苦在前。

11 月 28 日是红星连整个工程的决战阶段。全连民工不顾几天来挑灯夜战的疲劳,人人上阵,冒着刺骨的寒风又奋战了一夜。红星连的民工就这样用辛勤的汗水浇出了丰硕的成果,11 月 29 日上午第一个向指挥部报了喜。

红星连进度比较快,一直遥遥领先,仍不忘与友邻单位共同战斗。在这个连的两侧,兄弟连曾经出现塌方、积水,施工出现了新情况。红星连的民工在干部的带领下,不讲一句怨言,主动与兄弟连搞好团结,不声不响地将塌方挑走,把积水排掉。驻地附近柳湾三队,由于特殊情况无电灯照明,红星连民工知道后,主动将汽油灯借给柳湾的社员。由于红星连处处严格要求自己,还发扬共产主义风格,博得了周围兄弟连和驻地社员的一致好评。

严明的纪律是他们取得胜利的保证。红星连吃住都在当地社员家里,为了搞开"四防"安全工作,宁肯自己吃一点苦,也不放过一个不安全的因素。负责炊事工作的陈建明,不顾灶口狭窄,天天睡在灶口,每天烧完饭,用烂泥将灶口封好,用水将有火心的柴草灰浇灭。这个连的干部十分重视"穷灶口、富水缸",还经常告诉全连战士,目前天气干燥,风比较大,容易起火,要时时处处防火。由于人人重视,还组织轮流值勤,确保了安全。

红星连在这次大会战中取得了一点成绩,但他们不以此为骄傲,决心再接再厉,在新长征路上做出更大成绩。

从这篇文章中,我们可以看到,战场的氛围依然是热火朝天,战斗的过程依然是手挖肩挑,比武竞赛仍然是如火如荼,青春热血仍然在激情燃烧……不同的是,民工们不再是面黄肌瘦,而是红光满面,分明是生活条件大有改善,干劲似乎更大了,主动性和积极性也更高了。

这些在"前线"奋战的战士们或许并不清楚,有无数人正在为他们的战斗提供后勤保障,更有整个苏州地区各部门各单位各社队的协作支持。正像一场战役或战斗,前方将士的冲锋陷阵,离不开源源不断的后勤保障,离不开团结协作、全力支援的"大后方"。

"后方"与"前方"

平望镇联丰村的王福根参加了太浦河第二期工程。他出生于1956年4月,第一期工程的后期,他已经记事了,跟着大人到工地边看过,对当时的场面有着模糊的记忆。他们村的王金荣、王连生、周永高、徐佰云、谢凤宝、王根龙等人参加过第一期工程,他也经常听这些前辈们讲当年挖河的事,对太浦河有着一种特殊的感情。这次来工地前,他就请教了几位前辈,汲取了一些经验和做法。一到工地,他就和20多个年轻人一起,成立了一个"战斗队",相互激励,相互协作,很快在营里崭露头角。

可是,如今谈起当时的情况,王福根印象最深的,还不是如火如荼的"战斗历程",而是工地上的后勤保障。他感慨地告诉我们,当时的伙食跟第一批比起来,已经很好了,不仅够吃管饱,而且吃得比在家里好多了。营里每个星期杀一头猪,几乎每天都有菜有肉。

"吃饱吃好了，大家的干劲自然就高了。"王福根说："大家的积极性都很高，还有一个重要原因，就是这次工地上实行了'多劳多得，按劳分配'的政策。干了活不仅可以记工分，干得多了还有奖励工分，而且奖励标准比较高，也很具体，大家都得到了实惠。"

的确如王福根所说，这次施工，地区总指挥部拿出了补助和奖励的具体规定：每完成一个标准土方，补助民工伙食费7角、粮食1斤1两，除了提取1两粮食做豆制品外，7角钱和1斤粮全部用于民工伙食，节约了就归自己。每完成一个标准土方，民工所在生产队还要给记一个标准劳动日工分。如果一天完成两个标准土方，就补双份钱和粮，记两个工分，做得越多，补得越多，记得越多。民工往返工地的必要路程误工，也要照记工分。

有吃有喝，每天记一个工分，在劳动竞赛的氛围下，大家都已经很卖力了。每个土方就记一个工分，还有那么多补助，大家都看到了多劳多干的利益和好处，就更争先恐后了。而且，总指挥部把这些规定原原本本地公开宣布，让社队干部、民工人人都知道，心里都清楚明白，更容易抓落实。不仅公开宣布，总指挥部还明确了纪律，公社、大队、生产队不准另搞土政策，不准乱补贴乱许愿，加重农民不合理的负担，更不准违反规定，克扣私留。这样一来，民工们的积极性更高，干劲更足了。

总指挥部和各县指挥部也都很重视后勤工作，关心民工生活。各县指挥部建立了生活管理的一条线组织，指定专人负责。对每个食堂明确提出要求，做到"千辛万苦为前方，一心一意为民工"。保证民工吃得暖、吃得饱、吃得卫生，在勤俭节约的前提下吃得好。土方费全部用于民工生活，积余分发给民工。荤食品按照规定数量一次落实到食堂，分批由公社运送。各个民工营食堂，在营党支部的领导下，认真负责，积极苦干，动脑筋、想办法，千方百计降低成本，提高质量，尽量做到：花色品种搭配巧，经济实惠花样新。在工地的226个食堂，对病员都安排病号饭，收工后都安排热水洗脚。后勤部门想方设法安排好民工的吃饭住宿，让广大水利战士样样都不愁，一心开好河。不仅努力办好伙食，保证民工吃饱、吃好，还在民工上工时，把开水送到工地。昆山县城南营江浦连还送饭到工地，让民工省却来回就餐的时间，保持体力。

苏州地区的各行各业在各级党委的统一组织下，都把太浦河工程放在优先地位，想工程所想，急工程所急，为太浦河工程开绿灯。

从工程筹建开始，地区计划、物资、商业、供销、运输等部门，根据工程的需要，在不到1个月的时间内，把32000多吨建筑材料，5800吨煤炭，1500多吨柴油，5万根树棍，近10万支毛竹，以及2万多吨副食品，按时送到工地，保证了施工需要和民工生活。粮食、财政、银行和农机等部门，密切配合，服务到工地。邮电部门积极热情，为工程的通信联络和报刊递送提供了方便。特别是运送民工的工作，在交通不便、路途遥远和车船紧张的困难条件下，交通部门和公安部门一起，做了大量工作，组织了500辆汽车和150个船队，水陆并进，有条不紊，使12万民工准时安全抵达工地。

吴江县委、县政府对这期工程热情支持，积极配合，按时完成了拆迁、清障、打坝、抽水等繁重任务，从各方面关心和照顾民工生活。太浦河沿线的公社、大队干部群众，更是对工程建设者给予了热烈欢迎和大力支持。平望公社及太浦河沿线各大队，横扇公社的五一大队、六一大队、幸福大队，庙港公社的富联大队、庆祝大队，广大干部群众都热情接待，腾房让屋，让远道而来的外地民工尽量多住民房。许多群众还为民工烧水送茶，洗衣补鞋，像对待自己的亲友一样关心照顾民工生活。

对工地的安全卫生工作，有关部门也作了很大努力。地区、县公安部门抽调16名干部，自始至终服务工程，从上到下建立了安全保卫一条线组织。尤其是昆山、太仓、常熟等县对安全保卫工作更加重视，多次组织安全工作大检查，做到了整个工程期间无事故。卫生部门组织398名公社以上的医务人员，同赤脚医生一起，在工地为民工防病、查病、治病，保证民工的身体健康，同时还为当地群众治病。各县指挥部成立门诊室，配3到4名医护工作人员，每个民工连配一名不脱产的赤脚医生，每个民工营配2到3名医生、护士。吴江平望地区医院，平望、庙港、梅堰、横扇公社医院，都控制和增加一部分床位备用，县医院还对太浦河沿线各公社医院加强了医护力量。

有了后方的大力支援、紧密配合，有了后勤人员的起早摸黑、周到服务，工地上的战士们干劲就更足了。

工程期间，各级干部亲临工地，以身作则，正确指挥，带头大干；广大民工和技术人员，群策群力，日夜奋战，攻克了一道道难关，夺得了一个个胜利。从全线开工到胜利结束，挑土纪录日日刷新，工程质量越来越好，保持了高速度、高工效、高标准、高质量。

横扇会议后，太仓、常熟、沙洲县各营连以先进为榜样，团结战斗，苦干巧干，一鼓作气，不到25天时间就胜利完成了任务。

1978年12月14日，太浦河工程太仓县指挥部向总指挥部报喜——

> 我县万名水利战士肩负县委和全县40万人民的重托，长途远征，与兄弟县会战太浦河。在地委和地区总指挥部的领导下，在吴江人民的支持下，克服了施工中障碍多、淤泥深、底土硬、出土远的困难，不怕疲劳，连续作战，艰苦奋斗，团结治水。从11月20日开工，全县实上民工9480人，实挑土方417136方，超额完成了土方任务。

同一天，太浦河工程沙洲县指挥部也向总指挥部报喜——

> 沙洲远征太浦的8000民工以昂扬的革命斗志和兄弟战友一起投入了会战太浦的战斗。自11月21日战斗打响以来，上下团结一心，虚心学习无锡、江阴，解放思想、落实政策、相互竞赛、鼓足干劲，艰苦奋斗争先进。经过22天的努力奋战，胜利完成了31万土方任务。按实际出动人数计算，平均挑土40余方，每人每天挑土2.3方，按标准、质量创出了新的水平。

他们还表示，许多战斗还在后头，将继续作战，努力发扬"山高挡不住愚公，猛虎吓不倒武松，烂泥难不住沙洲民工"的革命精神，以新的战斗姿态投入水利工程和田间管理的战斗，为完成全县水利任务，为猛攻明年农业高速度发展，再出大力、流大汗、作贡献。

此后，各县指挥部陆续向总指挥部报喜，宣告各县完成阶段施工任务。

吴县始终坚持高标准、严要求，一丝不苟，精益求精，工程质量得到了公认。

昆山县施工困难最大，任务特别艰巨，他们坚定沉着，顽强战斗，排除万难，夺取了胜利。

吴江县不仅既快又好地完成了工程的土方任务，还发动沿河社队及时搞好了拆迁、清障、打坝、抽水等工作，齐心协力为工程奋战。

12月25日，太浦河二期工程西段的土方任务基本完成，比原计划提前将近1个月。工程原定平均日工效1个标准方，实际工效在2方以上，速度和工效都超过了浏河工程。

总指挥部加强了验收把关，验收合格后发给合格证，不合格立即返工。每个营的土方任务完成以后，必须经过县指挥部组织验收，发给合格证，方可撤离民工70%；经过地区总指挥部验收合格，民工才能全部撤离工地。大部分公社民工营质量抓得早抓得紧，抓出了高标准、高质量。藕塘民工营对质量做到一丝不苟，完工后经地、县两级指挥部工程组验收，真正达到了"四平、五直、六面光"的要求，受到了总指挥部的表扬。有个别公社民工营，由于对标准质量上的"高"字认识不足，质量不完全符合要求，就责成补工重做，经验收合格后再发证。

完工并验收后的太浦河西段，河底加深了1.5米，河面加宽了10米，泄水能力增加了45%。经过验收，工程质量符合标准，做到了河底、青坎、堆土整条河一样平，河底线、河口线、青坎线、堆土线整条河一样直，河底面、河坡面、青坎面、大堤坡面、堆土面整条河一样光。

12月28日，苏州地区太浦河工程总指挥部组织召开了太浦河第二期西段工程庆功大会。

会后，12万大军陆续撤离，战士们满怀胜利的豪情凯旋。无锡县民工们用顺口溜《凯旋再迈攀峰路》表达了他们的心情："八方会战太浦河，彩旗相遥英雄多；五更寒星闪群英，夜半风霜伴镐锄。革命传统育后人，跨进年代新篇谱；豪情放声迎春曲,凯旋再迈攀峰路。"

太浦河二期工程速度之快、质量之好、标准之高,都是前所未有的。

太浦河完全变了样,四线分明,刀砍斧削,气势壮观,面貌一新,怎么看都令人心情舒畅。群众反映说:"横看称心,竖看满意。这么快的速度开出这样好的大河,从来没见过,真的没想到。"

为了使整个工程更加完善,苏州专区太浦河工程指挥部还组织实施了两个重要工程:蚂蚁漾穿湖大堤工程和太浦河节制闸全面整修工程。

配套工程不放松

蚂蚁漾穿湖大堤工程原本是太浦河二期工程的组成部分。1978年冬,常熟、沙洲两县曾组织部分民工施工,因当时淤泥含水量大、泥土活动性强,无法正常施工,从而给整个工程留下了"尾巴"。

按说,当时浙江段和上海段还没动工,这个工程并不着急,但苏州地区太浦河工程总指挥部还是没有放松,让吴江县指挥部择机继续施工。

蚂蚁漾地处横扇公社境内,西起圣塘港,东至罗家坝,全长1475.5米,底高程0.50米左右,土质为灰色软淤泥,淤泥层深在0.6到2.4米之间。这次施工前,针对该地段的土质特点,他们在不减少过水断面面积的原则下,修改了河道设计标准,把河道断面改为底宽130米,边坡1:4,以上部宽代替下部宽,4.00米水位的过水断面面积为955平方米,比原标准还略有增加。

1979年初,吴江县指挥部指派横扇公社提前做好工程准备,公社便组织了3000多民工提前到工地开挖龙沟、排除积水,以降低淤泥含水率。随后,指挥部又给湖滨营下达了试工任务,2月3日(农历大年初七),湖滨营724名民工就在工地上集结,实施试工。经过几天的试工,摸索出一些施工经验,指挥部根据这些经验,提出了"开好龙沟榨干水,增加台阶稳住坡,创造条件搞突击,分期分批筑好堤"的施工方案。

2月10日,蚂蚁漾穿湖堤工程全面动工。平望、八坼、菀坪、屯村、莘塔、北厍、黎里、芦墟、桃源、青云、铜罗、震泽、庙港、七都、八都、南麻、坛丘和盛泽等18个营的9280名民工，分期分批进入工地。

施工的过程一如既往，不同的是施工难度较大，各民工营是在探索、创新中缓慢施工的。他们经常召开工地座谈会、谈心会、诸葛亮会，及时发现问题、解决问题，一步一个脚印地攻克了一个个难关，让大堤一段段推起，渐渐延伸。

3月20日，蚂蚁漾穿湖大堤工程胜利竣工。

太浦河节制闸整修工程相对复杂一些。

早在1978年1月，吴江县水利局就给苏州地区水利局打了一个《关于太浦河节制闸整修的报告》，陈述了太浦闸年久失修的情况，请求对其进行全面整修。

太浦河节制闸竣工于1959年10月，虽因太浦河没有按设计标准挖通，长期没有启闭使用，但当初施工时为了节约，代用建筑材料，水泥标号低，粉煤灰掺用量多，工程质量相对较差。仅仅十年后，太浦闸就出现了混凝土碳化松散、脱壳，钢筋锈蚀，闸门破烂，部分启闭机螺杆弯曲变形等问题，桥头堡也有部分损坏。1969年冬，苏州专区革命委员会拨款整修了桥头堡；1970年冬，又把北侧7扇木质闸门（第2至第8扇）更换为槽形预制块钢丝网水泥门；1972年冬，再次更换12扇木质闸门（第1、第9及第20至第29扇），这次换的是平板钢丝网水泥门……可是，还有10扇木质闸门一直没有更换整修，还有块石护坡以及工作桥等也都严重损坏，亟需整修。

1978年4月，苏州地区革委会发出《关于下达太浦闸整修项目、经费的通知》，同意对太浦闸进行加固整修，并下达总控制经费10万元。吴江县水利局按通知要求，迅速编制了设计预算、设计图纸和施工计划，报地区核准后，又报江苏省水利厅审批。

在这个过程中，太浦河二期工程提上议事日程，并迅速组织实施。于是，太浦闸的整修工程也就移交给苏州地区太浦河工程总指挥部，统一领导，统一施工。

1978年冬，苏州地区水利工程队承接了这一工程，对太浦闸进行了全面整修。工程以太浦闸原设计控制条件为依据，共22个项目，重点是加固水下部分的防冲设施,接长闸下游护坦,加固消力池,新增防冲槽,修补29孔闸墩、胸墙、工作桥,将中间10扇(第10至第19扇)木闸门安装成钢筋混凝土闸门,更换29孔门侧木止水为橡皮止水,检修保养闸门滚动部位,增装锁定装置,改手摇启闭机为电动绳鼓启闭,增建启闭房,新增40千瓦发电机组1台套等。

经过两年多的努力,1981年7月,太浦河节制闸整修工程终于竣工。工程共完成土方9870立方米、石方2141立方米、混凝土616立方米,投资59.1万元。耗用钢材56吨,木材72立方米,水泥268.9吨,砂石料1441吨,块石3640吨,国家投资59.1万元。

太浦闸整修后,工程得到加固,闸门启闭灵活,操作安全可靠,管理条件改善,闸内外面貌一新。

至此,太浦河江苏段已按水电部发出的《关于太浦河续建工程(江苏、上海段)初步设计的批复》,完成了全部施工任务,只等浙江、上海段施工并完工,就可以开闸放水,让大河欢畅奔流。可是,上海段一直没开工,浙江段连设计预算都没有编报,更谈不上施工了。

失望与希望

太浦河江苏段工程已经完工,宽阔的河道虚位以待,而浙江段、上海段一直不见施工动静,只能一等再等。

在等待的过程中,等来了长江流域规划办公室的补充规划。

1980年4月,长办在1974年规划的基础上,经过补充,又提出《太湖流域综合规划报告》。主要内容有:防洪除涝方面,黄浦江米市渡的泄量增加到62—65亿立方米,其中太浦河排洪28—30亿立方米,杭嘉湖地区排涝12亿立方米;灌溉引水方面,为提高黄浦江的自净能力,在米市渡泄量低于1971年、1978年时,作为大旱年份向黄浦江补水,遇1971年型汛期(5—9月)及非汛期(1—4月,10—12月),分别由太湖补水162秒立方米、237秒立方米,遇1978年型汛期补给110秒立方米、非汛期补给240秒立方米……

这份规划，考虑了洪涝年份减轻上海市区防洪压力、大旱年份增加为黄浦江补水，但上海市仍然没有启动太浦河二期工程。

太浦河不通，吴江水系又一次被打乱，尤其是横扇公社的水情发生了很大变化。沧洲荡的泄水口罗家坝港，原来宽达30米，在工程中被堵塞，仅存横扇东闸可以泄水。而横扇东闸的闸孔宽仅5米，水流湍急，不仅影响泄洪排涝，还严重影响航运安全。1980年10月后，这里连续发生了4起沉船事故，致两名社员死亡。

为了改善沧洲荡的泄水条件，1981年春，吴江县水利局只得在罗家坝港和东闸之间挖了一条沧浦河，并在河上建了一座公路桥，才算解决了问题。

太浦河一天不通，太湖的泄洪问题就不能解决，沿线的水系也有诸多不好解决的问题。苏州地区及江苏省水利部门只好继续呼吁，多方努力争取，可是一直没有进展。

在水利部太湖流域管理局官方网站的"历史沿革"中，有这样一句话："1982年，五届全国人大第五次会议第1030号提案，要求迅速解决浙江、江苏、上海交界地区水利纠纷问题。"从中可以看出，当时解决纠纷的心情是何等迫切，人大代表都把这件事写进了提案。

我们没有查到这份提案的具体内容，也没搞清是哪位代表向大会提交的提案，但从这句话的细节可以看到，提案很可能是来自浙江省的代表提交的。这样判断的原因有二：说起长三角的两省一市，一般情况下都说成江浙沪，或者说上海、江苏、浙江，而这份提案中的说法则明显不同；而且，据《浙江省水利志》记载，早在1979年6月的全国五届人大二次会议上，浙江代表铁瑛、王耀亭、潘圭绶、吴又新、陶健、周洪昌、王富生等，就提出过《建立太湖管理委员会案》《要求国家批准兴建浙江省金华地区三个水利工程（乌溪江东干渠引水工程、江山县碗窑水库、金华县沙畈水库）案》等，那年上半年恰恰是水电部要求浙江省水利厅编报太浦河工程设计预算的时间。

全国人大代表的提案，水电部必须重视。1983年3月31日，水电部以"（83）水电水建字第52号"文件向国务院报告了对提案提出的有关问题的办理情况。后来，又经水电部同国务院上海经济区规划办公室研究，提出尽早召开太湖流域规划会议。

可是，这个会议还没开，太湖流域就连续遭受了大暴雨袭击。

1983 年 6 月初，梅雨带在浙北、浙西南北摆动，出现了连续性暴雨和大暴雨，杭嘉湖地区降雨 497.5 毫米，比常年同期多 113.5%。浙江桐乡、德清、吴兴三县的洪水，陆续涌入吴江县，吴江七大镇普遍出现街道受淹、工厂仓库积水、居民住房进水等灾情。

整个太湖流域都在连降暴雨，导致太湖长时期持续高水位，4.00 米以上高水位达 27 天之久。自 6 月 26 日开始，少数围荡由于坝头漏水，造成决口，有的奋力抢救，堵住决口排水脱险，有的经抢救无效而被迫放弃。

7 月 1 日后，险情继续发展，吴江县有两处荡田决口破圩，3 处堤坝决口出险被堵住。5 日夜，吴江县委召开紧急防汛电话会议，动员各级干部群众加强抗洪抢险和排涝工作，各公社在会后迅速组织大批劳力、投入防洪抢险。2 天中，全县出动 4.8 万人，抢修圩堤 819 处，加固坝头 460 个，加高缺口 4400 个，但险情并未得到缓解。

7 月 8 日，吴江县政府向江苏省政府报发"关于我县上游来水猛增，下游泄水受堵，全县处于洪水包围之中的紧急报告"传真电报。在"紧急报告"中，县政府请求省政府协调有关省市水利部门，及早落实续浚太浦河工程，从速疏通下游泄洪道，从根本上解除洪涝灾害的严重威胁。

江苏省政府接到"紧急报告"后，为了减轻高水位对太湖大堤和沿湖农田的防洪压力，确保沿湖人民的生命财产安全，果断做出了开闸放水的决定。

7 月 24 日，太浦河节制闸首次开启，试泄太湖洪水。开闸前的太湖水位为 4.34 米（吴漊站），闸上游水位为 4.24 米，闸下游水位 3.31 米，水位差 0.93 米。

上午 10 时，太浦闸 29 扇闸门全部开启，太湖洪水倾泄而出，沿宽阔的太浦河道奔流东去。

两个小时后，闸上闸下水位差仅为 0.02 米，泄量达到 290.40 立方米/秒。

可是，太浦河并不通，洪水无处可去，只能徘徊在太浦河沿线的湖泊荡漾里，又间接加剧了下游的涝情。

8月8日,太湖水位下降至3.58米,太浦闸就关闭了。这次开闸,总计持续223.4小时,直接排泄湖水1.426亿立方米,很快就解除了洪水威胁。如果全线贯通,洪水直接经黄浦江入海,那就更好了。

这次开闸试泄,起到了很大的作用,江苏省水利厅趁热打铁,又多方努力推动太浦河的后续工程。水电部也加大了工作力度,积极推动太湖流域的规划和治理。

1983年9月21日,水电部发出"(83)水电水规字第32号"文件;10月5日,又发出"(83)水电计字第484号"文件。两份文件的主要精神,都是通知江苏省、浙江省、安徽省及上海市各有关部门,由国务院上海经济区规划办公室和水电部共同组织太湖流域的综合查勘工作。

国务院上海经济区规划办公室是成立不久的跨省市职能部门。上海经济区的范围是整个长江三角洲地区,以上海为中心,包括长江三角洲的苏州、无锡、常州、南通、杭州、嘉兴、湖州、宁波等城市。主要任务是从国民经济发展的全局出发,统筹安排,制订经济区的经济、社会发展规划,协调经济区内政府部门之间的关系,通过中心城市把条条块块协调起来,形成合理的经济区域和经济网络,从而搞好国民经济管理体制的改革。

在水电部下发通知的同时,国务院上海经济区规划办公室便开始组织浙江、江苏、安徽、上海三省一市的相关领导专家,成立了太湖地区综合查勘团。这个查勘团规模很大,成员多达65人,层次很高,上海经济区规划办公室党组书记、主任王林亲自担任查勘团团长,水电部李化一、黄友若两位副部长全程参加,江苏省凌启鸿副省长、浙江省翟翕武副省长、上海市倪天增副市长等省(市)领导积极参与,还有南京地理所所长周立三院士等。

查勘之前,王林听取了各方的汇报,心情很沉重。他语重心长地说:"太湖水利矛盾拖了二三十年,大家都不让,难道都在中华人民共和国内的一个地区,水利问题就让它一直拖下去?眼看着洪灾频频发生,而我们却束手无策吗?再说,治理太湖不是让大家受苦、大家吃亏,而是对大家都有好处,为什么都是党中央领导的地方，领导就不能坐到一起商量解决呢？我不信这个疙瘩解不开，事在人为，关键要做深做好工作，感动大家。太湖洪水对上海经济区的经济发展是一块心病，我们一定要去解决它。"

王林是河北唐山人，出生于 1915 年 1 月，这年已经 68 岁。他曾担任过燃料工业部副部长、陕西省委书记、中共中央西北局书记、国家能源委员会副主任，还担任过水利电力部的副部长、顾问，对水利建设及区域合作都有丰富的经验。他的这一番话，很有份量，掷地有声，对在座的领导们都有较大触动，可以说一针见血地扎到了大家的痛处。

10 月 19 日至 11 月 13 日，太湖地区综合查勘团对上海、浙江、安徽、江苏的环湖地区进行了查勘，对太湖流域做了全面而有重点的调查，用时 22 天，行程 3000 公里，考察了 30 多个项目。

在查勘过程中，综合查勘团每结束一个省、市的查勘，就立即与当地主要领导交换意见，为统一太湖治理方案走出了坚实的一步。

在江苏，联合查勘团与省长顾秀莲等领导交换了意见。顾省长对治理太湖表示积极支持，并主动承担了以往盲目围湖的责任。她提出了处理围湖的四个原则：凡影响蓄水、行洪的，坚决排除；阻水而影响友邻地区的，要留足泄水走廊；地势较低的已围圩子，种粮得不偿失，退耕还渔，大小年蓄水；地势较高的圩子，又无妨大局的圩子，经过统一规划，予以保留，但需经省政府批准。

在与上海市领导交换意见时，上海市委第一书记陈国栋和市长汪道涵到会并讲话。汪道涵一针见血地指出：太湖的治理，小不忍要乱大谋；陈国栋则表示：只要看准了，非挖不可的河还是要挖。

查勘团在浙江查勘时会见了省主要领导薛驹、吴敏达，相互探讨了太湖治理规划等问题。浙江长期以来憋了一口气，总觉得在太湖治理的问题上吃了亏，甚至想把太湖一分为二，但联合查勘以后，改变了想法，支持统一规划、统一治理。

联合调查本身在技术层面不存在困难，但在行政层面协调上，作用巨大。各省市领导同乘一艘船，同吃一锅饭，一起查勘矛盾地区，这在太湖治理史上开创了先例，在全国治水工作中也是很少见，而结果正应验了那句古语："相逢一笑泯恩仇"。

在结束查勘工作时，大家一致认识到太湖治理的重要性、紧迫性："太湖绝对不能淹，也淹不起。""太湖治理越快越好，不能再拖了。"

王林主任告诉大家，为了加强对太湖治理工作的组织领导，准备采取两个组织措施：一是准备建议国务院把"长江口开发整治领导小组"扩大改名为"长江口及三角洲开发整治领导小组"或"长江口整治及太湖综合治理领导小组"，作为代表国务院处理这个具体工作的单位；二是筹建太湖流域管理局，建制属水利电力部，汛期直属中央防汛总指挥部指挥，全面管理太湖流域水利工作，并直接掌握影响全局的控制性工程管理。

1984年1月27日，国务院上海经济区规划办公室和水电部向国务院报送了《关于扩大长江口开发整治领导小组及成立太湖流域管理局的请示》；6月11日，国务院批复，同意将长江口开发整治领导小组扩大改名为长江口及太湖流域综合治理领导小组，同意成立太湖流域管理局。

新组建的国务院长江口及太湖流域综合治理领导小组，由王林兼任组长，组员有钱正英、李化一、黄友若、子刚、凌启鸿、翟翕武、倪天增，后又增加了国家环保局的副局长王扬祖，具体协调长江口和太湖治理工作。

王林知道，边界水事矛盾旷日持久，已成为一种常态，久拖难决。太湖流域属发达地区，二三十年来在水利问题上僵持着，谁都不肯迈出第一步，水事矛盾的影响很大，其中关键问题之一是互不了解。

为了加强沟通了解，1984年7月，领导小组在浙江莫干山组织召开了一次论证会，着重讨论修订《太湖流域治理规划骨干工程可行性研究初步报告》。与会领导和专家对总体方案的认识基本一致，但各省市对边界问题仍有所担心，还是难于确定治理方案。会上，钱正英道出了"治太"的共同症结，她说："治太规划，江苏担心的是淀泖区，浙江担心的是嘉北区，上海担心的是青松区，大家都想本区的水位低一点。实际上，淀泖、嘉北、青松3区担心的就是边界水事。"

为搞清边界3个区域真实情况，让各地方领导相互察看，促使其换位思考，以求得相互理解和谅解，领导小组又组织进行了第二次联合调查。1984年11月22日，还是王林亲自带队，参加人员是江苏、浙江、上海三省市领导及水利部门负责人，还有水电部李化一副部长、上海经济区规划办周光春副主任、长办文伏波副主任等领导。他们先到江苏昆山市集中，陆续对淀泖区、嘉北区、青松区的主要河道进行了调查，结束时在上海青浦召开了总结会，听取了苏州市、嘉兴市和青浦县对治太工作的意见。王林概括这次调查时，说了8个字："圆满结束，收获不小。"

作为国务院上海经济区规划办公室的主任，王林要做的事很多，而且是关乎经济社会的改革发展，可以说责任重大。他又兼任长江口及太湖流域综合治理领导小组组长，并亲自负责解决太湖地区水事矛盾的问题，充分体现了国务院对太湖治理工作的决心。在他的领导下，历经2年艰苦的调研、勘查、协调，各省市领导取得了基本接近的认识，并看到了达成共识的希望。

这期间，11月14日，水电部发出"关于贯彻国务院成立太湖流域管理局批示的通知"，明确太湖流域管理局设在上海市，局本部暂定事业编制为30人，为地市级机构，并指定曹士杰、王同生、杨啸莽、李益四位同志负责领导筹建及有关业务工作；12月3日，水电部太湖流域管理局在上海宣布成立，进一步加强了太湖流域治理的组织力量。

1985年7月，在上海松江，国务院长江口及太湖流域综合治理领导小组召开了太湖流域综合治理骨干工程可行性研究报告论证会，水电部、交通部、国家环保局以及江苏、浙江、上海两省一市的相关领导出席。

在这次会上，王林提出了一个原则：总体规划方案对各地方的意见采纳，只能是"主要要求，基本满足"，不可能全方位满足某个地方的要求。他的这个原则，得到了各方的一致认同。

会议开了5天，讨论得很细致很深入，两省一市基本达成了一致意见，并最终通过了综合治理方案。大家各有让步，但按王林组长的要求，把各方的主要要求都包括进去了。水电部钱正英部长在会议上两次发言，表示可以原则批准综合治理方案。两省一市的领导也都表态要携手治水、团结治水、互帮互谅、共同努力，及早确定方案尽快实施，并表示要顾全大局，承担各自的任务，决不推诿。最后，王林说："这次会议开得很好，是一次团结的会议，结束了太湖流域综合治理长期徘徊的局面。"

1986年3月，国务院长江口及太湖流域综合治理领导小组第四次会议在南京召开。会议审查了太湖流域管理局编制的《太湖流域综合治理总体规划方案》和《太湖流域综合治理骨干工程设计任务书》，并确定"第七个五年计划"期间实施太湖治理。

《总体规划方案》指出：太湖流域治理任务是以防洪为主，统筹考虑除涝、供水、航运和环保等利益。

治理原则：统筹兼顾，综合治理，适当分工，分期实施。

治理标准：防洪选用1954年5—7月梅雨型为骨干工程设计标准，相当于"五十年一遇"，产水量为223亿立方米；干旱年供水以1971年为标准，保证率为94%，向黄浦江供水，米市渡4—10月份平均净泄流量为275—300秒立方米，太湖水位不低于3.0米，水质达到地面水二级标准；主要航道的通航建筑物，按2000年规划货运量设计。

具体实施规划：太浦河以排洪为主，排洪22.5亿立方米，兼顾杭嘉湖地区排涝11.6亿立方米，最大旬平均流量分别为721秒立方米、261秒立方米，并于太浦闸建抽水站1座，流量为150秒立方米（后改为300秒立方米）；望虞河排洪23.1亿立方米，兼排部分地区涝水，最大旬平均流量451秒立方米，并于望虞河河口建流量为150秒立方米（后改为180秒立方米）的抽水站1座；杭嘉湖地区涝水东排黄浦江15.8亿立方米，南排杭州湾22.4亿立方米；淀泖区东太湖不分洪，太浦河北岸建闸控制，拦路港泄水6亿立方米；在上海市遇台风高潮时，短时间关闭太浦闸并控制东泄水量，减轻上海市防洪负担……

规划共提出主要骨干工程项目10项，包括太浦河浙江段、上海段工程，红旗塘下游河道配套工程，扩大拦路港、泖河及斜塘工程，泖河、斜塘相应配套局部疏浚工程，黄浦江上游干流段防洪工程等，并设江南运河常州新闸水级、拦路港水级、平望北闸水级，由水闸或溢流坝控制上下游两段间具有一定水面落差。

这年10月，由水电部和长江口及太湖流域综合治理领导小组联合向国家计委报送了《关于请审批太湖流域综合治理总体规划方案的报告》。

为了规划能尽快实施，王林还亲自向内参发了一份《洪水是太湖心腹之患》的意见，供决策部门及领导参考。

1987年6月，国家计委正式批复水电部、长江口及太湖流域综合治理领导小组，同意采取积极措施，逐步提高太湖地区防洪除涝标准，以适应该地区的社会经济发展的需要。综合治理应以防洪除涝为主，兼顾航运、供水和环境保护等方面的利益。

至此，太湖流域综合治理规划工作，几经变更规划编制单位和数次高层次协调，经过了长达30年的争论和技术论证，终于达成统一认识，并转入工程的可行性研究和实施阶段。

太浦河浙江段和上海段终于要施工了，关注关心太浦河的人们又看到了希望。

第四章

有我平望，大城有望

　　洪水再次来袭，太湖告急，惊动国家领导人。国家防汛总指挥亲临太湖，在平望召开现场会，做出联合抗洪的决策；总书记再来视察，让江浙沪真正携起手来。思想上的共识增强了建设者的意志，机械化施工加快了施工速度，太浦河终于全线贯通。太湖水顺着太浦河注入黄浦江，不仅有效缓解了太湖流域的洪涝灾害，还丰富并优化了上海、浙江的水源，带动了沿河经济。

平望鱼"游"往上海

2021年中秋节,平望古镇到处张灯结彩,一派节日气氛。

刘森送来了刚出锅的"老字号"月饼,也带来了节日祝福,便愉快地寒暄。

顺着"老字号"月饼的话题,刘森说起了平望的美食。

平望辣油辣酱是著名的"老字号"产品,平望调料酱品厂还是吴江唯一的"中华老字号"企业。它采用传统工艺,制作精细,用料考究,各种原辅料均需反复磨制、反复过滤,每一锅均用旺火熬汁、文火炙味……这种制作工艺是吴江"首批非物质文化遗产"之一。制作的成品色泽鲜红、清澄,香味扑鼻,辣味独特,辣中有甜,甜中生香,说辣不辣,说不辣还有点辣,堪称调味佳品。它的制作历史已达百年之久,早就走进了江南几代人的味觉记忆,还畅销全国20多个省市地区。

平望的鱼名气更大,竟然跟大名鼎鼎的吴王夫差及美女西施有所关联,只不过是一个很遥远的传说。据传,当年吴王夫差带着西施泛舟莺脰湖,曾在船上大摆筵席,平望渔民特意上了一道莺脰名菜——脍鱼汤。鱼是在日出时分从莺脰湖里打捞出来的,汤是用纯净甘甜的莺湖水熬成的,色香味俱佳。夫差和西施吃得津津有味,边吃边把吃剩的鱼骨头扔到莺脰湖里。不多时,奇迹发生了:湖里出现了无数头顶金光、身似银剑的小白鱼,时而追逐,时而蹿出水面,众人连连称奇,纷纷呼喊:"大王福祉,脍余变银鱼了。"夫差大喜,忙命人用网捞捕银鱼,让厨子烹成羹汤。不一会儿,厨子端了一碗精心烹制的银鱼汤前来觐见,那诱人的香味远远地就飘过来。吴王尝了一口，连连称赞，谓之"人间极品"。自此，平望莺脰湖美名远扬，每年一开春，便有成千上万的银鱼在湖中穿梭，并随着水流游向四面八方。

"平望的鱼名气很大，还因为平望有个水产养殖场，曾经是太湖流域乃至整个华东最有名的养殖场。"刘森说，上海人喜欢吃平望的鱼，上海水产公司每年都从平望水产养殖场订购大量的鱼。

平望的这个水产养殖场，曾是华东军政委员会水产管理局的太湖鱼种试验场；场部所在的这块地，产权曾是民族资本家荣德生（原国家副主席荣毅仁之父）的。1957年初，这个养殖场甚至改属中国水产养殖公司，场名也改称"中国水产养殖公司太湖水产养殖场"，后又改属江苏省水产厅，称"江苏省水产养殖场"。这时的养殖水域面积已多达33916亩。

1957年10月，因下放体制，改属吴江县人民委员会领导。1958年5月20日，正式改称吴江县水产养殖场，实行国营、社队共同投资并联营，养殖水面扩大到6.82万亩。后来，渔业生产稳定发展，又先后兴办了一些场办工业，包括冷库、塑料厂、丝织厂、颗粒饲料厂等，形成了一个以淡水养殖为主，内、外塘相互结合，工副业配套齐全，生产结构比较完备的水产综合体，下辖9个分场和西蒲荡鱼种分场、专业捕捞队，共有外荡养殖水面62000亩，内塘养殖水面695亩。

1972年，水产养殖场人工繁殖河蚌获得成功，为丰富河蚌育珠的蚌源提供了技术基础，并在各地推广应用。1980年，他们又成功实行拦蓄式精养，在湖泊养鱼史上算是一项创举，大大提高了产量和质量。

1986年以后，吴江县水产养殖场建立和完善经济承包责任制，渔业分场结构完善，场办工业长足发展，第三产业开始起步。先后成立水产餐厅、水产养殖场车队、工艺塑料厂、石化公司、贝类公司、大理石加工厂等企业，并在稳定大众产品的基础上，加大网箱、网栏和网围养殖特种品的开发力度，以规模赢得市场，形成以繁苗—养殖—饲料—加工一条龙、贸工渔一体化生产体系。

1987年，水产养殖场从广东南海水产研究所引进加州鲈鱼苗种试养成鱼，第二年繁苗试验获得成功，使平望成为加州鲈鱼的主要养殖区。也在这一年，他们设计完成的"水过滤器防堵除杂喷水管"项目获得国家专利,是《中华人民共和国专利法》实施后吴江县获得的首个发明专利。

这时的平望水产养殖场,名气已经很大,在业内可以说是响当当,他们不仅向全国各地供应鱼及鱼苗,还输出养殖技术和经验。辽宁省铁岭市的清湖水库、漕湖水库所养的鱼,就是平望提供的鱼苗。到了起捕季节,由于水面大、水质好,这些水库内养殖的鱼个头很大,都在10斤以上,水库无法靠自己捕捞。于是,吴江水产养殖场下属的捕捞队应邀前往,指导配合并开展捕捞作业。

1988年1月,全国农业工作会议在北京召开,吴江县水产养殖场场长张国生作为全国唯一的淡水养殖代表参加了会议,并在会上作《一业为主多种经营,渔副工全面发展》的书面交流。

平望水产养殖场名声在外,来学习参观的人络绎不绝。他们办的水产大酒店,在平望乃至吴江也很有名,慕名来吃鱼的人也很多,其中不乏名人大腕。

20世纪80、90年代,著名的社会学家费孝通多次回访江村,几乎每次都会来平望水产大酒店就餐,有次还带着他的日本学生在这里开了个研讨会;中央党校《理论动态》主编沈宝祥也经常来平望,不仅选择在这里住宿,也在这里组织过一次规模较大、历时较长的理论研讨会;陈云的夫人于若木、曾庆红的夫人王凤清、老红军王定国都来过平望,曾在水产大酒店用过餐。据水产养殖场老场长张国生回忆,陈云同志来苏州时,市委招待所还专程来平望买了一些鱼。

张国生是吴江盛泽人,出生于1955年,中学毕业后就来到平望水产养殖场,在这里一干就是20多年,从普通的员工一直干到场长、党委书记。他亲眼见证了平望水产养殖场的发展历史,也亲自带领养殖场走向辉煌,如今谈起,仍如数家珍。

张国生告诉我们,平望水产养殖场的鱼很畅销,并主要供应上海。每年,他们都与上海水产公司签订合同,重点保障上海的需求。每次大规模捕捞,上海水产公司总会派来大船,沿太浦河直达平望,再满载而归。他们还与上海水产大学合作搞科研,并为大学生提供实习基地,每年最少有一个班50余人来此实习。

张国生还告诉我们,养殖场下属的塑料厂,还与上海化妆品厂展开过合作,为上海化妆品厂提供塑料制品。

这是改革开放初期，平望的很多企业都在为上海的大企业提供服务；而上海的很多大企业也看好平望，有的还与平望的企业展开了深度合作甚至联营。

上海的"蜜蜂"飞到平望

谈起平望的企业，刘森委员不无自豪地说："早在改革开放初期，平望镇就有十多家大型国营厂，包括上海缝纫机三厂吴江分厂、上海乒乓球厂吴江联营厂、上海大隆机器厂吴江分厂、吴江电力器材厂、吴江建筑构件厂、吴江化肥厂、吴江食品厂、平望面粉厂等。"

刘森是山东潍坊人，出生于改革开放之后，竟然对当时的平望镇如此了解，如数家珍，不得不佩服他的敬业，也感叹这些企业在当地的影响之大。

"平望的大型企业，很多是与上海企业联营的，或者与上海有着直接或间接的关系。"刘森说，"平望这个地方，离上海很近，水陆交通又四通八达，加上当时太浦河已经接近通航，上海的很多企业都愿意来。上海缝纫机三厂和上海乒乓球厂，都是20世纪80年代来平望的，当时都是国内著名企业，尤其是上海缝纫机三厂生产的蜜蜂牌缝纫机，那可是家喻户晓的名牌产品。"

是啊！"蜜蜂"缝纫机当时畅销全国，竟然是在平望生产的，真是让人意外，又不得不刮目相看。

当时谁也没想到，千方百计促成的太浦河工程一直很难协作，企业之间却因为这个工程开始横向联合了。

这似乎应了那句老话，有心栽花花不活，无心插柳柳成荫。

上海缝纫机三厂（以下简称上缝三厂）与吴江农机修造厂联营，就是在太浦河二期工程之后。上缝三厂选择平望的企业联营，也跟太浦河工程有一定关系。

早在太浦河工程上海段施工期间，上海市轻工业局团委组织青年服务队到太浦河为建设者服务，上缝三厂就积极配合，派出很多青年工人参加服务队，受到太浦河沿线群众的热烈欢迎。上缝三厂有位青工参加青年服务队后，利用业余时间走遍了太浦河沿线村镇，深入用户家中访问服务，先后访问用户 120 多次，修理缝纫机 200 多台。

1980 年 7 月，国务院发布《关于推动经济联合的暂行规定》后，地区之间、部门之间、不同所有制之间开始打破互相封锁的局面，在生产、流通、科技领域，开展多层次、多形式的横向经济联合。而这时的上缝三厂，发展势头正如日中天，生产的蜜蜂牌缝纫机供不应求，急需扩产，但由于设备、场地的限制，难以大幅度增产，厂领导便开始寻找合作对象，渐渐把目光聚焦到距离不远、交通便利的平望。

当然，上缝三厂选择平望，还有其他诸多原因。早在 1979 年，梅堰和震泽的铸件行业发展很快，附近的几家铸件厂都开始为上缝三厂加工零件。国务院提出"走联合之路"的指导思想后，吴江县的有识之士也产生了机械工业发展的新思路，县委专门召开办公会议研究探讨，把联合的目标瞄准了上缝三厂，并决定由装备和技术力量比较有实力的国营吴江农机修造厂与之联营。县委专门派出工作组，到上海与上缝三厂沟通协商。双方一拍即合，很快就签订了联营协议书，并于 1981 年 6 月 19 日召开了"上海缝纫机三厂吴江分厂"的成立大会。

上海缝纫机三厂吴江分厂，是上海轻工业第一家跨省市、跨行业、跨所有制的联合实体，也是吴江县第一家与外省市联营的工厂，开创了新的经济联合模式，受到了广泛关注。不仅两地的各级领导都给予了肯定和支持，全国的各级媒体也纷纷聚焦，《人民日报》《新华日报》都做了专题报道。

在联营协议书中，明确了双方的权利义务：有关产品质量达到蜜蜂牌标准时，可以使用上缝三厂的注册商标蜜蜂牌，商标的所有权仍属上缝三厂；逐步形成年产规模为 JB1—1 型家用缝纫机 20 万架，13 种铸铁滚镀件 100 万套；主要原料及业内协作件由上缝三厂纳入计划，其余由对方负责解决；生产计划纳入上缝三厂，销售由缝纫机公司安排，超产部分，分厂可自留 50%；投资总额 758 万元，吴江农机修造厂占 55.5%，其余由上缝三厂出资；鉴于上缝三厂提供技术、商标等因素，双方同意盈亏各半分成；联营期暂定 10 年。

这份联营协议书也受到了中国工商总局的认可，称其为"横向联合的标准合同"，并在全国推广。

吴江农机修造厂原来主要生产通用机床和农机配件，资源丰富，设备齐全，技术力量雄厚，车间有翻砂、金工、机修、农机等，机床有车、钳、刨、铣、磨等，一应俱全。但是，由于产品单一、销路不畅，致使任务不足，无法充分施展"拳脚"。联营后，农机车间改为零件车间，生产缝纫机零件，原材料来自上海，技术由上海派人指导，很快就投入了生产。双方又投资建设了一个新厂区，增设了机壳、烘漆、装配三个车间，便可以直接生产缝纫机整机了。

1983年9月21日，在"江苏省小城镇研究讨论会"上，一位著名的吴江人做了一次重要的发言。

这个人就是费孝通先生，这篇发言就是后来倍受关注的题为《小城镇，大问题》的文章。

在这篇文章中，费先生不仅提到了平望，也写到了上缝三厂选择平望的原因，以及联营的详细情况——

> 平望镇地处江浙之间，北通苏州，南通杭州，历来是兵家必争之地……近年来，平望已成为水陆交通干线的交叉点。历史上有名的大运河经过平望，沟通苏州和杭州。有公路东达上海、南通浙江、西联南京和安徽，成为吴江县内最大的交通枢纽。
>
> 平望的地理位置和交通条件使它具有两面性：一方面是易遭战争攻击和破坏，因此在解放前曾经几度由兴而衰，一直未能稳固地发展起来；另一方面由于交通发达，物资流畅，具有发展经济的优越条件，使它常能衰而复兴。解放后，战争的威胁消除了。党的三中全会后，"左"的干扰被排除，便利的交通条件使它争得了成为大城市工业扩散点的地位。据说，上海的一些工厂在扩散过程中，开始也找过铜罗等几个镇，但是最后还是在平望落脚。平望就这样一下子冒了出来，成为近来吴江各镇中发展得最快的一个小城镇。
>
> ……
>
> 平望现在有上海缝纫机三厂的一个分厂，它是1981年6月由上海缝纫

机三厂和吴江县农机厂联合投资、共同筹建的。总厂与分厂两家联合生产蜜蜂牌家用缝纫机。分厂虽不是社队工厂，但它一方面为总厂提供一部分机头零件并组装整机；另一方面则和梅堰、震泽、金家坝的几家社办厂协作，为上海总厂及其本身生产机架铸件和台板。这几家社办厂的原材料由上海供应，产品归上海接受，按照总厂的计划组织生产。分厂的原材料也来自上海，技术由上海派人指导。分厂所获利润和超产部分，与总厂对半分成。

……

从世界范围看，大城市工业扩散是一个趋势。大城市人口密集、土地贵、工资高、污染严重等，已使它的工厂不能再继续发展下去。资本主义国家的工业已向郊区和附近农村扩散，现在甚至扩散到第三世界的国家中去了。这种工业扩散曾引起严重的污染扩散的后果。但是我们社会主义国家对这种恶果是可以避免的。而且我曾说过我们应当提倡"大鱼帮小鱼，小鱼帮虾米"，要求大中城市的工业帮助、促进农村社队工业的发展，社队工业也可以帮助更小集体工业的发展。

费孝通先生是吴江人，是著名的社会学家、人类学家、民族学家、社会活动家，还担任过全国人大副委员长及全国政协副主席。他对江南的小城镇非常熟悉，也在这些小镇进行过深入的调研，这篇文章很接地气，也有独到的分析和见解，对当时的社会各界都产生了较大的影响。

费先生说这话的时候，上海缝纫机三厂吴江分厂的生产和经营已经走上了快车道，产量快速提高，销量稳步上升，经济效益也年年快速增长。

1984年第9期的《上海企业》上，曾经刊登过一篇题为《走跨地区联营的路子——上海缝纫机三厂吴江分厂效益显著》的文章，作者是冯珊。这篇文章中写道——

联合经营一年，分厂就出整机，1982年下半年就生产缝纫机21000台，1983年生产缝纫机67000台。联营3年，年年盈利……这种情况，在我国缝纫机工业历史上是没有过的。其所以取得较好的效益，主要是由于：一、指导思想明确，联营的目的是为了增产名牌紧俏产品；二、经营方针对头，他们确定转产缝纫机要"以老养新，先零后整，先易后难，先土后洋"的十六字方针。

《上海轻工业志》也有记载："联营第一年就产出缝纫机，到第三年已形成20万台生产能力，产品质量达到名牌水平。3年累计生产缝纫机19.4万台，创利490万元，税金213万元，税利为联营前的10倍，联营双方各分得利润200余万元。同时，由于缝纫机台板、机架、包装材料、印刷、五金附件等就地配套，促进了当地乡镇企业的发展。"

那个年代，缝纫机是结婚的必需品，而"蜜蜂"牌又是很多新人的首选，大家都期望这只"蜜蜂"给新组建的家庭带来甜甜蜜蜜，于是"蜜蜂"牌缝纫机便畅销不衰，甚至在很长的一段时间里供不应求。

就这样，上海的名牌"蜜蜂"飞到了平望，并在平望扎根生长，并孕育出十万百万的"蜜蜂"，飞向全国各地，飞进无数的家庭。

"横向经济联合"的启示

上海缝纫机三厂在平望的联营实践，取得了巨大的成功，也走出了一条跨区域横向经济联合的路子。于是，更多的上海企业慕名而来，学习他们的经验，也效仿他们的做法。

1984年底，上海电机厂与吴江县水利电表厂签订联营协议，生产电力电容器。不久后，水泥制品厂和水利电表厂合并建立吴江县电力器材厂，并增挂"上海电机厂电力电容器三分厂"的牌子。厂区占地面积25560平方米，建筑面积7711平方米，年产电力电容器10420台，年工业总产值416万元，利润总额104万元。

1985年，上海大隆机器厂也与吴江农机修造厂联营，在平望成立了上海大隆机器厂吴江分厂。当年就投入生产，年产值达到63.48万元，利润15.64万元。

也是在这一年，上海第四皮件厂也来到了平望，与吴江皮革二厂横向联营，成立了上海第四皮件厂吴江分厂。分厂有职工 288 人，固定资产 97.9 万元，年产值达到 420 万元，利润 35.21 万元。后来，分厂快速发展，年产值几乎年年翻番，五年后，产品销售年收入就达到了 4095 万元，全年利润 128 万元。

上海电线塑料制品厂与吴江电线二厂联营，合办了上海电线塑料厂吴江电缆厂，隶属芦墟镇工业公司，以生产市话电缆、局用电缆和配线电缆为主，也生产塑料铜芯线。当年便投入生产，年产值达到 561.56 万元，利税 236 万元。

上海川沙第一肉类加工厂则与吴江食品公司冷冻厂联营，开办了沪江饮料厂，生产冷饮制品。

1986 年，上海乒乓球厂吴江联营厂成立。上海乒乓球厂是国内实力最强的乒乓球厂之一，参与研制了"红双喜"乒乓球，并长期生产。"红双喜"乒乓球被国际乒联批准为国际比赛球后，曾与英国"海立克斯"乒乓球并列第一类。1972 年，国际乒联对 5 个国家 7 种国际名牌测定，"红双喜"乒乓球质量总分名列第一。1979 年，"红双喜"乒乓球获国家优质产品金质奖；1983 年，"红双喜"硬质球获国家优秀新产品奖。

联营厂的厂址在平望镇中鲈生态工业园，占地面积 45821 平方米，建筑面积 10781 平方米；上海乒乓球厂本部这时的占地面积还不到 3 万平方米，第二年扩建后也只有 3.76 万平方米。1987 年，联营厂开始生产乒乓球，主要是"红双喜牌""连环牌""光荣牌"等中高档球，全年生产乒乓球 4350 万只，工业总产值 766 万元；上海乒乓球厂本部这年的产量也不过 5000 万只。也就是说，联营厂相当于再造了一个上海乒乓球厂，厂区面积甚至比本部还要大，生产能力也和本部差不多。

总之，在改革开放的春风中，在"横向经济联合"的背景下，很多上海企业走进了吴江，来到了平望，为平望乃至整个吴江的经济发展注入了活力，起到了很大的带动作用。

在这个过程中，上海市政府积极推进这项工作，先后发布了一系列政策文件，比如《上海市进一步推动横向经济联合的试行办法》《关于本市企业同兄弟地区企业经济技术合作若干问题的规定》《上海市关于发展企业集团的试行意见》等。上海工业系统围绕促进产业结构、产品结构和技术结构调整，实施品牌战略，组建跨地区企业集团，注重资源开发、科技进步、市场开拓和外贸出口，转移一批高能耗、高运量、高耗料产品项目。合作形式渐渐由单纯的物资串换和简单的来料加工，发展到联合开发资源和联合生产；由短期零星的技术输出，发展到有计划有组织的技术协作和科技成果转移；由单个企业间合作，发展到组建权责利紧密结合的经济联合体，跨地区合作规模不断扩大。

"横向经济联合"打破了计划经济体制下产业的垂直分工，推动了生产要素的流动，促进了不同地区、不同经济实体之间的优势互补，对加快合作各方的经济发展起到了重要作用。

可是，经济在横向联合，企业在跨区域联营，更需要协作发展的水利却似乎被遗忘了，太浦河还在等待。

早在1986年，向国家计委报送《关于请审批太湖流域综合治理总体规划方案的报告》后，太湖流域综合治理领导小组就与相关各方研究协商，准备编制单项工程设计任务书。

1987年1月12日，长江口及太湖流域综合治理领导小组在上海开会，讨论审查太浦河、望虞河两项工程的设计任务书。6月18日，国家计委复函同意，但仍要求"在协调一致的基础上编制单项工程设计任务书……"于是，8月11日，领导小组又在浙江杭州召开第五次会议，再次组织审查。

这之后，整整一年多的时间，这事又没有下文了。直到1988年冬，由于精简机构，国务院撤销了长江口及太湖流域综合治理领导小组，相关事务移交给了太湖流域管理局。

王林这年已经73岁高龄，仍非常关心太湖流域综合治理工程的推进情况，但他不再担任行政职务，只是兼任了中国电力企业联合会名誉理事长、中国工业经济协会副会长、中国乡镇企业协会顾问，对水利行业的事也不便过问了。

这时，另一位姓王的水利专家却走上了前台，开始继续推动太湖流域的综合治理，并特别关注太浦河工程。这位专家就是太湖流域管理局的常务副局长王同生。

王同生是江苏泰州人，出生于1935年2月，比王林小了整整20岁。他1956年毕业于华东水利学院（现河海大学）河川系水工专业，曾先后在中国水利水电科学研究院、水利部淮河水利委员会（简称淮委）。他长期致力于水工混凝土温度控制及裂缝防治的研究，先后参加了刘家峡、三门峡、新安江、丹江口等大坝有关科研课题研究，曾获全国科学大会奖、国家自然科学奖三等奖；他参与了淮河干流规划，曾任淮委副主任；改革开放后，他曾去美国西北大学土木系做过访问学者，任美国西北大学岩土研究中心博士后副研究员；水电部太湖流域管理局成立前，他是"筹备领导小组"主持工作的成员，成立后又担任常务副局长、高级工程师，而局长是由上海勘测设计院院长曹士杰兼任的，日常工作只能由他主持。

王同生和王林不同的是，他是个学者型领导，专业方面轻车熟路，管理协调却不是强项。因此，在与王林的接触过程中，他越来越钦佩这位年逾古稀却精神矍铄的老人，并从老人身上看到了其强大的亲和力、号召力，学到了很多处世之道和工作经验，得到了很多让他受益终生的影响或启示。

王同生注意到，王林不仅致力于太湖流域的综合治理，更多的是推动整个长三角广大地区的战略发展。他带领上海经济区规划办公室，做了大量的探索工作，促进了区内经济联合，协调了区内能源方面的建设，编制了《上海经济区发展战略纲要》，为推动全国的改革开放发挥了重要作用。他推动了上海自行车三厂与绍兴自行车总厂的跨省市联营，采取隶属关系、商业收购、利税上交渠道"三不变"的松散型联合方式，合作生产自行车，后来发展成以绍兴自行车总厂为龙头、2省6市13县45家企业参加的经济联合体；他提出了"集资办电"的方法，改变了由电力部独家办电的传统模式，得到各省市的积极响应，走出了一条多渠道、多层次筹资办电的新路子；他致力于编制《上海经济区发展战略纲要》，虽然在他任上没有完成，后来又八易其稿，才最终完成并通过，但他在其中发挥重要作用，这份《纲要》既是上海经济区实践经验的总结，也为经济区的进一步发展指明了方向。

在协调太湖综合治理过程中，王林也发挥了巨大的作用，协调解决了多年没解决的问题，最终编制了《太湖流域综合治理骨干工程设计任务书》，制定了太湖综合治理的方案，对后来的太湖流域综合治理奠定了坚实的基础。他和规划办的探索，在组织集资办电、办煤试点、修路、联港、治水以及联合发展对外经济贸易等方面，取得了显著成效，促进了长江三角洲地区的融合，不仅为区域经济协调发展提供了帮助，也为区域经济发展积累了宏观操作的模式。

王同生还体会到，行政对水利规划干预得大多太严，让沟通协调显得尤为重要。王林能够与两省一市的领导们较好地沟通，与他担任国务院上海经济区规划办公室主任、长江口及太湖流域综合治理领导小组组长不无关系，这两个机构都是国务院的直属部门，与各省市沟通更方便一些。这两个小组撤销后，太湖流域管理局只是水利部的一个下属单位，协调工作难度势必有所加大。

因此，王同生在做好业务和技术准备的同时，也试图去做协调工作，但一直进展不大。

于是，他又期望水利部乃至更高层领导能够出面协调，把已经规划好的太湖综合治理工程推下去，可一直也没见哪位大领导振臂一呼。

直到1991年6月，太湖流域发生百年罕见的特大洪涝灾害，终于有一位国家领导人站了出来。他就是国家防汛总指挥部总指挥、国务院副总理田纪云。

田纪云副总理来了

1991年，太湖流域的梅雨季节不仅来得早，而且雨量大。6月12日至14日，连降暴雨，而且雨一天比一天大，第一天降水量还只有157毫米，第三天就达到了263毫米。倾盆的大雨倾泻到太湖这个大"盆"里，水位迅猛上涨，以一天十几厘米的速度，4天就上涨了0.5米。

6月16日8时，太湖平均水位已达到3.89米，湖西地区河湖水位普遍超过了1954年的记录，而且，周边还有10多亿立方米水量还未进入太湖，防汛形势异常严峻。

连续几天，江苏省政府先后召开了全省防汛抗灾紧急电话会议、太湖流域防汛联防会议等，并以江苏省防汛防旱指挥部的名义，向国家防汛总指挥部发出特急电报，报告灾情。

17日晚上，江苏省省长陈焕友听着来自环太湖地区的灾情报告，心急如焚。18日零时，太湖水位继续上涨，灾情随时可能加重。他连夜与水利部门研究对策，觉得最大的问题是上海的几座水闸阻住了洪水的出路，最快最有用的办法是请求上海方面的援助。于是，2时30分，他连夜向上海市市长黄菊发出特急电报，恳请黄市长在不影响上海青松地区防洪安全的前提下，打开淀浦河西闸、蕴藻浜闸，以利退水。

18日上午，陈焕友又把情况向国家防汛总指挥部作了汇报，请求全国防总协调上海方面给予援助。

黄菊市长接到陈焕友省长的电报，又收到全国防总的指示，便立即要求水利部门，尽快打开蕴藻浜和淀浦河水闸，缓解流域灾情。当天下午5时，上海蕴藻浜和淀浦河水闸就打开了。

可是，两座水闸的开启，并没起到多大作用，汛情还在继续，太湖水位还在上升。6月19日19时35分，江苏省防指再次向国家防总发出特急电报，电请指示太湖流域管理局立即开启太浦闸，以减轻灾害所造成的损失。

田纪云副总理知悉江苏省防总的电报后，先给水利部部长杨振怀打电话了解情况，并提出了开启太浦闸的想法，让水利部门做好准备。

杨振怀挂了田副总理的电话，立即就打给了太湖流域管理局常务副局长王同生。

在电话里，杨部长开门见山地询问了太浦闸的情况，王同生便如实报告，并把太浦河及下游水系的关系也作了一番说明。二人都觉得，开启太浦闸会加重浙江和上海的防汛压力，必须慎重，但杨部长告诉王同生，必须立即做好开启的准备。

放下电话，王同生立即联系江浙沪水利部门领导，沟通开启太浦闸事宜，果然阻力很大。

浙江的灾情也很严重，尤其是太浦河下游的嘉善县。

就在6月19日，时任中共浙江省委副书记、浙江省省长的葛洪升就来到了嘉兴视察灾情。这天下午1时半，他和嘉兴市长杜云昌、水利局局长廖金宽一起前往嘉兴灾情最重的嘉善县，又在嘉善县委书记沈子松、副县长吴金林陪同下，到嘉善县西塘镇,后又乘船前往俞汇、姚庄乡。在船上,当地领导向他汇报了雨情和灾情。

从6月初到19日,嘉善降雨量达到304毫米,河湖水位都超过了警戒水位甚至危险水位,受灾农田37万亩,其中重灾14万亩,绝收3万亩。经济作物受灾4.5万亩。房屋进水3000间,倒塌59间,不计工业损失,直接损失就达3900万元。早稻减产4300万斤,春粮1.2亿斤仅收购900万斤,已收割进农户家中的稻子无法晾晒变质1500万斤,合计粮食损失6000万斤左右。

嘉善县副县长吴金林还提出自己的担心:嘉善水利设施差,上海又堵住了水道,担心水不能很快东泄,灾情很可能会进一步加重。

查看完灾情,慰问了灾民和救灾一线的干部群众,葛洪升回到嘉善县招待所,又听嘉善县沈子松书记和吴金林副县长汇报灾情,谈救灾的困难及解决的办法,对省里有什么诉求。

最后,葛洪升说:"省水利厅陈绍沂厅长给我报了一串数字,说是问题不大,今天看了电报,决定来实地察看,似乎问题比原来了解的要严重很多。面对这次特大洪涝灾害,嘉善等地广大干部群众齐心协力、团结抗灾的精神非常可嘉,应当发扬光大。当前要把抗灾救灾工作提到议事日程上来,引起足够重视。农业、水利等部门要认真分析灾情,专题研究杭嘉湖洪涝问题。对受灾的早稻要努力抢救,各项措施都要跟上,尽可能减少损失。晚稻要特别注意保护秧苗,保证晚稻足苗足插。凡是抗灾排涝所需的电力、柴油、农药等物资,有关部门都要作为特殊问题及时安排解决,特别要保证重点地区的需要。凡是与抗灾救灾有关的事情,都要实打实地做好。要把困难估计得严重一些,把问题考虑得多一点,早做准备,立足于抗御大灾……遇到灾害首先要考虑救灾,一般的事要放放,要避免大量的倒塘,避免大的事故发生;其次是尽量减少早稻的损失,晚稻种植面积不能少。以上两点是救灾的重点,你们提出的其他要求,回去再研究。"

6月20日,葛洪升又到嘉兴郊区查看,灾情也让他很心焦。

这时,水利厅领导向他汇报,太湖流域管理局准备开启太浦闸,还说是国家防总的安排。他的心情更加沉重,仿佛又一场暴雨即将袭来。

6月25日11时30分,葛洪升突然接到了一个电话,是国务院副总理田纪云打来的。他知道，田副总理很可能要说开启太浦闸的事。

果然，田副总理在电话里说："这次太湖流域灾情很重，目前来看还可能继续加重，形势严峻。为了避免更大的损失，国家防总研究后向总书记作了汇报，党中央、国务院决定明天开启太浦闸泄洪。希望浙江服从大局，做好工作。"

葛洪升二话没说，当即表示坚决服从中央的决定，认真做好杭嘉湖地区排涝救灾工作。同时，他也委婉地向田纪云副总理提出，太浦闸泄洪要考虑嘉兴、湖州的灾情和承受能力，适当控制下泄流量。他还提出了两个建议：看中央是否考虑让上海炸掉红旗塘上的拦水坝，引太湖水经黄浦江入海，以减轻浙江的压力；能不能让江苏加大向长江排水的流量。

田副总理没有正面回答，而是说："是的，要团结一致共渡难关。"

放下电话后，葛洪升立即去找省委书记李泽民商量，随后通知许行贯副省长，工作人员又通知了水利厅和嘉兴市相关部门领导，到嘉兴市政府招待所召开会议，贯彻落实田纪云副总理的指示。

在会上，葛洪升首先传达了田纪云副总理的电话指示精神，然后听取与会人员的意见建议。

这次会议，水利部门的领导反响强烈，其他领导也都有自己的想法，但最后还是达成了共识。后来，葛洪升曾撰文回忆这段历史，他在文章中写道——

> 省水利厅陈绍沂厅长首先发言，他认为开太浦闸会大大加重嘉兴的灾情，嘉兴现在已经无法承受下泄洪水的沉重负担，坚决反对开启太浦闸。他还说，过去几十年，每次水灾，浙江都坚决不同意开太浦闸，上海市则派一位领导坐镇红旗塘拦水坝，怕浙江人打开拦水坝加重上海灾害。因浙江不同意，太浦闸建成后从没有开闸泄洪。如果这次破了例，以后再遇水灾也必然开闸向浙江放水，后患无穷。
>
> 省水利部门历来反对开太浦闸和上海历来坚决防太湖水流入上海市区的情况，此前我已有所了解。但那都是国家防总与省防总之间协商，协商不通就算了。作为省里领导也理解水利部门的难处。但这次是中央的决定，对中

央的决定水利部门的同志有想法，这一点我也是有思想准备的，但反应如此强烈，措词如此尖锐，却大大出乎我的预料。

他发言后，其他同志陷入沉默之中，会议气氛沉闷难耐，看得出大家都忧心忡忡。在这种情况下，我郑重地说："中央已做出决定，反对、拒不执行是不行的。我们只能在执行中认真做好工作，尽量减少损失。"

这时，许行贯副省长说："考虑到太浦河浙江段、上海段并未开通的实际情况，开闸放水先控制在每秒 50 立方米以下，视情况逐步增加。"

我立即表示同意，并请许行贯副省长向田纪云副总理报告会议结果。时间紧迫，我提议会议到此结束，请市里的同志马上传达中央的决定，部署抗险救灾工作，省里的同志也立即到重点地区帮助贯彻落实相关措施。李泽民书记表示同意。

散会后，我去察看海盐县长山大闸，李泽民和许行贯同志去嘉善县，发动当地干部群众做好开启太浦闸放水后的救灾工作。刚到大闸，管理处的同志就跑过来，说水利厅老厅长徐洽时同志给我打来了电话。显然，徐老已经获悉刚才会议的情况，他还想再次陈述不能开太浦闸泄洪的意见。我对他说，请你转告徐老，水利厅的意见我清楚了，现在时间紧迫电话我就不接了。

我同嘉兴市和海盐县的领导一起查看了长山闸泄洪情况，与他们共同研究了应对太浦闸放水的措施。长山闸是当时已建成的放水入海的主要设施，当时闸门已全部打开，这就意味着，太浦闸放水新增的流量，必然会漫过内河的河堤进入农田，加重嘉兴的灾情。这使我心情焦虑沉重。

这天，一份以国家防总名义发布的意见，用明传电报发至江浙沪两省一市："为确保防洪安全，经与江苏、浙江两省及上海市协商并报田副总理批准，于1991年6月26日12时开太浦闸泄洪。"

6月26日12时，太浦河节制闸10孔闸门被徐徐提出水面20厘米，太湖洪水顿时自闸底泄出，奔向太浦河下游。浙江嘉善水位很快升至3.69米，33万亩农田受淹。

6月27日，田纪云副总理主持召开了国家防汛总指挥部第二次会议，提出要求：各地要从思想上、组织上、行动上做好迎战大洪水的准备，各级领导要顾全大局，服从命令听指挥。会上，他特意表扬了浙江省的发扬风格、顾全大局，密切配合太浦闸放水泄洪。

6月28日，江泽民总书记给江苏、浙江、安徽三省的省委书记打电话，详细询问了三省抗洪救灾情况，慰问奋战在抗洪第一线的干部、群众、解放军指战员，要求做到一方有难，八方支援，通力协作，团结治水。

太浦闸打开后，太湖水位有所下降，鉴于浙江的防汛压力，不久就关闭了。

但没过几天，太湖流域又遭到连续暴雨的袭击。7月1至5日，流域平均降雨量达184.3毫米，太湖平均水位达4.55米，已接近1954年的4.65米历史最高记录，防汛形势更加严峻。

7月2日，田纪云副总理又一次给陈焕友省长打电话，询问太湖地区水情。随后，国家防总指示太湖流域管理局，从7月3日凌晨2时起，恢复太浦闸泄洪。

7月4日下午2时，太湖水位已达4.44米，超过警戒水位0.94米，对流域内工农业生产，上海、无锡、苏州、嘉兴等大中城市和沪宁、沪杭铁路干线的安全构成严重威胁。田副总理签发了"关于太湖流域汛情及防汛部署意见"，决定采取有力措施，迅速降低太湖水位。

上海市接到电报后，在红旗塘拦水坝现场召开紧急会议，决定打开横亘在上海青浦与浙江嘉善县之间的拦水坝，打通太湖至黄浦江的泄洪通道。

7月5日9时，上海市青浦县人武部组织官兵和民工实施了炸坝。在巨大的爆炸声中，堵截长达33年的红旗塘李库土坝被炸开了4个大缺口。坝外蓄积已久的洪水，迅即涌入青浦县的主要河道大蒸港。

青浦和嘉善两方的干部、民工一起挥舞锹铲，开挖坝身，仅仅用了一个小时，就把大坝挖掉了50米，红旗塘可以畅流无阻了。

可是，这天下午，暴雨又下了起来。青浦的大蒸港原本水位就很高了，加上红旗塘的来水，沿岸堤防险情连连，低洼地的积水也更多。到晚上10时，青浦地区河道水位普遍上涨10厘米，有的地方甚至达到20厘米，大批农田被淹，部分企业和房屋进水，灾情严峻。

国家防总的"关于太湖流域汛情及防汛部署意见"中，要求江苏再加大望虞河泄洪量。接到电报后，江苏省也立即行动，炸开苏州东太湖的大鲇鱼口出水门坝，以及在吴县、无锡交界处的望虞河口沙墩港泥石坝。

关于这段历史，时任江苏省委书记沈达人曾撰文《一曲众志成城战天斗地的凯歌》，回忆当时的情况——

> 我当时正在常州、无锡视察灾情，得到消息后，立即赶到苏州开会（动员部署）。会上，我代表省委要求有关市县，坚决执行中央的指示，为降低太湖水位作贡献。舍"小家"保"大家"，以确保上海、苏州、嘉定、无锡等大中城市和沪宁、沪杭铁路的安全，把洪涝灾害造成的损失降到最低限度。省长陈焕友专门召开省政府常务会，会上大家一致表示，坚决贯彻落实中央的指示。随后我和苏州、无锡市领导一起，到现场察看，听取专家意见，做群众的思想工作。
>
> 在基本做好思想工作和各项物资准备后，7月5日傍晚，苏州东太湖的大鲇鱼口出水口门坝被炸开。随后，望虞河口沙墩港泥石坝也被爆破拆除。

炸开了大鲇鱼口的门坝，标志着国家防总要求的东太湖10个出水口全部打开。

也是在这一天，田纪云副总理专程从北京飞抵上海。当天下午，他就前往青浦县钱盛荡堤岸实地考察，了解情况。看能不能将钱盛荡作为太湖泄洪通道，让太湖洪水经青浦县腹地泖河直通黄浦江。

这天，太湖流域管理局常务副局长王同生陪同考察。他一边适时地介绍太湖流域的情况，一边建议田副总理考察太浦河，他想让请田副总理实地看看，借机推动后续太浦河工程。看完钱盛荡，田副总理与身边的水利部部长杨振怀交流了几句，杨部长就对他说，安排一下，明天去太浦闸看看。他赶紧答应，立即着手安排。

大战决策在平望

王同生把电话直接打给了时任吴江县水利局副局长的戚冠华。他俩早就认识，又是华东水利学院的校友，他把这事先告诉戚冠华，是想让县水利局早做准备，别等正式通知下来措手不及。

戚冠华是吴江平望人，跟共和国同龄，这年才42岁。他1978年考入华东水利学院，1982年大学毕业后留校任教，1986年被刚刚改名的河海大学评为讲师。1987年，吴江县委组织部来大学选调水利干部，就把他调入了吴江县水利局。

刚到单位上班时，戚冠华感觉没有用武之地。一个局领导对他说，现在你没什么用的，等太浦河的文件下来，你就有用了。

戚冠华这才明白，选调他来水利局，主要是为了太浦河工程，而这时仍处于沟通协调中，还不知道什么时候能继续施工。于是，他便找来所有能找到的相关资料，熟悉太浦河工程。渐渐地，他就对太浦河工程了如指掌了。

被任命为副局长后，戚冠华经常陪同前来考察的领导专家，尤其是太湖流域管理局的领导，便认识了王同生，并渐渐熟悉起来。

7月5日晚上，戚冠华接到王同生的电话时，正在县防汛指挥部的值班室值班。听王同生说田副总理要来平望，要看太浦闸，他觉得这事太大，便立即向县委书记张卫国作了汇报。张书记也觉得这事太大，又赶紧向苏州市委市政府汇报。

当时，苏州市主要领导都还没接到通知，便都有些疑惑。有个领导还纳闷，怎么会直接通知你们？我们都不知道。

不久，正式通知下来了，田副总理不仅要来看太浦闸，还要在平望开现场会，在平望吃饭，必须准备会议室，准备休息和吃饭的地方。于是，县里立即通知平望镇，连夜做准备。

平望镇党委书记朱荣生接到通知，也是有点不敢相信。国家领导人能来镇上看看，就已经很不容易了，顺便吃个饭也还可以理解，但要在这里开现场会，而且通知得这么突然，还是不太符合常理。于是，他觉得应该核实一下。

县委领导明确告诉他，上级就是这么通知的，而且也核实过。据说，这是田副总理的指示，就在平望开现场会，两省一市的分管领导都要参加。

朱荣生一下子紧张起来，立即动员镇党委、政府所有工作人员，连夜做各种准备。

戚冠华也在连夜做各种准备。由于平望到太浦闸的路正在修，没法坐车过去，只能坐船，而县水利局又没有像样的船。戚冠华只能联系市水利局，请求市里派船过来。考虑到防汛期间太浦河禁航，他又赶紧通知交通部门，明天苏州有艘船过来，准予放行。

这天晚上，戚冠华一夜无眠，总算把领导安排的事和自己能想到的事都办妥了。

7月6日上午，田纪云副总理一行驱车来到平望镇，又乘船前往太浦闸实地察看了汛情。随后，他又在平望镇主持召开了两省一市治水现场协调会。

田纪云副总理的这次行程，1991年7月7日的《苏州日报》作了专题报道，作者是沈石声、苏惠政，标题是《田纪云副总理察看太浦河闸和太湖水情》——

1991年7月6日上午，国务院副总理、国家防汛总指挥部总指挥田纪云从上海驱车到吴江县，乘船前往地处横扇乡东太湖的太浦河节制闸，实地察看开闸放水的情况和太湖汛情。陪同前往的有国家防总副总指挥、水利部部长杨振怀。

随后，田纪云一行在吴江县平望镇召开上海市、浙江省、江苏省治水现场协调会，认真听取江苏省副省长凌启鸿、浙江省副省长许行贯、上海市副市长倪天增汇报的灾情和防洪抗灾情况，详细询问了两省一市和苏州市的水情、灾情，还听取了太湖流域管理局负责人关于排疏太湖水的具体意见。

田纪云代表国务院、国家防汛总指挥部，对奋战在抗洪救灾第一线的广大干部和群众表示亲切慰问和衷心的感谢。他说，太湖流域城市最集中，经济最发达，对国家建设和财政收入有举足轻重的影响。抗御太湖洪水灾害，不仅关系到这些城市和沪宁铁路的安全，也是全国经济稳定发展的需要。解决排疏太湖水是当务之急，打开泄洪通道，已成为解决太湖水出路最现实的办法。因此，打通太浦河等河道，解决太湖水排疏进黄浦江的问题已势在必行。

田纪云副总理最后说，今年是"八五"规划的第一年，确保太湖流域主要城镇的安全，对全国的经济发展至关重要。

他要求两省一市的各级领导进一步动员广大群众，统一规划、统一部署、统一指挥，各司其职，各负其责，发扬风格，团结治水，团结抗洪，必要时牺牲局部，保护全局利益，为夺取这次防汛抗洪战斗的胜利作出贡献。同时要严阵以待，迎战更大的自然灾害。

水利部部长杨振怀也在会上讲了话。

中共苏州市委副书记、市长章新胜，副市长、市防汛指挥部总指挥府培生，陪同前往，并汇报了苏州市的水情、灾情和全市人民抗击大洪大涝的情况。

这次会议时间虽然不长，但参加会议的人员层次很高，国务院副总理召集主持，水利部部长、两位副省长和一位副市长参加，还有苏州市、太湖流域管理局的主要领导，讨论的问题也非常重要，可以说事关整个太湖流域的安危。

这次会议，对小小的平望镇来说，有着重要的历史意义。会议不仅云集了众多省部级领导及知名专家，让古镇"蓬荜增辉"，还彰显了平望的区位优势和接待能力，给众多领导专家留下了深刻印象。更重要的是，通过这次会议，两省一市的防汛抗洪工作更加团结，为后续的联合抗洪开创了新局面，大家都记住了平望，甚至感念平望。

参加过这次会议的很多领导和专家，至今仍记得田纪云副总理在会上说过的一句话："洪水总要找出路，但洪水自找出路比人为打开出路的损失要大得多。与其让洪水自找出路，还不如人为地给它一条出路。"

于是，这次会议后，给洪水"打开出路"的工作便积极展开了。其中最重要的，就是炸掉太浦河下游的几条拦水坝。

炸掉堤坝

就在7月6日当天，中共上海市委、市政府就根据国家防汛总指挥部的命令，决定在青浦县莲盛乡钱盛荡再辟出一条新的泄洪通道，帮助江、浙两省解决洪水出路。

钱盛荡地处太浦河下游。由于太浦河上海段还没有开通，青浦县就在钱盛荡设置了一条堤坝，防止太湖上游洪水袭击。钱盛荡两岸的莲盛乡和练塘乡，是上海菜篮子工程重要的淡水鱼生产基地和"夏淡"水生蔬菜供应基地，一旦被淹，损失不可估量。而钱盛荡两岸的圩堤只有3.4米高，又有十多处缺口，必须防止太湖洪水溢过堤岸，确保20多万亩农田和大批工厂、农户免受损失。

于是，也在7月6日当天，青浦县委县政府主要领导就来到了钱盛荡，带领莲盛乡、练塘乡的1.8万名干部、民工，顶风冒雨，突击加固、加高钱盛荡圩堤。

上海警备区司令员徐文义少将、武警上海总队副总队长辛举德也来到莲盛乡，向上海市委、市政府领导请战，带领解放军指战员和武警官兵担负起了8公里圩堤最关键地段的筑堤任务。

与此同时，莲盛乡又组织200多名突击队员，突击起捕荡内103亩鱼塘，采摘405亩菱角和茭白，收割上百亩蔺草，转移数十户农民家中财物，对农户进行妥善安置。

7月7日，太湖流域灾情继续扩大，国家防总决定，提前一天炸掉钱盛荡堤坝。原定的9日炸坝提前到8日执行，上海军民只能争分夺秒加高圩堤。

7月8日凌晨4时半，上海警备区"叶挺部队"的11名官兵，驱车直奔工兵器材仓库，领取10.6吨TNT炸药和3000枚雷管，并于7时30分按时赶到太浦河畔的北王浜集结地。他们与炮兵、步兵分队的300多名官兵一起，奔赴作业现场测距、定点。

在徐文义司令员的亲自指挥下，官兵们在8条大坝上展开了挖掘药室、埋设炸药的攻坚战。

钱盛荡共有8条坝，土质都很坚硬。为了确保一次爆破成功，需要在全长

1270米的爆破线上每隔2米开一个直径0.6至0.8米、深1.5米至1.8米的炸药洞，共计664个。官兵们冒着35度的高温，用了不到4个小时的时间，就把炸药洞全部挖好。又经过几个小时的苦战，完成了危险的装填炸药和敷设线路的作业。

下午3时20分，徐文义下达了起爆的命令。

"轰隆"一声巨响，钱盛荡上空顿时冲起一道几层楼高的黑幕，2号大坝不见了。紧接着，其余各坝也相继爆破。

19时30分，包括钱盛荡主坝在内的8条大坝全部被炸开，一条新的从太湖到黄浦江的泄洪通道形成了。咆哮的洪水以每秒200立方米的流量，汹涌而过。

上海市委书记吴邦国、市长黄菊来到官兵们中间，向他们表示慰问和感谢。

太浦河钱盛荡拦河坝炸开后，太湖洪水顺利下泄，太湖水位开始下降，太湖地区的灾情得到缓解。7月9日，太湖水位就下降到4.65米，比炸开前的7日最高水位4.68米，下降了0.03米。

7月9日上午，中共中央总书记江泽民、国务院副总理田纪云、中共中央书记处候补书记温家宝、水利部部长杨振怀、民政部部长崔乃夫、南京军区司令员固辉等领导来到青浦县练塘镇北王浜工地，慰问解放军、武警官兵和青浦人民，实地视察炸坝后的现场。当天下午，江泽民一行又来到太浦河节制闸，察看水情，指导抗洪救灾。

在与当地领导谈话时，江泽民指出："这次抗灾，体现了局部服从整体、整体照顾局部的精神。灾区人民顾全大局，为太湖分流做出了牺牲。党员干部战斗在抗灾一线，发挥了先锋模范作用。这次灾害的启示就是要未雨绸缪，要有点远见，治水、救灾都要依靠群众。太湖治理，今冬必须大干，要把人力、财力集中起来解决这个问题。一定要下决心解决好这个事，否则别的事也很难办。这次救灾，总的要求是：生产自救、自力更生、协作配合，然后国家支援。"

7月21日，李鹏总理又和田纪云副总理一起，考察了江浙灾区，深入工厂、住宅、农民家庭，详细了解灾后生产生活情况。

7月22日，李鹏在上海主持召开安徽、江苏、浙江、上海三省一市负责人会议，研究如何进一步做好抗灾救灾工作，进一步治理太湖等问题。会上，各地负责人都谈了各自的想法，纷纷表态：今冬就开始大干规划好的水利工程，争取早建成、早见效。

9月17日，国务院在北京召开了治理淮河、太湖会议，部署进一步治理淮河、太湖方略，确定"八五"期间在太湖流域兴建十项骨干水利工程。

在党和国家领导人的高度关注关心下，在国家防总的大力协调和指挥下，在洪水造成了巨大损失的背景下，江浙沪三地终于统一了认识，真正走上了团结抗洪、协同治水的正确道路。

在抗洪过程中，开闸泄洪、爆破炸坝是两个重要事件，也是两个极具象征意义的事件。因为，炸掉的不仅仅是拦水的堤坝，更是思想认识的大坝；开启的不仅是拦水的闸门，更是实践行动的闸门。

后来，浙江省时任省长葛洪升曾撰文反思。他在文章中写道——

> 对流域性水灾，必须坚持局部服从全局、全局照顾局部、团结一致、相互支持、共渡艰难的原则，决不能只顾局部，各自为战。过去几十年对付太湖水灾，江苏、浙江、上海认识不统一，形成各自为战的格局，实质是一损俱损。上海在与浙江交界的红旗塘修建拦水坝，不让洪水进入上海，这样自然对上海有利，但堵死了太湖洪水经黄浦江出海通道，必然加重浙江的灾害。浙江为减轻嘉兴的水灾，不同意在江苏境内的太浦闸开闸南排。1991年的抗洪中，浙江率先同意开太湖大闸，上海按中央的部署炸开并最终全部挖掉了红旗塘水坝，浙江、上海都做出了牺牲，对整个太湖抗洪发挥了重要作用，是这次抗洪取得胜利的重要因素。在这次抗洪斗争中形成的杭嘉湖风格，更是应当继承发扬的宝贵精神财富。

大灾后反思，反思后大干。洪水退却了，但洪水带来的损失触目惊心，大家痛定思痛，都强烈地意识到，太湖综合治理势在必行，而且越快越好，不能再让水灾悲剧重演。于是，为了共同的愿望，江浙沪三地纷纷行动起来，掀起了水利建设新高潮。

大局为重携起手

早在抗洪刚刚结束的 7 月 28 日，江苏省政府就成立了"治淮治太领导小组"，省长陈焕友亲自担任组长。省委、省政府还决定，3 年内全省不搞非生产性楼堂馆所建设，下决心筹集水利建设资金。

10 月 11 日，浙江省政府召开太湖流域和杭嘉湖地区水利建设会议，提出力争"八五"期间治理好太湖流域和杭嘉湖地区洪涝，并决定用征收水利工程附加税的方式，向城乡工商企业和个体工商业者筹措水利建设资金。

10 月 30 日，上海市委、市政府召开太浦河施工动员大会，并成立太浦河工程总指挥部，由市农委副主任黄富荣任指挥长，市水利局局长朱家玺、青浦县县长李炳章任副指挥长。也是在这次大会上，上海市成立了"太湖治理领导小组"，市长黄菊亲自担任组长，倪鸿福、倪天增、庄晓天任副组长，并提出了治理指导方针："全党全民动员，调动全市人民的社会主义积极性，市、县分工合作，城乡密切协同，打团结治水的人民战争，统筹全局，细心组织，精心指挥，科学施工，保质保量，集中优势兵力，速战速决。"

同一天，浙江省也在嘉兴市成立了太浦河工程指挥部。由嘉兴市副市长傅阿伍任指挥，嘉善县代理县长杨荣华任常务副指挥，并在丁栅镇旅馆设指挥部，开启工程的先期准备工作。

11 月初，国务院颁发《关于进一步治理淮河和太湖的决定》，要求按 1986 年《太湖流域综合治理总体规划方案》拓浚太浦河，以便抽引太湖水入黄浦江，并按四级航道标准改善苏、浙、沪间交通条件。

于是，太浦河工程又一次拉开了帷幕。

这一次，帷幕是在上海拉开的。

1991 年 11 月 5 日，上海青浦县练塘镇的太浦河工地上，人潮涌动，机器轰鸣，太浦河上海段大堤工程在这里破土动工。

按国务院第一次治淮治太工作会议精神，要求太浦河在1992年主汛前全线贯通，上海段河道开挖到负1米标高（吴淞高程），达到泄洪300秒立方米的要求，以保证1992年的度汛安全。上海段的施工方案，采取机械与人工相结合，河道土方由27艘挖泥机船机浚，两岸大堤土方及绿化任务由各区、县、局及部队分段包干完成。

武警上海总队成为这次任务的先锋部队。根据上海市太浦河工程总指挥部的统一部署，总队派出1000多名官兵，参加了太浦河筑堤工程。官兵们都写下了决心书，表达他们的勇敢和决心。到了工地，官兵们在烂泥地里搭建起简易的营房，便投入到紧张的劳动中。他们的施工场地在四面环水的两个孤岛上，施工条件很差，无法使用大重型机械，只能靠手提肩扛。他们发现挖起的泥土里杂质很多，就请了工程管理处的技术员来指导，把泥土中的稻根、草根一棵棵地清除掉，都打碎成网球大小，再填筑堤坝。每填一层土，官兵们就列队在上面跑步，用人工把坝身踩实。就这样，仅用了一个星期的时间，他们就率先完成了11号、12号样板堤。

南汇县所承担的1.1公里堤岸工程，有80%以上要在鱼塘和茭白田上夯筑，鱼塘水深处达1.5米，而筑堤取土之处又大部分在茭白地。施工条件不太好，他们就迎难而上，县委书记、县长带头到工地劳动，并组织了党员突击队攻坚克难。三灶、新港、老港等乡的村支部书记以上干部，带头组成了"夜间突击队"，民工们白天干，他们晚上干。在党员、干部的带动下，全县5000余民工争先恐后，施工进度一直遥遥领先。

金山县新农乡所承担的工段，原本是泊船的河湾，地基软，泥层厚。民工们苦战11天后，堤岸突然出现了滑坡，县水利工程总队紧急驰援，一面调运来41根7米长的大木头，一面打桩加固；团县委向全县青年发出动员，并组织由876人组成的19支青年突击队，赶赴工程第一线，同时开展了"青春在太浦河工地闪光"的青年突击队劳动竞赛。

11月20日，国务院总理李鹏、国务委员李贵鲜来到青浦县练塘镇太浦河工地，慰问正在工地上奋战的民工，以及驻沪三军、武警支援部队，并亲自参加了劳动。

国家领导人的关怀关心和亲力亲为，激发了军民的斗志和干劲，工程的进度大大加快。

12月22日，太浦河上海段工程160万立方米土方的筑堤工程胜利完成。施工期间，全市共出动劳动大军12.4万人，另有市县干部、驻军指战员、在校大学生30万人次参加义务劳动，并出动机械400余台套，充分体现了全党动员、全民动手、全社会办水利的精神。

太浦河嘉善段工程也是11月初启动的。

嘉兴市太浦河工程指挥部成立后，很快就进驻嘉善县丁栅镇，嘉善县各部门便立即行动起来，为工程的开工做准备。

嘉善县供电局组织突击力量，在旷野上用杠杆滑轮安装了四台配电变压器，架设高压线1.75公里，低压线2公里，架设临时桥梁电源1.2公里；邮电部门抢装了24门手摇电话，8门程控电话；广播电视部门架通了工地的广播线路，安装了高音喇叭，建起了临时广播站；交通部门紧急抽调21艘60吨线以上的铁驳子，充当临时舟桥，并调集4个桥梁建筑队，铺设成总长度为160多米的8座便桥；城建部门在工地搭建简易厕所300多个，方便建设者使用；供销部门在民工营驻地设置了9家供销店，配备了大量的扁担、畚箕、炊具和日用工业品……

11月10日，水利部门完成了工程测量定位。

11月14日，太浦河工程指挥部在嘉善县丁栅丝厂召开了动员大会。

按照工程指挥部的要求，仅有1万余人的丁栅镇，需要为2万多工程建设者腾出住房和灶台，清理出千余亩农田的施工场地，还要抢建施工专用道路。而且，这些都要在10天之内完成。

"紧急动员，全力以赴，太浦河工程必须如期开工！"嘉善县委、县政府下达了"死命令"。

难度可想而知，但指挥部的工作人员没有想到，沿河群众都非常支持，二话不说就行动起来。

工地附近的8个村子里，2000多家农户家家腾房，很快就腾出6万多平方米的住房和灶台，给外地民工使用。丁栅镇村村动员，每天都出动3000多人次，修筑起一条长达3.1公里的工地便道。工程将要征用的土地上，农户们纷纷抢收自己田里的水稻、桑树、蔬菜，尽量减少损失；有些群众还不得不含着眼泪"挖祖坟"，在短短的两天内全部迁走。

银水庙村的一块墓地，有1500个坟墓，除了群众自行迁走的坟墓，还有大量无人认领的"无主坟"。迁坟期限快到了，坟墓迁走了还不到一半，嘉兴市武警支队、嘉善县公安局出动了200多名官兵，在这片坟场上打了一场特殊的战斗。仅仅用了两天，所有"无主坟"就被清理干净。

短短一周时间，丁栅镇就完成了指挥部交给的艰巨任务。

11月24日，在嘉善县丁栅镇太浦河银水庙村，嘉兴市太浦河工程指挥部召开了隆重的誓师大会，提出了"奋战四十天，拿下太浦河"的响亮口号。

随后，嘉善县21个乡镇（除魏塘镇外）的2万多民工，组成21个营，自带铺盖、粮食、工具，从全县各地陆续汇集太浦河工地。驻浙部队派出2800余名官兵，支援工程建设，也陆续进驻工地。

太浦河浙江段施工区地形复杂，河道、鱼塘成为施工的主要障得，整个施工区需要先打7条大坝，堵截河水，而7条坝中最主要的是1号、2号、4号坝。由嘉善、平湖、海盐、嘉兴等市县团委组成的青年突击大队一马当先，连续奋战4天，合龙了1号施工坝，截断了长白荡方向进入施工区的湖水。担任筑坝施工任务的大通、干窑、里泽、范泾、姚庄、俞汇等乡镇的民工，也陆续筑好了其他5条施工坝，只有4号坝遇到了一些麻烦。4号坝跨度大、河底深、水流急，大坝虽然也筑成了，可两天之内出现了7次滑坡，不够稳固。

12月1日，太浦河嘉善段全面开工。在长1.1公里、宽174米的工地上，建设者们按指挥部划定的区域陆续开挖。

施工的第二天，4号施工坝突然又滑坡了。太浦河工程指挥部副指挥吴金林听到报告，立即就紧张起来。他知道，大坝如有不测，将危及施工区内广大民工的生命安全，必须立即抢修加固。他带领指挥部的全体人员，不顾一切地跑向4号坝，指挥并参加了稳固坝基的突击战。

为了工程的准备工作，吴金林忙得团团转，连续多天没怎么休息。民工们进驻工地后，为了协调各方关系，他又几次带着工作人员夜访民工营，经常在深夜的寒风和泥泞中奔走。连续的高强度工作，让他劳累而虚弱，整整瘦了一圈。可是，为了加固大坝，他顾不上自己的身体情况，与大家一起挑泥填土，坚持战斗。

经过干部群众的共同努力，4号坝的坝基迅速从2米宽度增加到6米，并在泥土里填充了很多草袋，才解决了滑坡的问题。

吴金林是嘉善县副县长，不仅要管太浦河工程，还要操心全县的其他分管工作，免不了要在工地与县城之间来回奔波。他很累，可是一到工地，看到大家都在热火朝天地干活，便又立即强打精神，参与到繁重的劳动中，直到晕倒在工地上。送医院抢救后，他一醒来，便牵挂着工地上的事，要求立即出院回工地。

吴金林住院后，指挥部常务副指挥、嘉善县代县长杨荣华就入驻前线指挥部，与其他几个指挥一起深入工地，运筹决策。他是一县之长，既要管前方，又要顾后方，只能频繁地在工地与县城之间来回奔波。

后来，一位网名"嘉善方舟"的网友在相关文章后留言说："我曾经在太浦河指挥部政策处工作，那时候尽管天气很冷，但干部群众热情高涨，从丁栅镇上走到现场要一个半小时，三天两头跑。"这可能就是当时指挥部领导们的真实写照。

指挥部主要领导作表率，各乡镇民工营营长、教导员也是身先士卒，各村的支部书记、村主任更是带头劳动，民工们的热情和干劲就更高了。

银水庙村团支部书记、民兵连长谢君荣虽然没有参加施工，但他天天和村民们一起，为建设者们服务，烧水备饭，打扫卫生。他后来回忆说，当时工地上人山人海，建设者们干得热火朝天。虽然使用了一些机械，但更多的还是手挖肩挑。白天干了一天，夜里还挑灯夜战……看着河道一天天现出雏形，心里美滋滋的。

经过43天的艰苦奋战，1992年1月12日，太浦河嘉善段1.53公里河道的人工开挖和两岸陆上大堤填筑工程胜利完成。总投工量40.4万工日，完成土方68.47万立方米，开挖工程深度达到吴淞高程0米。

1993年1月15日14时42分，指挥部炸开了施工坝，让太浦河水流进新挖成的河道，太浦河嘉善段终于有了一条河的模样。

然而，按照太浦河嘉善段的设计标准，河道深度要达到吴淞高程负5米，还要建一些配套工程，后续还有很多工作要做。按照指挥部的施工计划，工程也是分陆地开挖和水下疏浚两个阶段进行，之后他们要完成的，还有土方水下挖填、浆砌3个枢纽和节制闸、套闸等配套工程。

不管怎么说，太浦河嘉善段已经通水，相当于已经出生，只等她慢慢长大、越变越好了。

太浦河吴江段第三期工程动工比较晚，主要是因为太浦河的很多基础工程已经完成，本期工程的任务量相对较少。而且，本期的任务主要是河道的疏浚、拓宽和挖深，施工主要靠机械，难度相对也较小。另外，太浦河第三期工程由水利部太湖流域管理局管理，他们还要先看下游浙江段和上海段的施工情况。

1991年9月20日，吴江县人民政府向苏州市人民政府转报了县水利局《关于太浦河工程初步设计的若干意见》。吴江人希望尽快打通太浦河，同时也希望，在太浦河第三期工程施工时，尽量减少对当地经济的不利影响，减少当地群众的损失。

按照江苏省治理太湖工作指挥部和水利部太湖流域管理局的意见，太浦河江苏段第三期工程主要由吴江承担。于是，1992年8月24日，刚刚撤县设市的吴江市就成立了太湖治理工程指挥部，同时成立了吴江市水利工程以工代赈办公室，负责流域工程的以工代赈资金落实，开始着手做好工程前的准备工作。

9月7日，江苏省政府在苏州召开了治理太湖工程施工准备会议，对太浦河工程实施作了总体安排。

10月26日，苏州市太湖治理工程办公室发出通知，转达了省指挥部《关于下达太浦河工程1992年项目实施计划的通知》，明确了1992年项目安排：新运河以东国际招标施工段的穿湖筑堤，湖荡排泥场围埝，太浦闸以西2公里引河达标，工程相应的征地拆迁补偿，平望以西太浦河北岸的配套控制闸，以及原河道护岸局部加固等。

根据通知精神，吴江市太湖治理工程指挥部立即编报了具体实施计划，开始组织实施太浦河南岸堤防试点工程、国际招标施工段的穿湖筑堤和湖荡排泥场围堰工程以及征地拆迁补偿等。

11月12日,指挥部在芦墟镇伟明村召开了太浦河工程开工典礼,开始全面施工。

太浦河南岸堤防工程,东起浙江钱家甸,西至太湖边富联村,全长39.58公里,其中镇区堤防6.12公里,老堤11.48公里。指挥部按工程所在地把任务分派给相应乡镇,由当地水利站工程队具体实施。

穿湖筑堤和湖荡排泥场围堰工程的困难,是汾湖以西河段的河底土质为淤泥型,在软土地基上修筑5米多高的堤防围堰,不仅在技术上难度大,而且设计预算造价极低。

征地拆迁补偿是一件棘手的事。由于前两期工程施工后,堤防土地仍分属沿线各乡镇,历年来太浦河沿线建设了不少码头、油库、工厂。如果按初步设计要求,堤防范围内的建筑物一律拆迁,则补偿费缺口太大,工厂搬迁更是有很大困难。如果动迁,没有足够的资金补偿,如果不动迁,疏浚时会不会出现塌方?一旦出现塌方情况,后果不堪设想。

面对这些难题,大家一边施工,一边想办法解决,倒也一路"过关斩将",稳步推进了工程的进展。

稳步推进

说起太浦河第三期工程,戚冠华就很兴奋。他当时是吴江市水利局分管工程建设的副局长,又兼任吴江市太湖治理工程指挥部副总指挥,参与了第三期工程从准备到施工的全过程,说起来自然如数家珍,甚至滔滔不绝。

戚冠华告诉我们,三期工程的拆迁工作,开始是很顺利的。太浦河沿线的群众都一如既往地服从大局,二话不说就同意拆迁,而且,这时的拆迁补助费已经比较高了,资金又基本到了位,大家很快就能拿到钱,积极性就更高了。甚至有些房子不在拆迁范围内,群众还主动要求拆迁,想搬得离镇近一点,生活更方便些。

征地工作也不算难,当时土地已经承包给个人,而种地很辛苦,又没有多少收益,被征地的群众自然支持配合。戚冠华还碰到一件事,让他很意外,又觉得很有意思。

那天，他和工作人员在现场考察时，碰到两个小姑娘在割水稻，便对她们说，你们这块地被征用了，你们赶紧割。可这两个姑娘一听到这个消息，不仅不吃惊，反而高兴了，直接把刀一扔，就不再割了。其中一个姑娘还说，太好了，以后再也不用来割了，这季稻子也不要了。说得大家哑言失笑。

沿线几个乡镇的领导都很支持，村里的干部都帮着做工作，不仅没碰到钉子户，过分提要求的也基本没有。

太湖喇叭口原来是渔民养螃蟹的，每家分的是 20 亩水面，实际上都自行扩大了，实际面积都远远超过 20 亩。如果按每家 20 亩补偿，渔民实际上是吃亏的，戚冠华起初还担心工作难做。可是，这个村的支部书记阿毛却大包大揽地说，超面积的不让你们赔，只赔有证的就行，工作我们村里来做。果然，村里很容易就做通了渔民的工作，顺便完成了这个地块的征地任务。

拆迁工作中遇到的难点，主要是沿岸工厂的拆迁。按照江苏省勘测设计院苏南分院的设计，两岸的工厂和油库都要拆掉，可是，两岸的工厂太多，拆一个油库要补偿很多钱，但补偿的总额有限制，全部拆迁根本不够，很难完成任务。

戚冠华来到太浦河边，小心翼翼地捧起岸边的土，仔细地观察研究。他虽然是平望人，从小就摆弄过这里的土，但他还是不放心，再次实地考察。设计院要求拆迁岸边工厂的理由，是这里的土质不行，容易塌方，沿岸不能有建筑物。

经过实地考察，戚冠华发现，沿岸有多处煤码头、砖窑、吊车，都在岸边多年，并没有出现滑坡，是不是计算方法太保守了，导致出现堤岸不能承重的结论呢？

找到了问题的症结，戚冠华产生了一个大胆的想法：两岸的工厂能不能不拆？

他知道，这个想法要想实现，必须经过太湖流域管理局的批准，但贸然报上去，自己的分析判断很可能得不到重视，那批准的可能性基本没有。而要引起领导的重视，那就需要权威专家的支持。于是，他想了一个办法，先请个权威专家过来，做一个权威的鉴定。人选他也考虑好了，就请母校的老师，著名的工程力学专家傅作新教授。

然而，请权威专家做鉴定，那也是要报批的，也很可能批不下来。也就是说，请专家的事，也要冒点风险，以其他的事由先请过来。

戚冠华知道，太浦河工程项目经费中，有18万科研费用，以科研的名义请专家过来，应该顺理成章。他先给太湖流域管理局时任副总工程师吴泰来打了个电话，汇报了要请学院的老师来做一下科研的想法。

吴泰来也是华东水利学院的校友，对学院的老师也都熟悉，便问戚冠华准备请谁。

戚冠华就说了傅作新的名字。

吴泰来当然知道傅教授的大名，立即就表示了同意。

没过多久，戚冠华就把傅作新教授请到了平望，并如实向老师说了自己的想法。傅教授不但没有责怪他，还很赞赏，表扬他"做了水利局的领导，还能用专业的眼光看问题"。

傅作新是浙江龙游人，1928年6月出生，这年已经64岁。他毕业于浙江大学土木工程系，毕业不久就调到华东水利学院工作，是建院初期第一批46位教师之一。他长期从事水利工程结构力学理论和应用研究，曾主持完成20多项国家重大工程和科技攻关项目，获省、部级科技进步奖12次，其中一等奖3次，还获得过江苏省和南京市先进生产者称号，享受国务院政府特殊津贴。他曾用力学模型分析水工结构中的复杂问题，不仅给出力学结果，而且提出工程建议，得到了生产单位的充分肯定和采用，总是被"免检"通过。

傅教授来到太浦河边，认真考察了现场，对不拆除堤防上建筑物时开挖河槽的岸坡稳定性进行了研究，并进行了严谨的计算校核。他采用先进的有限单元法，对岸坡的整体稳定性进行了研究，结论是：河里有水的情况下，岸坡是稳定的。

这样一位权威专家给出了鉴定结论，戚冠华就底气十足了，便立即提交了报告。

不出戚冠华所料，傅教授的鉴定引起了领导和专家们的重视，太湖流域管理局很快就派来专家，进行了几番实验，又经过了几番论证，方案终于确定下来。新方案减小了拆迁范围，很多工厂都不用搬迁了，既节省了经费，又减少了当地企业的经济损失。

在施工过程中，戚冠华还是有些不放心，就提出"边施工边观测"的要求，一旦发现堤坝有位移，必须立即停止施工。他自己也三天两头打听，问他们有没有位移，并开玩笑地告诫他们："一定要注意观测，出了问题，我可是要杀头的。"好在一路施工下来，都没有发现位移的问题。

按照太浦河工程初步设计方案，吴江国际招标段（京杭运河以东）水下疏浚土方1280万立方米，采用绞吸式挖泥船施工。绞吸式挖泥船疏浚，就是用绞刀在水中把河底泥土绞成泥浆，再用泥浆泵冲填入排泥场。为了节约耕地，初步设计把大部疏浚土方安置在沿线的湖荡里。汾湖以东的河底土质坚硬，泥浆冲填入湖荡自然沉淀，可直接成堤，不必设置围堰阻挡。而汾湖以西河底土质为淤泥型，泥浆冲填入湖荡里会回流太浦河，因此必须修建围堰挡住泥浆。在软土地基上又在水中修筑5米多高的围堰，一般的疏浚公司从未做过，不宜列入招标工程中。江苏省指挥部把这项工程交给吴江实施，要求在中标承包商进场前建好，保证主河道疏浚顺利进行。但是，湖荡排泥场围堰在初步设计中预算造价很低，工程队都不想干。

戚冠华反复琢磨，终于想出一个办法。在预定的排泥场围堰的两侧插上竹桩，铺上"土工布"，用铁丝把竹桩固定好，抓斗式挖泥船直接把泥放到布上就行了。他立即把这个想法向太湖流域管理局吴泰来副总工程师作了汇报。

吴副总工表示怀疑："这样挡得住吗？"

戚冠华信心满满地说："我觉得没问题。要不，我们先做一个小的，给你看看，试验之后再做决定。"

吴副总工同意了，戚冠华便立即让人做了一个100多米长的排泥场围堰，并进行了排泥试验。结果正如戚冠华所料，一点问题也没有。

戚冠华把试验结果向吴副总工汇报了，吴副总工又专程过来看了看，感觉也可以，就当场拍板，把这个方案确定下来。

排泥场很快就准备好了，施工队伍陆续进驻，挖泥船也开始工作。经过一段时间的试运营，排泥场性能良好，基本没出问题，偶尔有一次漏出来一些泥，很容易就修补好了。

在戚冠华和吴江市太湖治理工程指挥部其他工作人员的共同努力下，太浦河三期工程继续稳步推进。

河道疏浚工程是分两个阶段实施的。1993年4月，吴江市指挥部委托两家公司（吴江市疏浚工程公司、苏州市水利工程公司）开始施工。疏浚范围从京杭大运河西至太湖喇叭口，全长18公里，共疏浚土方311万立方米（包括支河连接段土方24.08万立方米）。后经江苏省水利厅勘察设计院测量总队测量，发现有两个标段施工历时长、回淤量大，1998年8月至10月，两家施工单位又清除回淤，才算全部完工。

1994年3月，江苏省治理太湖工程指挥部采用国际招标的方式，委托3家公司（中国水利水电第十三工程局、上海内河航道疏浚工程公司、河南省水利第一工程局），开始疏浚京杭大运河东至苏浙省界的24.4公里河道。1996年5月，施工基本结束，疏浚土方1280万立方米。2000年6月，苏州市水利农机局、苏州市太湖治理工程办公室等单位组织了竣工验收。

南岸堤防工程1992年11月开工，1996年底竣工，1999年又对穿湖堤和陆上堤沉降堤段加固加高。新筑堤防21.98公里（含穿湖堤4.75公里），完成筑堤土方83.03万立方米。

沿河护坡工程由吴江市土石建筑工程公司和吴江市水利建筑工程公司负责施工，1993年3月至1999年11月分6期实施，共完成护坡73.52公里。采用直立式浆砌块石结构，底板面高程2.2—3米，墙顶高程4.5米，局部深水潭地段采用底板部分抛石至高程2.7米处、上浇筑30厘米厚混凝土的组合式结构。

跨河桥梁工程1994年开始设计，由吴江市太湖治理工程指挥部委托上海城市建设设计院完成，包括汾湖、梅堰和黎里东3座跨河桥梁。编制预算后，报江苏省治太指挥部并获批准。桥梁工程总投资1275.5万元，经费绝大部分来自世界银行贷款；施工采用国内竞争性招标形式，常熟市水利建筑工程公司、江苏省交通工程总公司第六工程公司、吴江市第四市政工程公司联合体、海安县水利建筑工程公司分别中标。1995年6月，3座大桥开工，1996年5月梅堰大桥最先完工，之后的7月和12月，汾湖大桥和黎里东大桥也先后完工，并通过了竣工验收。

防汛公路1998年10月开始施工，由上海东路科技发展有限公司、吴江市水利建筑工程公司、吴江市庙港水利工程队、吴江市土石太浦河分公司等施工单位实施，2000年4月竣工，2000年5月通过竣工验收。

为弥补太浦河工程对吴江水系的影响，防止太浦河行洪时水流倒灌淀泖区和杭嘉湖区，又先后在太浦河北岸新建了2座闸站和28座水闸，在芦墟以东口门建1座闸站和5座水闸，在芦墟镇区建防洪工程；为贯通水系，又先后开挖14段河道，新建桥梁3座（南星中拖桥、华字港中拖桥、南星华字港人行桥）。1996年开始，还陆续对已完成建筑物和堤防进行了绿化……

太浦河嘉善段完成河道人工开挖和大堤填筑工程后，河道疏浚工程、丁栅枢纽工程、陶庄枢纽工程、汾湖穿湖筑堤工程、干河回淤清理工程等又陆续开工。

1992年1月，河道开挖刚刚完成，河道疏浚及筑堤工程就接着开工了。工程分上下两段实施，首次施工的是下段，位于嘉善县丁栅镇，由浙江省水利疏浚工程处负责施工，先用三个月时间挖至负10米高程，保证了1992年汛期能通过300个流量的要求；后来继续施工，直到1994年11月竣工，共开挖土方227万立方米，筑堤土方74万立方米。上段位于嘉善县大舜乡钱家甸村和汾湖镇西浒村太浦河南半侧，仍由浙江省水利疏浚工程处负责施工，1995年3月开工，1998年11月竣工。

1992年5月，太浦河沿线堤防绿化工程开工，由嘉善县农林局、九三学社上海市绿华欧美杨苗场和静安区欧安公司负责施工，共种植欧美杨2.2万株以及水杉等树种。

1992年12月，丁栅枢纽工程开始施工招标，浙江省水电建筑第一工程处中标。1993年3月15日开工，1994年9月竣工。

1993年4月，东蔡公路桥工程开工，由嘉善县交通工程处中标承建，1994年10月竣工。

1993年6月，丁栅镇北蔡村套闸工程开工，由嘉善县水利工程队承建，1994年4月竣工。随后，嘉善县水利工程队又陆续承建了钱家甸节制闸工程、西港节制闸工程、湖滨节制闸工程等，1996年5月前全部竣工。

1993年7月，汾湖穿湖筑堤工程进行试验段施工。1995年10月，进行一期工程施工招标，同年11月开工。由于汾湖穿湖堤是在汾湖中倒土筑堤，且基底土质较差，浙江省设计院多次进行了专题研究后，确定采用抓斗船水中倒土筑堤方法，并采取"逐段分层、均衡加荷、薄层轮压、分层压实"的施工工序，在试验段施工中获得成功，最后确定了设计断面。二期工程于1997年8月开工，1998年12月竣工。

1995年11月，陶庄枢纽工程进行施工招标，由浙江省水电建筑第一工程处中标。1996年10月开工，1998年4月全面竣工，1999年5月19日通过阶段验收投入使用。该枢纽工程的建成通水，为太浦河沿线的水上交通创造了良好的通航条件。

1998年9月，大舜枢纽工程开工，由浙江省水利疏浚工程处和浙江省水电建筑第一工程处中标承建，1999年5月竣工。

1999年5月，防汛道路工程开工，由嘉善县水利建设工程处中标承建，2000年7月竣工。

1999年12月，浦南防洪补偿工程开工，由嘉善县水利建设工程处和嘉兴市秀洲区水利工程公司中标施工，2000年7月竣工。

2000年6月，干河回淤清理工程开工，由浙江省疏浚工程有限公司中标承建，9月22日竣工。

至此，太浦河嘉善段1.53公里的河段基本成型，兼有防洪、排涝、灌溉、航运、改善水环境等多种功能，成为一道亮丽风景线。

太浦河上海段大堤工程会战后，转入正常施工阶段，由上海市水利局负责指挥部日常工作，指挥部工程处具体组织实施工程施工。上海市太湖治理领导小组和上海市太浦河工程总指挥部给予了大力支持，为工程协调各方关系，择优选择施工监理单位，并在加强质量管理、进度控制、资金控制等方面把关监督。

施工单位都是公开招标的，中标施工企业来自全国各地，包括中国水利水电第十三工程局、河南省水利第一工程局、上海内河航道疏浚工程公司、上海市水利工程公司、上海河道建设公司、扬州水利建筑工程公司等16家。其中，具有水利一级资质等级的有3家，水利或建筑二级资质等级的有11家，水利三级资质等级的有 2 家，远远满足工程的资质等级需要。

从 1992 年初开始，太浦河大堤青坎的绿化工程就开工了，并不断完善，1999 年基本完成。

河道疏浚工程也是大会战结束后就开工的。1995 年 10 月，全线河道挖到负 5 米高程，并通过了太湖流域管理局等单位组织的评审验收。同时，完成了两岸 28.44 公里的护岸、17 座渡口码头及 25.86 公里的防汛道路。

1995 年 11 月，太浦河上海段全线竣工。12 月，上海段 15.24 公里的航道全线开通。12 月 27 日，太浦河全线贯通，汛期最大实测流量为 550 秒立方米，超过设计标准 10%。

之后，太浦河上海段配套建筑物工程又陆续动工。沿河的 18 座水闸、17 座支河桥梁建设，1996 年底基本完成；太浦河下游泖河段疏浚工程，1997 年 10 月完成；泖河、斜塘沿线护岸工程和闸涵加固工程，1998 年 4 月完成；干河回淤清理和扫尾工程，2000 年 9 月完成……至此，太浦河上海段工程建设任务全部完成。

从 1991 年太浦河三期工程开工，到 2000 年全部完成建设任务，两省一市的建设者们用了整整 9 年。

2000 年 9 月，水利部太湖流域管理局会同江苏省水利厅、浙江省水利厅、上海市水务局，在上海市青浦区召开了"太浦河工程竣工初验会议"。会议听取了建设单位的建设管理报告、设计单位的设计工作报告、太浦河工程总体质量评定组的质量总评报告，以及竣工初验委员会所属各专业组初验工作情况汇报，查看了工程现场，并由竣工初验委员会讨论、修改了《太浦河工程竣工初验工作报告》。

会议还安排了下一步的扫尾工作，除了完成太浦河泵站工程外，还要完成工程竣工财务决算编制、竣工决算审计及审计复核、尾工遗留问题处理、档案资料整编和验收、建设管理工作等竣工验收报告修编，做好竣工验收的各项准备工作。

2000 年 12 月，国务院批准了上海市提出的太浦河泵站工程建设项目。于是，新生的太浦河又被赋予了一项重要的功能。

赋予新功能

太浦河工程最初的设计，就是为了给太湖增加一条泄洪的通道。

事实上，太浦河还没全线贯通前，就已经在1991年抗洪中发挥了重要作用，也正因为她那次抗洪中的立功，才推进了第三期工程。全线贯通后，在抗御1995年、1996年、1998年三次常遇洪水中，都发挥了重要作用；1999年太湖流域发生超标准洪水，通过太浦河工程共排泄全流域洪涝水28.73亿立方米，发挥了显著的减灾效益，有效地减轻了洪涝灾害。

随着工程的进展，太浦河又渐渐被赋予了灌溉、航运等功能。

吴江到上海的水上航线，历史上主要走申湖线，从平望往东，经莺脰湖、雪湖、杨家荡、陆家荡、塔上荡、章湾荡、普陀荡，由尤家港入汾湖。1970年9月，太浦河航道通航以后，申湖线就改经平望新运河、太浦河至汾湖。申湖线为5级航道，吴江境内长42.23公里，可通150吨级船舶，是联接浙北、上海的主要航道，太浦河已经是这条航道的重要组成部分。太浦河三期工程完成后，太浦闸以下河道基本达到了4级航道标准，可通航60—80吨级船只，水上运输渐渐繁忙起来。安徽、浙江等地大量建筑材料，通过太浦河航线运到上海，为大上海的基础设施建设作出了很大贡献。

太浦河全线贯通后，上海人惊讶地发现，太湖水的水质比较好，可以有效地改善黄浦江的水质。而黄浦江是上海重要的水源，每年枯水期流量远远不够，污染又比较严重，迫切需要太浦河带来大量太湖水为黄浦江冲污，并改善上海市缺水的大问题。

太浦河越来越受重视。渐渐地，上海不仅希望太浦河天天送来太湖水，还希望有更大的流量，而枯水期的太湖水位也会大幅降低，有时候无法保证向太浦河供水。于是，上海便提出在太浦河上游建泵站的设想，确保枯水期太浦河有足够的水量流入黄浦江，改善黄浦江水质。

2000年12月国务院批准后，太湖流域管理局与上海水务局就联合组建了太浦河泵站工程建设指挥部，开始做施工前的准备工作。

此前，水利部上海勘测设计研究院和上海市水利工程设计研究院已经拿出了设计方案。泵站工程包括泵房，变电站，进、出水渠，进、出水池，拦污栅闸，公路桥，导流墩及进出水渠右岸堤顶公路等，泵站总设计流量300立方米每秒，最高净扬程1.64米，设计净扬程1.39米，最低净扬程0.76米，是国内设计流量最大的泵站，工程规模在世界同类型项目中也是最大的之一。施工单位和监理单位也都确定了，由中国水利水电第十一工程局负责施工，由水利部上海勘测设计研究院（监理）与水利部产品质量标准化研究所（监造）联合体——华东勘测设计研究院负责监理。

12月26日，太浦河泵站工程正式开工，并在平望举行了隆重的开工典礼。

太浦河泵站工程一开始就引起了媒体的广泛关注，《解放日报》记者朱瑞华曾作过专题报道——

解放日报讯：国家级重大工程项目——太浦河泵站工程，昨天在江苏省吴江市平望镇举行开工典礼。这一在枯水期可调遣太湖清水济申城，改善市区饮用水水质的市重大工程，计划于2003年6月竣工并交付使用。水利部副部长张基尧、上海市副市长韩正、江苏省副省长姜永荣出席开工仪式。

黄浦江上游是本市饮用水的主要水源地。每年冬季及异常干旱年份的枯水期，太湖进入黄浦江的水量减少，影响黄浦江上游二期引水工程松浦大桥取水口的水质。为有效改善黄浦江水环境，提高上海市民饮用水的质量，国务院批准兴建太浦河泵站工程。

太浦河泵站工程建在太浦河源头的太浦闸南侧，工程静态总投资2.76亿元，其中国家利用世行贷款投资占52%，上海投资占48%。太浦河泵站枢纽工程，由抽水泵站、拦污栅闸、公路桥、上下游进出水河道和变电站等组成。泵站的6台斜15度轴伸泵，单泵每秒流量为50立方米，叶轮直径为4.1米。泵站设计每秒总流量为300立方米。在同类型的斜式泵中，其单机流量、规模及装机容量为亚洲之最。此外，太浦河泵站能与1958年建造的太浦闸19孔泄洪闸门"联手"，发挥其调水、改善水质、防洪、排涝等综合功能。

为加快工程建设，尽早造福申城，水利部太湖流域管理局和上海市水务局联合成立了工程建设指挥部，作为工程的建设单位，下设的项目经理部负责工程建设过程中的现场管理工作。太浦河泵站工程建成后，枯水期间，6台大功率轴伸泵既可以直接将太湖水送入黄浦江，又可以与望虞河联动从长江调水入太湖进黄浦江，改善太湖和黄浦江的水质，提高上海市700万以上居民生活及企事业单位的饮用水水质和供水保障率。

这篇通讯刊登于2000年12月27日的《解放日报》，不仅报道了太浦河泵站工程开工的消息，还详细介绍了太浦河泵站工程的设计与施工情况，让大家对这个工程有了更多的了解，也有了更多的期待。

开工之后，建设者们先采用射水法成槽工艺，完成了240米地下连续墙，有效地阻止太浦河水向泵房基坑渗水，保证了主泵房大基坑开挖边坡的稳定。

2001年5月，完成了主泵房深基坑开挖。6月，完成泵房基础加固处理，共完成加固桩2020根。

8月，泵房底板、墩墙及流道工程开始施工。这时，恰逢夏季高温，混凝土的裂缝控制成为技术上的难点。施工单位通过采用多级配混凝土及"双掺"技术，减少水泥用量，降低水灰比；现场制备低温冷却水，用于骨料冷却和混凝土拌制；埋设冷却水管等措施，有效控制大体积混凝土施工裂缝的发生。

2002年1月，完成泵房底板、墩墙及流道混凝土施工。7月，完成上部结构施工。11月，完成主水泵机组安装。

2003年5月底，完成厂房装修。6月，完成其它机电设备安装及辅机系统调试，水泵机组试运行。

2004年8月，通过单项工程竣工验收，并获得上海市建设工程"白玉兰"奖（优质工程奖）。

从此，太湖水无论水位高低，都可以源源不断地流入太浦河，并沿太浦河一路东流，流到浙江，流往上海。

上海越来越珍视太浦河水，浙江嘉善也坐不住了。

嘉善县虽然有"水乡泽国"之称，是有名的"水袋子"，却一直受着"水质型缺水"的困扰。看着太浦河里的太湖水从旁边流过，嘉善县委、县政府也提出了从太浦河取水的设想，并得到了浙江省水利部门的大力支持。

2004年3月，嘉善县先启动了地面水厂改建扩建工程，对地面水厂原有每日6万吨的常规设施进行改造，同时新建每日5万吨的常规水处理设施和每日11万吨的预处理及深度处理设施，达到一个供水规模每日11万吨的供应优质地面水的净水厂。该工程于2005年7月1日竣工，并正式并网供水。

随后，嘉善县又规划了城乡供水一期工程，包括太浦河取水工程、丁栅水厂、北部供水主管网改造等具体项目，被列入2006年浙江省重点工程。其中，太浦河取水工程建设规模为取水能力每日45万吨，需铺设原水输送管线21公里，再加上丁栅水厂的建设和北部52.3公里供水主管网的建设，一期工程总投资约4.1987亿元，供水范围为北部5个镇。

太浦河取水工程很快就要启动，嘉善人喝上太浦河水的日子很快就会到来。当然，这个工程是浙江省的工程，只能算是太浦河工程的衍生工程。这时的太浦河工程已经全部竣工，正在进行着全面而细致的竣工验收。

胜利竣工

2006年4月4日，水利部会同江苏省、浙江省、上海市政府在苏州召开了太浦河工程竣工验收会议，并成立了太浦河工程竣工验收委员会。国家发展改革委、财政部、水利部等国家有关部委领导，水利部太湖流域管理局，苏、浙、沪两省一市水利部门，工程建设、设计、监理以及施工单位的代表参加了会议。

太浦河工程竣工验收委员会查勘了工程现场，观看了工程建设录像，听取了太湖流域管理局代表参建各方关于工程建设管理情况的汇报，听取了太浦河工程竣工技术预验收报告。

工程项目划分为参评项目和检查项目两大类，参评项目划分为太浦闸加固、河道工程、护岸工程穿湖筑堤、枢纽工程、配套建筑物、跨河桥梁、浦南补偿、管理设施、房屋建筑、码头及渡口等共 17 个单项工程，检查项目划分为 3 个其他单项工程。

竣工验收委员会经过认真讨论，一致认为，太浦河工程已按照批准的建设项目、标准和规模全部建成，符合设计要求和有关规程、规范，工程质量合格。工程运行以来，显著发挥了综合效益，并在"引江济太"运用中，为改善流域下游地区水质、水环境起到了重要作用。同意工程质量监督机构核定江苏段、浙江段、上海段太浦河工程质量等级为优良的意见，并通过了《太浦河工程竣工验收鉴定书》。

至此，太浦河工程终于胜利竣工。

太浦河 1958 年动工开挖，2000 年竣工，2006 年通过验收，整整用了 58 年。江浙沪三地联手，历经三期工程，近百万人参加了建设，工程跨越时间之长，动用人工之多，在太湖治理史上是空前的，在中国水利建设史上也是凤毛麟角。

太浦河从通起来、用起来到美起来，其间蕴含着深刻的历史启示和丰厚的精神价值。太浦河 50 多年的建设史，是一部不忘初心的担当史，区域协同的合作史，自力更生的创业史，奋勇争先的拼搏史，更是一部顾全大局的奉献史。

不忘初心、勇于担当是根本。历朝历代对于太湖治理十分重视，但是收效甚微。每当洪水来袭，太湖流域的农业生产和人民生命财产受到严重威胁。如何有效治理太湖，保太湖流域一方平安，成为中国共产党执政后面临的重大挑战。年轻的人民政权以爱民亲民为民的执政理念，求治太良策，太浦河工程由此提上议事日程。这一决策，体现了人民群众的根本利益，体现了共产党人执政为民、敢于担当的初心和使命。人工开挖太浦河，工程量大，工期长，需要投入巨量的人力物力和财力。可以毫不夸张地说，只有中国共产党执政，才能集中财力、民力，启动如此浩大的工程。工程动工期间，工地上的各级党组织和全体党员，怀着强烈的担当意识，勇于争先，艰苦奋斗，发挥了战斗堡垒作用和先锋模范作用，推进了工程的顺利进行。

区域协同、统筹兼顾是关键。太浦河工程是个流域工程，涉及江浙沪两省一市，需要三地协同配合才能顺利推进。太浦河从1958年动工，历经三期工程才完工，一方面是工程巨大，不能一蹴而就，另一方面是沿线江浙沪三地需要很好统筹协同。在党中央、国务院的统一领导下，在国家防总的具体部署下，三地统一认识，树立团结治水的理念。太浦河三期工程启动后，上海段、浙江段建设工程相继开工，仅用了40多天（上海段45天，浙江段42天）就完成了开挖任务。

统一思想、组织有力是保证。太浦河工程虽然位于吴江、嘉善和青浦三地，但是太浦河的建设者却不止这三地。工程期间，苏州所属各县都派民工到吴江开挖太浦河；嘉兴市内的兄弟县也组织民工到嘉善工地，上海市郊区除崇明县外9个区县以及市级机关部门成立队伍前往上海段施工现场。关键时刻，解放军指战员也来到工地投入工程建设，军地携手，部门联动。在太湖流域管理局及各地、各级太浦河工程指挥部的坚强领导和统一部署下，太浦河工程成为火热的建设现场。

顾全大局、牺牲小我是基础。大凡重大工程建设，免不了征用土地和拆迁房屋，也会影响个人和局部利益，太浦河工程也不例外。农田、桑地、鱼池被占用，民居、厂房和坟墓被拆迁，生产生活带来极大不便。各级党组织做好宣传发动，太浦河工程沿线的居民以大局为重，舍小家为大家，"一切为了太浦河，一切服从太浦河"。正是有了这种顾全大局的奉献精神，太浦河工程才能顺利推进。1991年夏，上海人民为了兄弟省人民生命财产的安全，顾全大局，两次炸坝，破堤泄洪，有效减轻上游地区的灾情，自身遭受了严重损失。

太浦河工程凝聚了决策者的智慧和心血，凝聚着建设者的汗水与辛劳。工程建设者们发扬敢想敢干的创新精神，苦干加巧干，攻坚克难；发扬一不怕苦二不怕累的大无畏精神，自力更生，艰苦创业；发扬勇于拼搏的争先精神，比学赶超，挑战自我，终于建成了太浦河这一治太骨干工程。

太浦河竣工验收，如同成人仪式，标志着太浦河已经长大，逐渐成熟，从此开启她激情飞扬的青春岁月。

她出生于艰难困苦的时代，经历了残缺的童年；成长于改革开放的春天，可也是寂寞的少年。进入团结奋进的新时代，她才有了丰富的营养滋润，渐渐丰满靓丽，终于盛装出场，一鸣惊人。

她一手伸向烟波浩渺的东太湖，一手伸向波光粼粼的黄浦江，将上海青浦、江苏吴江、浙江嘉善三地紧密串联，渐渐衍生出一个更年轻更好听的名字：青吴嘉。

她承载着太湖碧水，沿着古老记忆，充满活力地流过吴、嘉、青，流向朝霞满天的地方，流向旭日升起的大海。

她很美，从一出生就很美，因为她身上流淌的，是最美太湖水。青春岁月，她更是光彩照人，乃至冲靓了日渐污染的黄浦江。

可是，随着时间的流逝，她也渐渐流进都市的繁荣，流进工业的漩涡，不可避免地被渗透，甚至被污染……

她还很年轻，正值青春芳华，如何让她保持美丽的容颜，甚至更美，不能不引人深思，发人深省。

第五章

美水，方言美江南

　　随着经济的飞速发展，太湖及太浦河周边成长起一个个大大小小的企业、作坊，很多企业把污水排到了太湖及太浦河中，河湖的水质都受到了很大影响。于是，太湖污染治理成为沿湖地区的大事，太浦河水质问题也成为沿河各地关注的热点。平望镇以推进转型发展、改善生态环境、增进民生福祉为目标，广泛开展"散乱污"专项整治行动。随着长三角生态绿色一体化发展示范区的建设，三地携手治理污染，共同绘制一张蓝图，让太浦河越来越清，越来越美。

太湖水之变

2006年，太浦河工程竣工时，太湖水沿河东去，是被浙江和上海看成一股清流的。嘉善把她看成"甘泉"，取之作为饮用水；上海把她看成"美水"，用于黄浦江冲污。

可是，很多人并不知道，太湖水之所以这么好，是太湖沿岸多年治污的结果。

改革开放后，随着经济的快速发展，环境污染日益加重，太湖水受到了很严重的污染，甚至到了羞于谈"美"的程度。后来，国家投入一百多亿元资金，太湖流域三省市协手治污，才使太湖水渐渐好转，渐渐清起来、美起来。

早在1996年4月14日，国务院在无锡召开了"太湖流域环保执法检查现场会"，研究治理太湖富营养化问题，并将太湖作为中国水污染治理的重点"三湖三河项目"之一。

在这次会上，时任国务委员的宋健动情地说："'太湖美，美在太湖水'，这首赞歌已经变了味，现在已经很难唱了。再唱这首歌就不是在歌颂，而是使人感到其声呜呜，如怨如慕，如泣如诉。"让在场的人无不动容。

"只有水美，太湖才美；只有水美，江南才美。必须让水美起来！"

"让太湖水变清，必须立即行动！"

"2000年太湖水变清，不让污染进入21世纪。"

在场的领导专家纷纷发言，形成了一个共识，太湖的水环境必须高度重视，污染必须立即治理。

于是,国务院有关部委就会同苏浙沪两省一市,发起了声势浩大的水污染治理行动,并联合编制了《太湖水污染防治"九五"计划及2010年规划》。

1998年1月6日,国务院以"国函〔1998〕2号"发文,批复了这个《计划及规划》。《批复》指出,《计划及规划》是太湖流域水资源保护和水污染防治工作的重要依据,太湖流域的经济建设活动必须符合《计划及规划》的要求。江苏省、浙江省、上海市人民政府要依照《计划及规划》的要求,抓紧制定辖区内太湖流域水污染防治规划及实施计划,突出重点,分期分批按基本建设和技术改造项目审批程序列入地方、部门和国家的"九五"计划及年度计划组织实施,确保1998年底全流域工业企业及集约化畜禽养殖场、沿湖的宾馆饭店等单位排放的废水达到国家规定的标准;2000年集中式饮用水源地和出入湖的主要河流水质达到地面水三类水质标准,实现太湖水体变清;2010年基本解决太湖富营养化问题,湖区生态系统转向良性循环。

就在这一年,三省市各级人民政府采取措施,对现有超标排放污染物的工业企业、畜禽养殖场、宾馆饭店等实行限期治理,发起了声势浩大的"聚焦太湖零点达标"行动。

所谓的"零点达标",就是在1998年最后一天前,太湖地区1035家重点污染企业必须全部实现达标排放。这1035家企业中,江苏省占770家,浙江省占257家,上海市占18家。

经过近一年的治理,1999年元旦钟声敲响之前,"零点行动"结束,宣布"基本实现阶段性的治理目标"。

通过这次行动,太湖水体恶化趋势已得到初步控制,部分河湖水质开始好转,但鉴于太湖流域水污染防治工作的艰巨和复杂程度,太湖水体水质总体上尚未明显好转,有的地区河网水质还有恶化趋势。

进入新世纪后,太湖水体恶化趋势虽初步得到遏制,但尚未明显好转,有机污染指数COD_{Mn}逐年上升,太湖富营养化的主要指标总磷(TP)与总氮(TN)的含量,远未达到2000年规划目标要求。2001年,太湖富营养化水域面积一直在80%以上，汛期受多种因素的影响，湖泊富营养化程度有所加重，严重影响了太湖周围城镇用水。

2001年9月5日，国务院在苏州召开了"太湖水污染防治第三次工作会议"，时任国务院副总理的温家宝出席会议并讲了话。他在讲话中指出，经过江浙沪三省市政府和广大干部群众的共同努力，太湖水污染治理工作取得初步成效，但成绩只是阶段性的，污染形势仍很严峻，治理任务十分艰巨，必须采取更有效的措施。他强调，要大力实施生活污水截流，实现工业废水减排，加强农业污染控制，还要引水清淤修复。

根据会议精神，太湖流域管理局和苏、浙、沪两省一市水利部门，在保证防洪安全前提下，开始实施生态调水工程，把长江水引到太湖，加速太湖水体置换速度，以动治静，以清释污，以丰补枯，改善水质。太湖流域管理局还成立了"引江济太办公室"，进行了调水试验。

2002年1月30日，"引江济太"调水试验工程开始实施，历时近两年，2003年12月完成了预定的各项试验任务。试验工程通过水资源科学调度，共引入优质长江水40亿立方米，其中引进太湖20亿立方米，望虞河曲岸河网地区20亿立方米，并利用太浦闸向黄浦江上游输供水31亿立方米，在增加流域水量、改善流域水质和水环境状况等方面发挥了重要作用。尤其是太浦河清水增量下泄，有效改善了黄浦江上游水质。

随后，"引江济太"进入常态化，按需向太湖引水，增加了太湖水体环境容量，调活了太湖流域水体，促进了河网有序流动，改善了太湖及河网水环境，有效提高了流域水资源和水环境承载能力，取得了显著的社会、环境和经济效益，得到了国务院和水利部领导的充分肯定和社会各界的广泛认可。2004年，已经升任国务院总理的温家宝明确指出："实践证明，'引江济太'对于改善太湖水质，是一项行之有效的办法。"

到2006年，"引江济太"调水工程已经引调87亿立方米长江水进入太湖流域，其中入太湖近40亿立方米，入河网40多亿立方米。监测显示，调水使太湖大部分时间保持在3.0至3.4米的适宜水位，与下游河网保持了一定的水位差，太湖水体的置换周期从原来的300天缩短至250天,受益地区河网水流速度由调水前的每秒0.1米增至0.2米或0.3米,河网水体的置换周期也大大缩短;太湖富营养化面积下降13%,浮游植物(如蓝藻)生长受到明显抑制,太湖流域水体水质和流域河网地区水环境都得到明显改善。

太浦河工程竣工时,太湖水的水质达到或超过《地表水环境质量标准》(GB3838-2002)三类标准。即使向前追溯到太浦河全线贯通,也一直保持三类标准。2001年到2005年,太浦河上设有7个监测断面,逢单月监测1次,所有指标的五年平均值均达到三类标准。

而这时的黄浦江上游其他支流,水质一般仅达到五类标准,太浦河清水增量下泄,有效改善了黄浦江上游的水质。从全线贯通到竣工,太浦河向黄浦江上游输供水30余亿立方米,使黄浦江上游原水取水口水质主要指标提高到三类标准,氨氮指标提高到二类标准,在增加流域水量、改善流域水质和水环境状况等方面发挥了重要作用。

可是,长三角地区经济迅猛发展,水消耗量越来越多,工农业和居民生活所排放的污水、废水也越来越多,而治理措施和治理标准相对滞后,污染形势仍很严峻。

2007年4月底,太湖西北部梅梁湖湾、贡湖湾出现了蓝藻大规模暴发。至5月中旬,蓝藻进一步聚集,分布范围不断扩大,并出现了蓝藻死亡,水源地水质遭受严重污染,引发无锡市近200万居民供水危机,受到社会广泛关注。

6月11日,国务院太湖水污染防治座谈会在无锡召开。温家宝总理批示:太湖水污染治理工作开展多年,但未能从根本上解决问题,太湖水污染事件给我们敲响了警钟,必须引起高度重视,要认真调查分析水污染的原因,在已有工作的基础上,加大综合治理力度,研究出具体的治理方案和措施。

根据会议精神,江苏省加快了太湖水污染治理工作的进度,省发改委会同有关部门,启动了《太湖流域水环境综合治理总体方案》的编制工作。《方案》坚持高标准、严要求,明确提出了到2012年和2020年的分阶段治理目标;坚持综合治理、科学治理，明确提出了治理的基本思路和主要任务；坚持统筹规划、突出重点，明确提出了治理的重点区域和项目；坚持体制创新、落实责任，加大工作力度。

2007年，江苏省水利厅加强水利工程的综合调度，调水引流。5月初至9月中旬，常熟枢纽累计调引长江水量21.6亿立方米，望亭枢纽入湖水量13亿立方米，梅梁湖泵站累计抽水量8亿立方米，城市水安全得到了保障。

2008年，江苏省水利厅又从五个方面开展了太湖水环境综合整治工程：采用机械船只打捞蓝藻，建设水藻分离站示范工程；推进生态清淤和入湖河网整治工程；实施节水减排工程；积极治理湖泛；开展水生态修复试点……继续实施"引江济太"，使太湖水位抬高10-15厘米，水体流动加快，从而改善水质。

2008年6月，《太湖流域水环境综合治理总体方案》由国务院正式批复。《总体方案》提出，要全面实施工业点源、生活污水、农村面源及内源污染治理。提高企业排放标准，对于不能达标排放的企业，该关闭的关闭，该改造的改造，并实施在线监测。新建和改扩建污水处理厂，扩大污水管网城乡覆盖率，提高城乡垃圾收集和无害化处理能力。推行绿色农业、畜禽养殖废弃物处理利用，严格限制围网养殖。《总体方案》要求，以现有治太工程布局为基础，扩大引江济太工程，增加引江入湖水量，完善并扩大太湖水体循环，恢复太湖与长江、周边河网互动，促进水体有序流动，缩短换水周期。

按照《总体方案》提出的要求，太湖流域各地采取了一系列扎实有效的治理措施，包括：主要城镇建设污水管网收集污水，建设污水处理厂进行污水处理；关停并转一些小污染企业；开展太湖北部部分污染底泥的清除工作，恢复一部分湖滨带湿地拦截陆地污染物，提高饮用水的处理技术和工艺，改善水源地的原水质量等。

2009年7月，江苏省成立了太湖水污染防治办公室，指导协调推进相关工作。此后几年，全省持续开展河道疏浚、生态清淤，实施并完成东太湖治理，无锡在全国率先推行"河长制"，苏州实施古城区"活水畅流"工程……到2013年，江苏省累计关闭化工企业4000余家，取缔、迁移畜禽养殖场所近2000处。

上海市按照"完善体系，提升跨越"的总体思路，全力推进水务事业发展和城乡水环境治理，先后完成淀山湖周边77条中小河道疏浚和生态修复。

浙江省启动"五水共治"行动计划，以治污水、防洪水、排涝水、保供水、抓节水为突破口，全面治理环境，倒逼转型升级。同时，他们加快调整产业结构，关停企业1000多家，大大优化了产业布局。

太湖流域各地不断加大治理力度，也取得了一定的成效，但每年入夏的时候，蓝藻总会如期而至。

中科院南京地理与湖泊研究所的研究员认为，太湖水体的富营养化主要原因是进入湖体的氮磷等营养元素太多，这些元素主要来自工业生产、农业的化肥使用、生活污水、养殖污水排放等，而当时只是对部分集中的工业点源污染、城市生活污水进行收集处理，大量的分散企业、城乡居民、养殖污水、农业面源污染排放等，尚未实现收集处理。入湖的主要污染物指标虽然有所减少，但与富营养化相关的总磷、总氮的入湖总量，依然远高于水环境容量。

2014年1月，国家发改委发布《太湖流域水环境综合治理总体方案（2013年修编）》，拟投资1164.13亿元，用于太湖流域污染治理。

这次，城乡污水与垃圾处理成为太湖治理的投资重点，面源污染治理上升为主要矛盾，投资金额较原方案增加67.66%。在城乡污水与垃圾处理、面源污染治理、工业污染源治理、管网建设等方面均做出了明确的规划。

此后，太湖流域两省一市都加快建设城镇污水垃圾处理体系，在全流域建立了"组保洁、村收集、镇转运、市集中处理"的城乡生活垃圾收运体系，实现了城乡垃圾统筹处理和县以上生活垃圾无害化处理设施的全覆盖；实施围网养殖综合整治、生态清淤、河网综合整治和蓝藻打捞；不断强化农业面源污染综合防治；强化生态修复与建设，新增湿地保护面积30多万亩。

2016年12月9日，江苏省再出重拳，开展了声势浩大的"263"专项行动，力求解决一批影响环境质量改善的突出问题，尽早实现生态环境质量的根本性好转。

"263"专项行动

所谓"263",是"两减六治三提升"的简称。"两减"指的是以减少煤炭消费总量和减少落后化工产能为重点,调整江苏省长期以来形成的煤炭型能源结构、重化型产业结构;"六治"是针对当前生态文明建设问题最突出的六个方面问题,重点治理太湖水环境、生活垃圾、黑臭水体、畜禽养殖污染、挥发性有机物污染和环境隐患;"三提升"是提升生态保护水平、提升环境经济政策调控水平、提升环境监管执法水平。

这次行动,江苏省委、省政府非常重视,专门成立了"263"专项行动领导小组,由时任省长石泰峰挂帅组长,27个省级部门主要领导担任领导小组成员。领导小组及其办公室规格都很高,权威性强,而且采取了集中办公的方式,从14个主要成员单位抽调26名同志从原单位脱产,到263办公室集中办公,实体化运作。

2016年12月26日,江苏省"263"专项行动领导小组办公室召开了第一次全体会议,强调"263"专项行动能否取得实效,关键是要狠抓落实。要建立明察暗访机制,加强督促推进,并在主流媒体设置曝光平台,发挥新闻舆论监督作用,确保任务落地落实。要落实责任,建立责任追究制度,对不能完成目标任务的进行主动问责、严肃问责。

随后,"263"专项行动领导小组办公室和江苏广电总台融媒体新闻中心合作,在江苏卫视发布时政新闻的重要窗口《江苏新时空》开辟了"263在行动"专栏,对全省范围的各类环境违法行为进行曝光。每周4期,周一、周四曝光,周二、周五播出前一天曝光后的整改情况追踪。

2017年1月4日上午,"263"专项行动工作组对常州市武进区进行了暗访。当晚,《江苏新时空》曝光了该区两家企业违法生产的问题。

一石激起千层浪。《江苏新时空》的曝光,对环境违法问题形成了一种震慑和高压态势。同时,对于被曝光的问题紧盯不放,通过"回头看"等方式,推动地方政府举一反三,真正起到了"曝光一个、震慑一片、整改一批"的效果。

随后,《江苏新时空》又对扬州、苏州、南通等多地的环境违法行为进行了曝光。

1月16日晚,《江苏新时空》曝光了南通有多家码头在饮用水源地二级保护区内,从事明令禁止的危险化学品装卸作业等问题。节目播出当晚,南通市委、市政府就召开会议,部署整改工作。

2月13日晚,《江苏新时空》曝光了泰兴市两家企业存在工艺水平落后、管理水平低下等环境问题。曝光当晚,泰州市委、市政府就紧急召开曝光问题整改推进会,第二天就开始整改。

3月20日晚,《江苏新时空》报道了徐州市两家造纸厂存在私设暗管排污的问题,且污水处理厂污水收集率很低,实际进水量只占设计处理能力的不足10%。一边是耗巨资建成的污水处理厂不能正常运行,几乎"闲置",一边是大量生活污水直排,甚至还有个别企业违法偷排。被曝光当晚,徐州市委、市政府就召开紧急会议,部署相关整改工作,市领导还连夜赶赴被曝光现场进行查看。第二天一早,《江苏新时空》记者到两家企业回访时,发现两家企业已停产整顿,私排污水的暗管也已被堵上。

......

分管副省长、环保厅长一线暗访,治河专业化清洁队成立,沿河垃圾回收处置点增设,专业化巡查工作不断开展,关停排放不达标的企业不留情面,宣传引导与媒体曝光的力度加码……许多企业主和老百姓开始意识到,这次"263"专项行动,是动了真格了。

短短几个月时间,"263"专项行动暗访组就走遍了全省各地,发现并在省市县三级电视台曝光环境问题线索2380件,关停污染企业2361家,关停禁养区内的畜禽养殖场8000多家、燃煤小锅炉5000多个,工作成果丰硕。

6月19日,江苏省政府办公厅印发通知,要求进一步加大"263"专项行动推进力度。通知要求,各级领导干部既要"挂帅",更要"出征",市、县、区政府主要负责同志作为专项行动领导小组组长,要每月定期听取汇报并协调解决有关问题;分管领导要抓部署、抓协调、抓督办,每周调度工作推进情况。通知还明确,要进一步完善专项行动曝光制度,建立曝光问题问责制度,对省市县三级电视曝光节目反映的突出环境问题，启动问责机制，依法依规逐级问责，督促责任落实到位。

接到这份通知，各市、县、区主要领导更加重视起来，各地的"263"专项行动推进力度也进一步加大。

苏州市的"两减六治三提升"专项行动领导小组办公室，早在2016年底就成立了，几乎和省里同步。

苏州市的"263"专项行动领导小组和省里有一些不同，相当于是省里的加强版。他们增加了扬尘和治危废等内容，涉及到11个部门，包括发改委、经信委、公安、财政、住建、水利、农委、环保、市容市政、安监等。这些部门选拔了27个精兵强将，到"263"办公室承担日常的工作。

2017年春节后，苏州"263"专项行动办公室就开始运作，苏州电视台同时开设"263苏州在行动"专栏，每周一曝光问题。办公室还与广电总台电视台开通了263专项行动的举报电话，在官方微信"苏州263在行动"上开通了一个有奖群众举报平台，通过群众举报的线索，查实曝光，再通过曝光以后组织的回头看，把问题最终解决或尽快改善。

为保证隐蔽性，"263"行动组经常租车到各地暗访。除了专业检测设备，他们不戴口罩、不穿套鞋，和常人别无二致。有时，他们还会带着"打狗棒"，因为隐蔽的排污口往往有恶狗看护，越是那样，嫌疑越大。

进入夏季后，烈日炎炎，"263"行动组的暗访人员经常深入现场，风吹日晒的，都明显被晒黑了。《苏州日报》的一个资深记者建议，每个人买一个草帽，后来就成了暗访人员的标配。而且，他们建了一个微信工作群，群名就设成了"草帽突击队"。

仅在第一年，苏州市"263"专项行动领导小组就接到300多份举报信，取缔或整改了万余家被举报并查实的企业，苏州电视台也播出了93期以问题为导向的曝光节目。他们迎难而上，动真碰硬，推动解决了一批突出的环境问题，圆满完成了各项年度目标任务，全市生态文明建设和生态环保工作取得了明显成效，受到了老百姓的普遍欢迎和认可。在全省"263"专项行动年度考核中，苏州以总分

92.46 分的优异成绩，名列全省第一。

苏州市"263"专项行动成绩那么好，跟他们在全省率先开展"散乱污"企业专项整治行动不无关系。早在省里部署"263"专项行动时，苏州市政府就印发了《关于集中开展"散乱污"企业（作坊）专项整治的指导意见》，明确了"散乱污"企业（作坊）的整改范围和具体行业，制定了专项整治工作方案，严厉打击环境违法行为。

2018 年，苏州市又把整治"散乱污"作为"263"专项行动的一项重要工作，打起一场污染防治攻坚战。

吴江区迅速行动起来。

平望镇也迅速行动起来。

整治"散乱污"

2018 年新年伊始，平望镇就成立了"散乱污"专项整治工作领导小组，下设环境综合整治办公室，全面落实省、市、区对环境污染防治工作的决策部署，持续推进"两减六治三提升"专项行动，深入开展"散乱污"企业（作坊）专项整治。

半年前，苏州市"263"专项行动办公室根据市民环境信访投诉，对平望镇的环境状况进行过暗访。在平望镇金联村，他们发现了一家存储 4000 立方米废酸的作坊，其储存废酸的水泥池顶出现凹陷、沉降甚至裂缝，而且，这家作坊无法提供环保相关手续，也无任何事故应急设施；在端市村麻字港，他们看到，河岸上私搭乱建很多，生活污水直排河道，河道水体感官差，异味明显，经采样监测，水质严重超标；在平安村汪鸭浜，部分河段垃圾乱堆乱放，保洁情况差，两岸生活污水直排河道，附近还有一个甲鱼养殖厂，正在违规使用燃煤小锅炉……暗访结束后，苏州市"263"专项行动办公室向吴江区发出通报，要求吴江区对太浦河沿线企业（作坊）全面彻底排查，对无环保手续，不满足环保要求，存在较大环境、安全风险的企业（作坊）立即整改。

无独有偶。几个月前，吴江区"263"专项行动办公室组织暗访时，也发现了两处非法造粒作坊。位于三官桥村菀赤路北、顿塘以南的这两处作坊，棚屋简陋，环境堪忧，且存在污水直排、乱拉电线等问题。

被曝光的当天晚上，平望镇"263"办公室的全体人员立即行动起来，连夜到现场察看，并进行了拆除评估。

金联村废酸作坊的问题，平望镇环保助理沈国荣及金联村书记钱惠琴都很清楚，也曾多次督促企业主整改。可是，企业主认为，他们生产的产品是用于污水处理的，本身是在为环保做贡献，而存储的废酸也没有造成污染。被曝光后，企业主没话说了，但马上又提出了要求，请政府想办法帮忙运输废酸。

沈国荣知道，浓酸具有很强的腐蚀性，运输需要用特种船只，这么多废酸，找到合适的大船很不容易。但是，考虑到时间紧、任务重，他也只能向领导汇报，想方设法去找船。他找到了海事部门，又找了相关的企业，总算找到了一艘不锈钢船。准备装载时，船主听说是废酸，又不同意装了，他担心废酸中含有复杂的元素，对船体会有损害。于是，他只好和吕军等同事一起，继续为找船的事奔波。

那时正值盛夏，天气异常炎热，沈国荣浑身上下都被汗水打湿，仍紧张地四处奔波。钱惠琴和村里的工作人员一起，负责监护现场，监测存量。她们顶着烈日，克服废酸难闻的气味，不时到罐前巡查，还要伸头到罐里察看存量。

在大家的共同努力下，终于找来了一艘小船，开始一船船地清理废酸。过程很艰辛，但总算如期完成了任务。

接连被市、区"263"专项行动办公室暗访曝光，加深了平望镇党委、政府对环境整治迫切性的认识。他们痛定思痛，决心刀刃向内，对"散乱污"企业（作坊）进行全面整治。

时任平望镇党委书记沈春荣说："保护环境就是保护生产力，改善环境就是发展生产力。平望镇坚持以推进转型发展、改善生态环境、增进民生福祉为目标，结合运浦生态廊道建设，铁腕治污，力促全镇环境质量持续改善，力争达到两个100%：全镇区域'散乱污'排查率100%，整治完成率100%。"

于是，平望镇就打响了全面整治"散乱污"企业的战斗。

1月23日，平望镇人民政府就发出了一份《公告》，对平望镇中鲈村浦北片区、联丰村天龙红木片区的"散乱污"企业（作坊）依法开展整治。《公告》明确了整治范围、对象、时间和要求——

整治范围

平望镇中鲈村浦北片区、联丰村天龙红木片区范围：东至运河、西至江城大道、南至太浦河、北至平横公路，下附整治范围图（划红线区域内）。

整治对象

（一）片区内的如下"散乱污"企业（作坊）："散"，不符合产业政策，不符合产业布局规划；"乱"，未办理发改、经信、国土、建设、环保、规划、安监、消防等审批手续；"污"，没有污染防治设施且不能稳定达标排放的，环境污染严重。

（二）片区内影响村安全和生态环境的隐患点。

整治时间

2018年1月24日至4月30日。

整治要求

（一）依法取缔一批。不符合产业政策，不符合产业布局规划、未办理审批手续、没有污染防治设施且不能稳定达标排放，环境污染严重的企业（作坊）及隐患点，严格按照"一拆两断三清"即拆除违章建筑，断水、断电，清除原料、清除产品、清除设备的标准，采取坚决措施，实施依法取缔。

（二）整治改造一批。对符合国家产业政策，符合地方规划要求，但存在安全隐患、无污染防治设施或设施不能稳定达标排放的，限期停产整治，消除安全隐患、稳定达标排放、完善各类手续。

其他事项

（一）从即日起，责令中鲈村浦北片区、联丰村天龙红木片区内的"散乱污"企业（作坊）及隐患点立即停止生产，并于2018年3月31日前按照整治要求，自行整改或拆除关闭到位，具体事项可向平望镇中鲈村村委会、联丰村村委会咨询。

（二）2018年4月1日至4月20日，对逾期未整改或拆除关闭未到位的"散乱污"企业（作坊）及隐患点，由平望镇人民政府环境综合整治办公室牵头，平望镇"散乱污"专项整治工作小组负责，综合执法、环保、安监、公安、市场监督管理、交通、消防、国土等单位共同实施联合执法，予以强制整改或取缔，涉嫌犯罪的依法移送司法机关追究刑事责任。

（三）将房屋出租给"散乱污"企业（作坊）及隐患点的房东，由相关部门依法予以处罚；房屋、土地为集体资产的，移交纪检监察机关追究相关人员责任。

在发出《公告》的同时，平望镇"散乱污"专项整治工作领导小组就展开了全面排查摸底，弄清楚每一家"散乱污"企业的土地性质、房屋产权、租赁关系等，并由各村两委领导出面，入户做工作。经过摸排，他们把整治范围确定为两部分，重点区域是中鲈村浦北区块、联丰村天龙红木区块、莺湖村竹江桥区块、中鲈村浦南区块、金联村苗圃区块、联丰村浦北区块、頔塘河三官桥区块、平西318国道南北片区等八个区块，其次是不涉及区块整治的村（社区），重点整治影响村（社区）安全和生态环境的1000个隐患点。

3月1号下午，吴江区时任区长李铭带领调研组来到平望，调研"散乱污"重点整治区块，督促"263"工作进展。在太浦河大桥西侧，他详细察看了现场，发现了码头扬尘污染、船舶修理点聚集、使用乙炔焊割、安全隐患大等问题，并提出了要求。

3月9号上午，平望镇环境综合整治办公室联合吴江区环保局、安监局等部门，对平望太浦河沿岸一处散乱污区域进行整治，打响了平望镇整治散乱污行动的第一枪。

在中鲈村浦北"散乱污"区块，一位名叫张小明的个体老板拥有2家公司及70多间无证店面。他对土地评估价格的心理期望过高，便手持喇叭，站在违章建筑屋顶示威，阻挠整治工作正常推进。

环境综合整治办公室发扬"亮剑"精神，强措施，抓落实，迎难而上，先请拆迁公司、评估公司等专业人员约谈，又通过三次联合执法，对其所属建筑物进行了拆除取缔。

平望镇时任副镇长张晖后来说："我们是拆除，很多人以为是拆迁。有的人甚至抱着敲一笔的心态。我们根据前期摸排的情况分类处理，确保既要达到整治效果，又要平稳操作。比如合法经营的企业手上还有单子在做的，在不影响完成这单生意的情况下分段拆除；非法占用土地的企业，走法院诉讼流程，要求恢复原状，否则就强制执行。"

他们铁心铁意，专啃硬骨头，彻底打消了"散乱污"企业主的侥幸心理，为推进后续工作奠定了基础。

平望镇环境综合整治办公室巧用"取缔"和"改造"两把利剑，率先完成中鲈村浦北区块、联丰村天龙红木区块的整治，并将其作为整治工作的示范样板，总结经验，普及推广。

平望镇中鲈村党委书记陈明强在不久后的一次会议上，曾有这样的发言——

> 为推进中鲈村"散乱污"专项整治工作，由平望镇环整办牵头的部门联动执法已超过20次。截至目前，中鲈村浦北区块完成整治率超85%，拆除区域面积116亩，占全镇拆除总面积的10%。中鲈村充分发挥基层网格员和人民群众的监督作用，紧紧盯牢淘汰整治过程中腾空的厂房，防止"散乱污"企业（作坊）在镇内转移、流动。一经发现新增违建，就立即在规定时限内坚决取缔，形成长效监管机制。

在打造整治工作示范样板的基础上，他们还以求真务实的态度、破冰前行的勇气、创新发展的智慧，迎难而上，勇克难点。针对有证业主预期过高、推进遇阻问题，由拆迁公司、评估公司等人员组成专业队伍排出约谈计划，由易到难，逐个攻破，速战速决；针对企业清运困难问题，他们先确定断水、断电时间，发放告知书，倒逼业主主动对接，提交合理的清场时间表；对公单位整治需请示，进展偏缓，他们就加大沟通协调力度，主要领导亲自对接，减少中间环节，尽快敲定具体的整改方案；对确有实际困难的企业，他们就转变工作思路，采取化整为零、以退为进的方法，采取限时分区、逐步实施的方式，稳步推进整治工作。

时任平望镇党委书记沈春荣在吴江区的一次会议上曾发言道——

> 今年，平望镇坚持统分结合，压实整治责任，打好"263""散乱污"等一系列整治"组合拳"，形成了巨大合力；坚持点面结合，掀起整治高潮，突出整体覆盖、全面开花，确保整治工作到边到角不留空白；坚持量质结合，狠抓整治落实，把握既定时间节点，紧盯整治进展，全速推进各项整治工作；坚持治管结合，提高整治成效，始终保持高压态势，有效防止回弹返潮。

在平望镇党委、政府的努力下，不到一年时间，平望镇就上报"散乱污"点位1187个，完成整治808家，完成率近70%，累计拆除建筑面积133314平方米，平整地块158244平方米，拆解驱离住家船162只。他们以"打造江南水乡标杆"为己任，通过整治"散乱污"企业，腾笼换鸟，一方面为传统产业转型升级、新兴产业发展腾挪空间，实现平望经济的高质量发展，另一方面与运浦生态廊道建设相结合，构筑平望生态环境新亮点，营造整洁、有序、优美、舒适、文明、和谐的人居环境。

平望镇金联村的23家船舶修理、化工仓储等"散乱污"企业取缔后，不仅完成了拆除，还进行了复耕复绿，很快就长出了碧绿的油菜，恢复了江南水乡风光。

面对《新华日报》记者的采访，平望镇时任镇长戴丹说，沿太浦河两岸，平望镇启动了总面积约5平方公里的八大区块"散乱污"整治，2018年，太浦河水质稳中向好，有4个月达到地表水二类标准。围绕太浦河清水通道，平望镇计划用3年时间，把两岸违建逐步拆完，腾出土地打造生态廊道，并开发运浦湾旅游示范区。

戴丹的这段话，没有细数平望镇整治"散乱污"工作的战果，而是用太浦河的水质指标，间接印证了他们的工作成效。

诚然，对平望镇乃至整个吴江区来说，环境治理关键在水，水环境治理太浦河是重点，只有太浦河水质好了，那生态环境考核的目标才能算完成。

在戴丹看来，整治沿河"散乱污"企业，就是为了减少甚至杜绝向太浦河排污，是真正的"治本"之举。因此，她才又说了"计划用3年时间，把两岸违建逐步拆完"的设想，在当时来看，应该有种"豪言壮语"的意味。

然而，戴丹在说出"豪言壮语"之后，平望镇政府很快就付诸行动了，而且是雷厉风行，系统推进，铁腕攻坚，连片拆除，掀起了新一轮"散乱污"整治风暴。

铁腕攻坚

2019年1月，平望镇平安村党总支书记马备兵突然接到一个通知，让他兼任新南村党总支书记。

马备兵有些不太理解，他担任平安村党总支书记刚满一年，工作只是进入了情况，还算不上熟悉、理顺，再让他兼任一个村的党总支书记，不知组织上是怎么考虑的。再说了，他之前担任过平望镇综合治理网格中心副主任、综合执法局巡查中队的中队长、环卫所的所长，对农村党的建设并没多少经验。

尽管心里这么想，但作为一名受党教育多年的老党员，他还是愉快地服从了组织的决定，并立即投入了工作。

到了新南村，马备兵惊讶地发现，就在村部后面，有一条散发着刺鼻气味的小河。略加思索，他就明白了，村里有33家废丝造粒企业，包括村集体也有一家，污水如果不经处理就排到小河里，气味不刺鼻才怪。

作为曾经的环卫所所长，他当然知道，平望镇是纺织工业集聚地之一，纺织企业产生的废料，催生了废丝造粒企业在本地的集聚。多年来，一条条"废丝"成为企业主的"金丝"，却给生态环境造成了巨大的破坏。新南村是废丝造粒企业的"重灾区"，整治势在必行，他这时才明白镇领导让他兼任书记的"良苦用心"了。

刚上任不久，马备兵接到一个电话："马书记好啊，咱们村几位老总想请您一起吃个饭。大家觉得您来了一直忙工作，特别辛苦，想给您接接风，工作上也给大家指导指导！对了，镇上的沈科也来的。"

马备兵当然明白来电人的意思，无非要"联络感情"。本来，他和本村的企业毫无瓜葛，不用讲什么"情面"，有利于开展工作，这个优势不能轻易丢掉。因此，他没说几句话，就婉言谢绝了。

他知道，电话里提到的沈科，是平望镇社会事业局环境综合整治岗、具体负责"散乱污"整治的沈强，便拨通了沈强的电话。

沈强在电话里说，他也接到了同样的电话，只不过，对方说的是"马书记也来的"。

此后，马备兵又接到多次邀约电话，他都婉言谢绝了。每天的午餐，他都在村部里解决，方便面或者叫外卖，从不外出就餐。时间久了，约请吃饭的电话声也就没有了，但新的挑战很快到来了。

春节刚过，平望镇就下发了一份"治违、治污、治隐患"工作方案，村里的33家废丝造粒企业都在整治范围内，一场攻坚战拉开了战幕。

"整治就是一阵风，村里也就做做样子，坚持一下就过去了。"一时间，这个说法在村里传开来。

马备兵调查后得知，散布这一"消息"的，是本村一位姓宋的村民，也是被列入整治计划的一家企业的老板。他知道，这位宋老板散布这个消息，是为了扰乱"军心"，怂恿其他企业老板不要配合签约，以期抱团对抗整治。

为了消除大家的侥幸心理，平望镇抽调专职人员，与评估公司、拆迁公司、新南村村委联合成立了整治办公室，分组上门做好对废丝造粒企业（作坊）的约谈、评估、签约等工作。他们还在村里多处地点设立了废丝造粒企业（作坊）公告牌，向村民发放告知书，让整治工作家喻户晓。

随着整治的深入推进，宋老板见"软"招无效，开始来"硬"的。他每天到村部"报到"，一来就坐在马备兵的办公室，一边吃所谓治疗"精神病"的药物，一边破口大骂，企图以此"吓退"攻坚队员。与此同时，他还联合其他废丝造粒企业的老板，暗中继续生产，对抗整治。

3月初，整治办公室按照工作计划，率先拆除了涉及村集体的企业，起到了很好的示范效应。

随后，整治办公室又联合镇安监、环保等部门，有针对性地现场执法。

他们来到一家造粒作坊，只见大量废丝原料无序堆放，数台已被淘汰的离心机正在运转，还有工人开着叉车在忙活着。

"谁是老板，请出示一下两证！"

"开叉车的，请出示操作证！"

执法人员上前调查取证，造粒作坊老板和工人都哑口无言。经查，这家作坊不仅无证无照经营，且未办理环保审批手续，其厂区使用的特种设备没有上牌，工人没有操作特种设备的操作证……执法人员现场开具了责令整改通知书、行政处理告知书等。

观望的老板们看到了政府的决心，便陆续转变了态度。一位通情达理、顾全大局的企业老板，主动配合整治，带动了观望者们的主动性；在攻坚最困难的时候，不断有村民来到村部，给攻坚队员加油鼓劲，让他们感动不已……

6月底，列入整治计划的企业全部签约。

9月起，企业厂房陆续拆除。

污染一去不复返，水渐渐变清了，复垦后的土地变绿了，幸福洋溢在新南村2000多村民的脸上。恢复了良好的生态环境，新南村未来的发展也有了更多的可能。

像平望镇这样连片整治的形式，整个吴江区有36个区块，面积达85.5平方公里。

针对不同情况的"散乱污"企业，吴江区分类制定实施方案，明确问题类型、整治措施、完成时限及责任人等，精准施策。苏州市对"散乱污"企业的治理要求，是"两断（断水、断电）三清（清除原料、清除产品、清除设备）"，吴江区增加了"一拆"，就是对违法建设、违法用地、违法排污、不符合产业政策、问题严重的企业或者作坊，采取坚决措施，依法予以拆除。

为了保证工作进展，吴江区一手抓专项督查，一手抓经费保障。区政府督查科牵头，区纪委、区监委、区"263"办公室等单位相关负责人组成专项督查组，定期对各镇整治情况进行专项督查，对整治不足或进展缓慢的镇予以通报，并提出工作建议。

纺织业是吴江的支柱产业，涉及企业数量众多，工业污水占全区排污总量达

95%以上。纺织企业大部分集中在太浦河以南，每天产生废水100万吨左右，要治理太浦河水污染，提升太浦河水质，必须从削减排污量入手。因此，吴江针对喷织行业、印染行业开展了专项整治，实现源头做"减法"。

在喷水织机专项整治上，全区一次淘汰喷水织机2.3万台，累计淘汰8.8万余台。在印染行业专项整治上，采取"控排污总量、控染缸总量"的双控措施，严格执行印染行业排污许可证制度，全区73家印染企业累计拆除超排污许可范围的染缸1069台，对印染行业废水排放量和排放浓度实行刷卡排污、在线监控。

吴江区"散乱污"企业（作坊）整治行动前后开展了两轮，对36个"散乱污"重点区块开展成片连片集中整治，累计完成整治"散乱污"企业10779家，拆除各类建筑194万平方米，平整土地227万平方米，并对境内高速公路、国道省道和太浦河等主要航道沿线的83条河道开展了集中整顿，清除了河湖岸线上的违章搭建，实施了边坡绿化和清淤疏浚。

在整治工业污水的基础上，吴江区全面清除了太湖沿线三公里内的围网养殖，对河湖沿线养殖池塘开展了标准化改造，养殖尾水也做到处理后达标排放。同时，他们还开展了河网水系治理，连续3年组织实施河道"畅流活水"工程，通过拆坝建桥、清淤疏浚等措施，打通断头河浜，沟通河网水系，解决了水系不畅的问题。

随着一系列治理措施的实施，吴江区的水生态环境质量得到稳步提升。2018年，水源地水质达标率保持100%，7个太湖流域国省考断面达标率达到100%，太浦河界标断面稳定达到三类水标准。2019年，太浦河水质更是稳中有升，很多河段在大部分时间达到了二类水标准。

2019年9月4日，太浦河迎来了一批特殊的客人，他们是沪苏浙皖三省一市的人大代表，是来联合调研长三角生态绿色一体化发展示范区水环境协同治理的。

在实地考察了太浦河水环境状况，听取了沿河各地方政府的汇报后，有人大代表称，太浦河近年来水质平稳，没有出现明显污染情况，不过，在推进长三角一体化发展示范区水环境协同治理上，还需要加强标准衔接。目前，太浦河上下游仍然存在排放标准不一、功能不同等问题，在水源地保护上还需要建立统一的标准，出台政策法规。

还有代表称，目前太浦河整体环境面貌，与长三角一体化发展要求还有差距，需要进一步深化太浦河综合整治工程，立足于一体化发展要求，坚持高标准定位。

多位人大代表一致建议，从立法层面解决水资源合理配置、产业优化布局、跨界水污染联防机制建设、水安全应急调度以及生态补偿和污染赔偿机制的建立等问题，探索水资源保护、水污染防治和水安全保障的法规体系，进一步改善太浦河水质，为长三角绿色生态一体化发展示范区作贡献。

长三角一体化发展上升为国家战略，为太湖流域协同治水提供了良好的契机；太浦河把江苏、浙江、上海三地紧密串联，自然而然地成为一条协同发展的天然纽带。于是，太浦河沿岸的吴江、嘉善和青浦便备受瞩目，被列为"长三角生态绿色一体化发展示范区"，共同迎来了一体化发展的战略机遇。

同绘一蓝图

2019年11月1日，长三角生态绿色一体化发展示范区正式揭牌。

这天下午，长三角生态绿色一体化发展示范区建设推进大会在位于示范区的上海青浦举行。中共中央政治局委员、上海市委书记李强，时任江苏省委书记娄勤俭，时任浙江省委书记车俊出席会议，共同为长三角生态绿色一体化发展示范区、长三角生态绿色一体化发展示范区理事会和长三角生态绿色一体化发展示范区执行委员会揭牌。

此前，中共中央政治局会议审议通过了《长江三角洲区域一体化发展规划纲要》，国务院批复《长三角生态绿色一体化发展示范区总体方案》，标志着长三角一体化发展国家战略全面进入施工期。示范区的揭牌，标志着这个国家战略的实施迈出了新的重要一步。

苏浙沪两省一市联合成立了一体化示范区理事会，由两省一市发展改革、自然资源、生态环境、交通、财政等部门和示范区三地政府组成，同时充分凝聚各方智慧力量，邀请知名企业家和智库代表作为特邀成员；一体化示范区理事会的理事长由两省一市常务副省（市）长轮值，作为重要事项的决策平台，保障建设有序推进；理事会下设一体化示范区建设执行委员会，负责一体化示范区发展规划、制度创新、改革事项、重大项目、支持政策的具体实施，重点推动先行启动区相关功能建设。

11月5日下午，长三角生态绿色一体化发展示范区执行委员会正式挂牌。作为示范区开发建设管理机构，执委会的35名工作人员，全部由两省一市通过广泛遴选和竞争选拔产生。上海市政府副秘书长马春雷就任执委会主任。

在马春雷看来，未来的长三角生态绿色一体化发展示范区，应该是这样一幅场景：生态绿色是底色，创新经济是亮色，古镇文化是彩色，多姿多彩，色彩斑斓。他觉得，一体化发展要打破行政隶属、行政边界，走出一条跨行政区域共建共享、生态文明与经济社会发展相得益彰的新路径。

示范区执委会一经成立，就立即开始了紧张的工作。他们聚焦水系统、综合交通、生态环保、市政基础设施、文化和旅游发展、产业发展等6个领域，以先行启动区为核心，开始编制专项规划。太浦河的综合治理方案，也自然而然地成为执委会最先规划编制的项目。

于是，上海市青浦区朱家角镇的这栋三层小楼，一下子热闹起来。来自三地各部门、负责太浦河综合治理方案制订的6人工作小组，每天都在这里忙碌着，还经常展开热烈的讨论。

示范区执委会生态和规划建设组组长刘锋认为："把水安全、水生态、水景观、水文化全部捏合起来，我们就实现了一个一体化。"

副组长杨文敏则表示，重要的就是怎么把三家拧成一股绳，三加一竖变成王。

"首先以太浦河后续工程为基础，继续升级，把生态的文章做得更好，这是一个更大的空间规划概念。"太湖流域管理局水利发展研究中心主任何建兵说。

把原本隶属两省一市的三地紧紧拧在一起，这一竖究竟如何竖？经过无数次的实地走访和研讨，规划小组最终达成共识，先同机制，再同步骤，最重要的是大家同心。

接着，太浦河治理体制机制上的同心同力就开始了紧锣密鼓的筹划，而示范区协同治水的实践，却已经在青吴嘉三地轰轰烈烈地展开了。

就在长三角生态绿色一体化发展示范区执行委员会挂牌的几天前，示范区协同治水的启动仪式就在太浦河畔隆重举行了。

水利部太湖流域管理局局长吴文庆，苏州市政府时任秘书长周伟，以及上海市青浦区、苏州市吴江区、嘉兴市嘉善县等区县领导共同启动面前的水晶柱，宣布长三角生态绿色一体化发展示范区协同治水正式启动，拉开了进一步推动区域协同治水、深化落实河湖长制的序幕。

早在芜湖举办的第一届长三角一体化发展高层论坛上，三地就联合签订了"关于一体化生态环境综合治理工作合作框架协议"，通过"十项机制"系统推进生态环境协同综合治理。随着长三角一体化发展国家战略的实施，三地在治水方面已经开展了很多合作，在交界区域进行了联合治水互动，逐步建立了河长联合巡河、水质联合监测、联合执法会商、河湖联合治理、河湖联合保洁等机制，有效地打破了区域行政壁垒，改变了各自单兵作战的局面，拓展了治水新思路，形成了三地治水一体化的良好局面。

在活动现场，三地"党员护河先锋队"接受了授旗，三地镇、村级联合河长获颁了联合河长聘书。多名区级联合河长、镇级联合河长和村级联合河长正式走上岗位，开启协同治水新篇章。太湖流域管理局、三地的党政领导、太浦河三地镇级河长、三地水利水务部门主要负责人，在太浦河进行了联合巡视。

太湖流域管理局吴文庆局长高度评价了此次活动。他指出，为积极响应长三角一体化国家战略，太湖局以及太湖流域江苏、浙江、上海等省市水务（水利）部门从顶层设计、治水行动、治水标准体系上入手，在提供水利支撑方面开展了大量的工作。这次活动为整个长三角地区开展联合治水行动做出了表率，开了个好头。

在实践中总结经验，在研究讨论中形成机制方案。

2020年10月14日，长三角生态绿色一体化发展示范区执委会召开了太浦河水资源保护协作机制会议，对太浦河水资源保护省际协作机制工作方案和水质预警联动方案进行了新一轮修订。

在巩固原有太浦河水资源保护省际协作机制成果的基础上，新修订的《工作方案》明确了联合监管、联合调度、信息共享、预警联动、水源地一体化管理和联合执法等6个方面的工作内容，进一步强化太浦河防洪、供水、水生态的功能作用，加强饮用水水源安全风险管控。

在探索太浦河治理体制机制的过程中，示范区执委会还把视野扩大到示范区重点跨界水体，编制了《长三角生态绿色一体化发展示范区重点跨界水体联保专项方案》。

10月16日，示范区执委会召开新闻发布会，正式对外发布《长三角生态绿色一体化发展示范区重点跨界水体联保专项方案》，并就有关情况进行了通报。

《联保方案》由两省一市生态环境厅（局）、水利（水务）厅（局），生态环境部太湖流域东海海域生态环境监督管理局、水利部太湖流域管理局以及长三角生态绿色一体化发展示范区执委会等9个部门联合制定，9月30日已正式印发。

《联保方案》坚持"生态优先、绿色发展"的核心理念，围绕建设饮用水源安全共保、水污染共治和水生态资源共享的联保合作新格局，将两省一市原先在跨界地区已有的水污染防治协作机制加以提炼总结，进一步形成联保制度框架，为跨界地区长期联合开展水生态环境保护工作探索路径和提供示范。方案制订过程中，各方认真践行"打破行政隶属、打破行政边界"的一体化思维理念，真正把示范区作为一个整体看待，做到求同存异，相向而行，联保共治，形成合力。

一体化示范区范围内47个主要跨界水体，都纳入了《联保方案》实施范围。包括青浦、嘉善、吴江三地交界河湖1个，青浦、嘉善交界河湖20个，青浦、吴江交界河11个，嘉善、吴江交界河湖14个，青浦、昆山交界湖泊1个。其中，太浦河、淀山湖、元荡、汾湖等"一河三湖"，是加强跨界水体联保共治的重点。

《联保方案》主要确定了6个方面的工作内容，包括：建立联合河湖长制，在已有"太湖淀山湖湖长协商协作机制"的基础上，先行建立"一河三湖"联合河湖长制，并逐步扩展至其他重点跨界水体。日常管理实行轮值制，定期开展联合巡河、会商协作，统筹推进解决跨界区域的水环境问题。实施联合监管机制，以贯穿吴江、青浦、嘉善三地的太浦河为重点，进一步明确太浦河水生态保护和管控要求，强化岸上、水上污染源监管，完善太浦河水资源保护省际协作机制，优化水资源联合调度模式和应急事件协同联动。开展联合执法会商，定期开展跨区域联合执法和巡查，共同打击环境违法行为；根据问题导向，开展形势分析、执法联动和协同污染治理等会商。完善联合监测体系，优化联合监测断面，在重点跨界水体水环境质量、污染排放、风险预警等更多领域开展监测合作；联合建设太浦河沿线自动预警体系，加强相关数据的共享与运用；共同开展"一河三湖"水文、水资源、水生态监测，持续开展河湖健康状况评估。健全数据共享机制，充分依托太湖流域水环境综合治理信息平台和数据共享机制建设，不断扩大重点跨界水体各类水文水质监测信息、入河污染物排放信息的共享共用。深化联合防控机制，将水葫芦打捞、清洁小流域建设、河道养护等作为重点跨界水体落实河湖长效管理的重要方面，探索推进上下游、左右岸、跨区域连片联合养护，提升管养的整体效益。

一体化示范区作为一个生态系统，具有不可分割的整体性，通过联合治理，能进一步完善多方协同保护机制，为长三角生态绿色一体化发展和跨界水体生态环境保护探索路径和提供示范。

于是，示范区执委会在《联保方案》的总体框架下，结合已有的工作基础，聚焦示范区水资源、水环境、水生态核心问题，分别细化各项联保内容的具体举措和工作安排，逐渐建立起了系统联保共治机制，并在示范区跨界水体管理保护领域逐步推广。

同治一河水

金秋 10 月的一个上午，阳光灿烂，上海青浦区金泽镇李红套闸在阳光下熠熠生辉。

一艘小船从套闸内缓缓驶出，驶进了太浦河宽阔的河道上。船尾甲板上，青浦、吴江、嘉善三位镇级河长临河而立，一面巡视河面和河道两岸，一面低声商谈。

这是三地河长在联合巡河。自从两省一市联合推进"联合河长制"以来，这样的景象就时常在太浦河上发生。而之前，受限于行政体制，两区一县在诸多领域有着相对独立的管理体系，跨界水体的功能定位和管控要求存在一定的差异，在区域的发展与保护、上游与下游协同管控等方面，都存在一定问题。

早在2018年进博会前夕，三地共同承担了进博会水生态安全保障的任务。同一个目标，只能打破边界意识，施行上下游共治，但进博会后又恢复了常态。

让三方真正站在一起的，就是"联合河长制"实践。长三角生态绿色一体化发展示范区协同治水正式启动后，加强了区域协同治水，深化了"联合河长制"，两区一县在治水方面的沟通协作才越来越热络。

青浦区金泽镇副镇长吴建芳说："我们有个三地共建的微信群，各地镇级、村级河长都在里面，谁在巡查时发现了问题，就会即时在群里上报。遇到什么难题，三地也可以各扬所长，互相支援。"

船不知不觉就驶出了青浦，进入嘉善管辖的河道。三位河长有说有笑地巡查着，不约而同地发现了漂浮在河面上的水葫芦。这种植物生命力旺盛，只要几天，一棵就能长成一大丛，影响河湖水质，妨碍航道通行。因此，虽然水葫芦很少，三方河长商议后，还是决定调清理船来支援，迅速把隐患消除在萌芽阶段。

大家都知道，金泽镇的河面打捞力量较强，吴建芳就主动打了电话，调来了清理船，很快就把水葫芦清理干净了。

这天，巡河的三位河长，除了吴建芳副镇长，还有嘉善县姚庄镇人大主席蒋胜强、吴江区汾湖高新区管委会副主任陈朝林。

"像这样的沟通效率，在以前是难以想象的。"蒋胜强说。

陈朝林则表示，在联合河湖长制最初试点的太浦河上，河长们已经不仅仅是"联合"，而是渐渐走向"融合"。

嘉善县姚庄镇银水庙村党总支书记周梅风是一名村级河长。建立"联合河长制"后，他每次巡河都有了新伙伴——来自青浦区金泽镇龚都村、徐李村的联合河长。

"三地'河长'一起巡河，联防联治，效率更高，成效也更显著。"周梅风说。

联合河长们交叉巡河，发现问题拍照留言，互通有无，不少问题很容易就解决了。三地保洁船都在各自的水域进行常态化保洁，一旦哪一方需要支援，其他地方的保洁船就立即赶过来，一起行动。

有一次，嘉善的河长想出了清理河道淤泥的好点子，吴江的河长就主动对接，联系环保企业，很快就把淤泥制成砖头。

还有一次，一只装有化工原料的编织袋，在下游青浦段被捞起。河长们剖开编织袋仔细查看，就开始了联手"破案"——青浦借助卫星遥感技术，吴江和嘉善调用覆盖大部分河道的监控摄像头，一起追溯到了"元凶"，并开出了罚单。

"联合河长制"成为示范区跨界水体联保共治的一项成功经验。

随着《长三角生态绿色一体化发展示范区重点跨界水体联保专项方案》的印发和实施，联合河湖长制也将进一步制度化、普及化、常态化，逐步扩展至其他重点跨界水体，并将进一步完善联合巡河、联合治理、联合监测、联合保洁、联合执法五方面工作机制，形成更强的合力。

监测数据是环境治理的基础，推行水生态治理，就必须在太浦河沿线建立水资源监测站网。这个"网"的建设，无疑需要两省一市多部门的联保共治。

在一体化示范区的"一河三湖"范围内，有着良好的监测硬件基础设施，包括省界巡测段、水文自动站19个，水质监测站点16个，水生态监测站点9个，并且已积累20年连续监测数据，可以为水生态调查评估提供扎实的数据基础。这些设施和数据的使用，更需要的是一体化制度的建设。

2020年9月18日，示范区两省一市水文部门就讨论确定了协同监测与评价工作方案，签署了《长三角生态绿色一体化发展示范区水文协同监测协议》，开展统一标准的水文协同监测与评价，全面掌握示范区水雨情、水资源、水生态现状和变化情况。

10月15日，青浦、吴江、嘉善三地生态环境监测部门就共同出现在太浦河汾湖大桥上，联合对太浦河断面进行了水质手工监测。

同一套监测指标、同一个监测频次，同一套评价标准、同一个评价方法，再加上三地监测人员同时在场，确保了监测数据的真实、准确、全面。监测结果多方共享，一体化示范区水生态环境协同监测的长效工作机制初步成形。流经三地的太浦河上下游监测数据终于汇点成面，成为展现一体化示范区水生态环境的重要依据。

随着《太浦河水资源保护省际协作机制——水质预警联动方案》的新一轮修订，《太浦河流域跨界断面水质指标异常情况联合应对工作方案》的实施，三地互通监测数据及监察情况，保证信息共享，建立健全三地环境监测、监察、应急处置的联合运作机制，也使省际水生态环境实时预警成为可能。

太浦河水资源保护省际协作机制成员单位汇众智、强合作，首次提出了太浦河锑浓度异常降雨预警指标，建立了省际协作预警机制。通过实时预警，相关部门已有效应对多次锑浓度异常事件，保障了水源地供水安全。

通过推行"联合河长制"，推进监测分析、信息共享和联保共治工作，从水上到岸上，从联合到融合，一体化示范区三地紧紧相连，共同推动构建了示范区生态绿色命运共同体，谱写了生态环境联保共治的新篇章。

太浦河越来越美，水越来越清，水质也一年比一年好，已经成为一条水质稳定在三类水的清水廊道。很多河段的很长时段，还会达到更为优质二类水标准。

到2020年底，太浦河水源地已连续三年实现水质零异常，保障了一体化示范区及上海部分城区800万人的饮用水安全。

随着长三角生态绿色一体化发展示范区的持续推进，太浦河水资源联保面临着更高要求。一条太浦河，开始承载沿线人民群众的诸多新期盼：优质水资源、健康水生态、宜居水环境、先进水文化，还有示范区民众共同的情感、共同的愿望、共同的梦想。

同圆一梦想

说起梦想，或许你会想到"中华民族伟大复兴的中国梦"。但说起长三角生态绿色一体化发展示范区的梦想，或许你会觉得说不清楚。

顾名思义，既然叫"长三角生态绿色一体化发展示范区"，也就是为长三角生态绿色一体化发展起到示范作用的区域，为长三角一体化发展国家战略探索可复制可推广模式的区域。那么，她的梦想，那就是成为长三角乃至全国区域协调发展的模范，引领生态绿色一体化发展潮流，带动长三角乃至全国生态绿色一体化发展。

2020年8月27日，在国家会展中心（上海）举行的长三角生态绿色一体化发展示范区开发者大会上，上海市委书记李强给大家勾勒了一个示范区的未来。他说，一体化示范区规划区域自古便是诗画江南里的鱼米水乡，有湖荡纵横、林田共生的"高颜值"生态，凝结了粉墙黛瓦、小桥流水的"最江南"文化，汇聚着一批创新活跃、引领未来的高科技企业。要聚焦一体化示范区战略定位，在更高水平上体现"绿水青山就是金山银山"重要理念，在更高层次上率先突破行政区经济模式，加快打造生态绿色新标杆、创新发展新高地、制度创新试验田。促进生态保护、人文历史、产业发展有机融合，形成绿色田园、古朴乡村、现代城镇相得益彰的空间格局，建设独具韵味的"江南庭院、水乡客厅"，充分彰显人与自然的和谐共生，把生态绿色优势转化为经济社会发展优势。率先实践新技术、新业态、新模式，打造国际一流的创新生态系统，构建充满活力的长三角创新核。聚焦规划管理、生态保护、要素流动等，探索行之有效的一体化制度安排，共同谋划有利于要素流动和分工协作的新型治理模式。

"一体化示范区是创造新奇迹的热土，也是最能展现新奇迹的地方。要实现建设目标，关键要有一种大展宏图的创业激情，要有一批敢为人先的开发者。"李强还说，开发者大会是社会各界聚焦一体化示范区的共享平台，希望大家把一体化示范区作为创新探索、交流合作的大舞台，畅所欲言、建言献策、贡献智慧，携手共建创新创业生态圈，共创长三角发展新奇迹。

李强为示范区勾勒的这个未来，很具体很美好，也极富前瞻和想象，大概可以算作示范区的梦想之一吧。

就在这次开发者大会上，中国长江三峡集团有限公司、阿里巴巴集团、华为技术有限公司、中国国际金融股份有限公司、中美绿色基金管理有限公司、中新苏州工业园区开发集团股份有限公司、中国城市规划设计研究院、上海城投（集团）有限公司、普华永道、复旦大学、上海交通大学医学院、新华社长三角新闻采编中心等12家创始成员单位负责人，共同启动了长三角生态绿色一体化发展示范区开发者联盟。这个开发者联盟，将集聚有意愿、有能力参与示范区建设的各类市场主体、专业机构，通过业界共治形式，为示范区建设赋能助力。

时任上海市委常委、常务副市长陈寅，江苏省委常委、常务副省长樊金龙，浙江省委常委、常务副省长冯飞，国家发展改革委地区司副司长张东强共同启动长三角生态绿色一体化发展示范区江南水乡客厅设计方案国际征集。根据相关规划，示范区将在沪苏浙交界处打造体现东方意境、容纳和谐生境、提供游憩佳境、共聚创新环境的水乡客厅，集中实践和示范城水共生、活力共襄、区域共享的发展理念。

这个江南庭院、水乡客厅，弥漫着神秘的意蕴，散发着浪漫的气息，也让人遐想并期待。

新标杆、新高地、试验田、新典范，是长三角生态绿色一体化发展示范区的战略定位；保护水生态、提升水品质、做好水文章，是长三角一体化发展示范区探索"生态友好型高质量发展"新模式的切入口。

青吴嘉三地由太浦河串起众多湖、港、荡、漾，正像一条以水为脉的"水链"，与沿线的众多古镇一起，构建起林田共生、城绿相依的自然格局。

如果说太浦河是一条"水链"，那沿线的这些古镇就是一颗颗明珠，二者以寻梦追梦的姿态融合在一起，就成了一条贯穿长三角生态绿色一体化发展示范区的"蓝色珠链"。

第六章

闪光的蓝色"珠链"

　　水变清，人更亲，由生态绿色"好风景"带来的产业发展蓝图，已铺陈开来。太浦河和她串联起的湖泊荡漾，恰似一条蓝色的"珠链"；一座座江南古镇，正像一颗颗璀璨的明珠，镶嵌在太浦河两岸，散发出越来越耀眼的光辉。

太浦河口：浩渺太湖湿地风

太浦河的源头，是烟波浩渺的苍茫太湖。

如果把太浦河比作一串"珠链"，太湖无疑是最大最重最亮的那一颗。

太浦河与太湖融合的这片湖水及湖滨土地，就是著名的"太湖七都"。从这里沿湖堤西行，很快就可以进入浙江湖州，沿途就是入选世界灌溉工程遗产名录的太湖"三十六溇七十二港"。七都的这段太湖防护堤，就是有文化有故事的"南公堤"。

国学大师南怀瑾先生来这里时，经桑园，上绿堤，见堤上杉木参天，俨然世外，便觉似曾相识，一下子爱上了这片土地。之后不久，他就决定在这里创办太湖大学堂，并付诸行动。再后就在湖畔讲学，传播中国传统文化，并发展认知科学与生命科学研究。

在《南怀瑾与彼得·圣吉：关于禅、生命和认知的对话》（上海人民出版社2007年出版）一书中，曾有介绍——

> 关于"太湖大学堂"，那是南师多年前的理想与筹划，六年前始得破土新建。该处占地二百余亩，就在上海西南一百一十公里，及苏州之南七十公里地方的太湖之滨。
>
> 那里一望无际的如茵草地，桃李芬芳，有孔雀漫步，有鸭群逍遥，还有

太湖的月光……太湖三万六千顷，月在波心说向谁……

从太湖大学堂往南，很快便能到开弦弓村，也就是费孝通纪念馆所在的"江村"。

1936年，27岁的费孝通看似偶然地来到江村，写成了学术著作《江村经济》，一本后来被认为是中国社会学的研究样本、中外社会学界了解中国农村窗口的名著。此后，他共26次来到这个村庄，贯穿了他的一生。从某种程度上讲，《江村经济》和它背后的"乡土中国"，几乎算是费孝通的代名词，那么，这个"江村"，也可以说是他生命中最重要的村庄。

这个村里，有条弯弯的小清河穿村而过，如箭在弦，因此得名"开弦弓村"。

如今，开弦弓村是特色田园乡村建设试点村。项目设计以费老学术思想为指导，以延续传统文脉为己任，结合"中国·江村"环长漾特色田园乡村带建设规划，围绕"研学旅行、美美江村"主题，大力推进农文旅融合，打造新时代江村经济、乡村振兴实践新样本。

七都的太湖湿地公园，是浦江源国家水利风景区的一个重要节点，也是沿太湖生态整治和景观美化的重点工程，主要生态功能在于保护现有湿地状况，美化湖岸环境，营造自然、和谐的生态景观。

漫步在太湖湿地公园里，走在长长的木栈道上，两边是如碧的湖水，还有芦苇、芦竹、香蒲、荷花等湿地植物，满眼的太湖风光。驻足远望，湖面一望无际，山峦若隐若现，仿佛披着一层面纱，莞尔神秘，侧目还可以看到并排而立的精巧双塔，观赏到"湖光塔影""双塔夕照"等独特美景。

太浦河口之北岸，是吴江东太湖新城的横扇。

横扇的名字由来，也像开弦弓村一样，是因为地形。一条横港穿村而过，沿横港布有上下二扇，于是得名。横扇老街历尽沧桑，古迹所剩无几，附近的四都村略有残存，包括博士桥、竹林桥、邑宁桥、崇吴寺遗址等，还有一棵巨大的银杏树。

横扇四都村的银杏树高达30余米，主干直径2米多，周长近7米，四五个成年人才能将之合抱，树冠直径约36米，遮荫面积近700平方米。据载，这棵银杏是崇吴寺僧人根据北宋末年抗金将领花荣之女百花公主的遗愿栽种的，树龄已有

800多年，现仍躯干挺拔，枝繁叶茂，从太湖大堤上就能远远望见。

沿太湖堤岸往北，分布着太湖迷笛营、如家小镇乡趣俱乐部、王家头特色乡村、玫瑰小镇、太湖绿洲、东太湖旅游度假区、苏州湾体育公园等，一路湿地景色，满眼太湖风光。

站在堤岸远望，目光穿过野趣横生的湖滩，便可以看到湖上的青山。那就是著名的洞庭东山风景区。

东山是伸展于太湖东首的一座长条形半岛，三面环水，因其在太湖洞山与庭山以东而得名洞庭东山，也称为东洞庭山，古称莫厘山、胥母山，与洞庭西山隔水相望。主峰莫厘峰是太湖72峰中第二高峰，海拔293.5米，其山脉呈鱼龙脊背状，绵延起伏，气势雄伟。

洞庭东山是第一批国家重点风景名胜区——太湖风景名胜区13个景区之一，国家5A级风景区，还是中国十大名茶之一——洞庭碧螺春的原产地。这里万顷湖光连天，渔帆鸥影点点，区域生态环境优越，天天有鱼虾，季季有花果。这里历史文化底蕴深厚，历代帝王将相、文人雅士很多曾来此游乐憩息，留下众多名胜古迹。除了湖光山色、花果丛林，以及众多元、明、清古建筑，还有代表长江流域古文化的三山岛旧石器遗址。

太浦河口正对着的，就是三山岛风景区及三山岛旧石器遗址。

三山岛位于太湖之中，距东、西二山均隔三公里，誉称"小蓬莱"。全岛北山、行山、小姑山三峰相连，岛边峰山、厥山、蠡墅山，群岛罗列，构成了一组美丽奇异的湖岛风光。岛上奇峰突兀，异石成趣，有"吴中第一奇峰"板壁峰，以及生肖石、牛背石、白猫石、金鸡石、瀑布石、弥勒佛石等奇峰异石。岛上常年花果不断，洁静的农家旅馆和田园风光，如临世外桃源。

三山岛发现并挖掘的一万二千年以前的旧石器和古脊椎动物化石遗址，称之三山文化，证明太湖流域同样为中华民族发祥地之一。

太浦河口，还有太浦河自身的美。

太浦河节制闸是一座宏伟的水利建筑。它亦闸亦桥，不仅控制与调整河水的流量，还可以方便两岸来往通行。它既是工程设施，也是太浦河源头的重要标志，更是形态优美的景观。

太浦闸的南侧还有一座漂亮的翻水闸，也就是太浦河泵站。两个现代化建筑呈现一字形状，中间还镶嵌了一个人工半岛，而在节制闸和泵站的西侧，还有一座跨河大桥，使这里形成了"三桥一岛"的独特水利景观。

站在太浦闸的连桥上，可以欣赏太湖的湖光山色，也可以凝望大河东去的壮美画卷。听着湖风中飘散的"醉渔唱晚"，遥想太湖水东流入海的涛声湖韵，想象力在空中盘旋。倘若有一艘游船，从海边缓缓驶来，带着海上日出的炫美，带上繁华都市的喧嚣，穿行水乡古镇的幽雅，驻足湖光山色的朦胧，欣赏湖上落日的霞光，那将是多么美好的湖海之旅。

湖海的气息，在太浦河里来回飘荡。过了太浦闸，沿着河边绿树成荫的堤岸东行，很快就到了原始与现代交汇的大龙荡。

大龙荡：有龙则灵

大龙荡与太浦河相连，南面还与頔塘互通，蜿蜒如长龙卧波。

大龙荡是有"龙"出没的，这是当地民众的说法。"长龙摆尾，化身为荡"的美丽神话，正是它的名字的由来。

土生土长的村民聊起大龙荡，都兴致极高，在稳固、持久的文化心态背后，有着永不重复的表情、姿态和乡音。龙南村的吴根泉老人告诉我们，龙南村和龙北村分列大龙荡两侧，据说是以龙的尾巴梢分割而成。他小时候还听大人说过，大龙荡圩边有个龙窑，烧制的陶瓷上都镶有金边、金龙，看着很稀奇。

大龙荡的神奇之处，还在于它周边的原始村落，在于它神秘而灿烂的史前文化。

正是因为太浦河，大龙荡的神秘面纱才被揭开。1959年冬，龙南龙北的村民们在挖太浦河时，发现了大量兽骨和鹿角，江苏省文物工作队与苏州市文物管理委员会都很重视，组织了联合发掘队来到这里。他们在龙南村的袁家埭先民遗址展开发掘,在小小的 143 平方米地块,就发现并采集先民遗物 4000 余件,出土了石器、陶器、骨器及兽骨、鹿角等 122 件。

这次出土的文物中,有一件江豚形陶壶备受关注。这件陶壶是捏塑的泥质灰陶,长 32.4 厘米,高 11.7 厘米,嘴尖如鸟喙,两眼向前斜视,头部毛冠微卷,体态肥硕,尾鳍上翘,腹内空,体下粘贴三个小支点以起稳定作用,体现了江豚在水中游动摆尾的姿态。专家们一致认为,这件灰陶是实用与审美统一的典范,整体造型生动逼真,手法率意洗炼,形象生动,充分体现了史前陶塑的质朴及制作者自由的灵性,在雕塑史上有相当高的地位。陶壶的注水口设在江豚微微上扬的尾部,使用起来相当便利,专家据其精美程度,推断此壶应不是日常盛水所用,而是用于祭祀盛酒,或可代牺牲供品,对研究当地先民的生产生活也有重要意义。

江豚形陶壶现收藏于南京博物院,是该院的镇馆之宝。

在发掘中,专家们发现,袁家埭遗址分上下两层,他们在上层发掘了 3 个灰坑,在下层发现了以蛤蜊壳为地面的建筑残迹。经专家认定,遗址上层是新石器时代良渚文化层,下层则是马家浜文化层,总面积大概有 63 万平方米之多,有很高的研究价值。限于当时的挖掘能力,没有展开大规模的挖掘。

后来,龙北村村民在挖黑泥时,又挖出了 6 只青铜编钟,上报吴江县文物管理委员会后,文管委派专家查看,确定是珍贵的文物。龙南村村民在农田挖渠取土时,又发现了不少陶片,再次引起文物管理部门的重视。

1981 年,原梅堰乡进行顿塘拓宽,组织民工开挖堤岸土方时,挖起来的泥土里夹杂着许多陶片。当时,梅堰乡广播站通讯员黄雪琪正在现场采访,他略懂文物知识,觉得可能是文物,就在烂泥中细细寻找。经过几天的努力,他在烂泥中找到了 40 多枚古钱币,还有 4 个完整的陶罐,几个残缺不全的陶罐,一个光溜溜的两头尖的石纺锤。他把这些东西交给了镇文化站,文化站又报告了县文管会,文管会的专家看了陶罐后,认为是属于新石器时代的黑皮陶罐,有很高的文物价值。

此后,黄雪琪对文物的兴趣越来越浓,下乡采访发现一些古石桥、石碑什么的,总要问个究竟。吴江县成立文物之友协会时,他被吸收为首批会员,并参加了该会举办的文物知识培训班,掌握了一些专业知识。

1984年,一个偶然的机会,黄雪琪又发现了一批文物,并通过乡文化站上报县文管会,从而发现了一处古文化遗址。后来,黄雪琪在一篇题为《龙南新石器时代遗址发现前后》的文章中,详细记录了当时的情况——

  1984年12月,梅堰乡正在修建由集镇通往各村的乡村公路路基。一天上午,正下着小雨,我途经连接318国道通往龙北村的公路工地时,听得民工群里有人嘀咕:"今天真倒霉,垦出来的都是些装死人骸骨的罐头。"这句话立刻引起了我的注意,跑过去一看,真可惜,许多陶罐都被他们砸碎了。我连忙对他们说:"千万不要敲碎这些罐头,这些罐头不是放死人骨头的。"我边说,边掏出随身带的大前门香烟发给男民工们,要求他们再发现这些罐头时送给我,同时我就在他们挖上来的泥堆里寻找,不仅发现了较为完整的陶罐,还发现了几把磨得又光又滑打着孔洞的石刀、石斧,这些跟陈列在苏州博物馆里的石刀、石斧一模一样。我惊喜万分,向民工借上箩筐,把这些陶器、石器拿回广播站,并匆匆跑到隔壁的文化站找洪志诚站长。洪站长不在,站里的袁海荣、庄培尧同我一起来到工地,又捡了些石器和陶器的残件。还在路基一侧发现了一口井,井口砖已被民工破坏。只见井壁四周的砖是雌雄榫严密地拼接起来的,井砖磨得很光,砖长跟现在的砖差不多,宽只及现今八五砖的三分之二,榫头都磨成斜面,可自然围成圆形井。我们借了把铁锸在井里扒,扒起一只洁白如玉的瓷碗和一只当时用作吊水用的陶罐,因为陶罐口上有两只带孔的耳,耳环上还留有系绳索的痕迹。我把瓷碗和陶罐带回文化站,交给了洪站长,同时告诉洪站长可能还有更多文物出土,还打电话告诉了县文管会吴国良。第二天,吴国良匆匆到了广播站,我把所捡到的陶罐、石刀、石斧都给他看了,接着又陪他去看现场。吴国良同志认为我汇报的情况很有价值,可能又是一个古遗址,同时他对那口古井进行了鉴定,根据井砖和出土文物的特征,他初步认定是宋代的。我把发现古井的情况写了3篇稿子发给新闻单位,后来苏州报用了该稿。

  此后县文管会十分重视,约请苏州博物馆进行详细调查,确定这是一处范围较广的新石器时代遗址。后报经国家文物局批准，于1987年12月至1989年1月分两期对龙南古遗址进行科学发掘。开挖现场看守很严，竖着写有"吴江县公安局和文管会关于遗址发掘现场无关人员不准随便出入"等告示的大木牌，周围用绳子围拦。第二期挖掘时吴国良同志领我到现场看了一些遗址原状和出土实物，还向我简单介绍了有关情况。

黄雪琪在文章中提到的洪志诚站长，对龙南遗址的发现和发掘都起到过很大的作用。

采访时，洪志诚告诉我们，当时他得知发现文物后，就立即向县文管委汇报，让他们派人来鉴定，并通过各种途径向上级反映遗址的价值。1986年8月，由苏州博物馆和吴江县文物管理委员会办公室合作，对该遗址进行了试掘，初步确定为新石器时代良渚文化的遗址，就向国家文物局申报，计划对遗址进行抢救性发掘。

1987年12月，经国家文物局批准，由苏州博物馆和吴江县文物管理委员会办公室联合组成发掘队，对龙南遗址进行第一次抢救性发掘。随后，在10年时间里又先后进行了4次发掘，陆续发现了新石器时代的河道、房址、驳岸和各类性质的灰坑及古井等，从其布局可以确定为当时村落的一个组成部分。

据2002年版《梅堰镇志》记载，4次发掘共揭露面积1020平方米，文化堆积层厚1.77米。上层为商周至六朝文化，发现水井、灰坑等。下层包含崧泽文化与良渚文化过渡期、良渚文化早期和良渚文化三个时期，发现浅地穴式、半地穴式房址13座，干栏式房址1座，灰坑20个，墓葬17座，水井1口，河道1条，路1条。有一条东北、西南流向的古河道，河道中有一排整齐的竖插木桩和零星木板，应该是原始桥梁。河岸边有黄土堤坝，有逐级而下的木构埠头。两岸分布有11座干栏式、半地穴式和浅地穴式房址。从遗迹看，当时已炊、住分开，正房面积有20—30平方米，附房略小。房前有灰坑、灰沟等堆放废物、排放污水的设施，房后有井、窑穴。遗址内还发现有道路、祭祀坑和15座束腰长形土坑墓葬等遗址。出土器物有斧、凿、锛、刀、镰、砺石等石质生产工具，还有针、镖、锥等骨器，以及制作精细的陶器等生活用具。另外，还出土了籼稻、粳稻、红蓼、酸枣、河菱、芝麻、甜瓜、葫芦等十余种植物种子，出土了7具猪骸及大量的鱼骨等，呈现出一派江南鱼米之乡的景象。

龙南原始村落遗址是太湖流域发现的良渚文化时期第一处原始村落遗址，距今5200年左右。遗址的整体布局，体现了以河道为中轴的江南水乡特色，展现了"小桥流水人家"的村落架构；出土的大量器物，反映了太湖流域先民的生活内涵，展现了太湖流域先民以农业为主、渔猎为辅的经济生活图景。

放眼整个江南，龙南遗址也是最早的原始村落之一，因此被誉为"江南第一村"。

大龙荡不仅有神秘神奇的史前文明，还有美丽动感的现代元素。

大龙荡很大，湖泊面积2.03平方公里，周长7926米，湖泊容积487万立方米。曾经，清澈的湖荡是小孩子玩乐的天堂，游泳、捉鱼、捕螃蟹、摸螺蛳，不亦乐乎；宽广的水面是大人们运动的场所，除了游泳，还在这里赛龙舟，名副其实的"龙渊竞渡"。

2018年5月，平望镇斥资1.2亿元，在大龙荡打造了一座田园生态体育公园。

公园以大龙荡为核心，整合周边村庄的自然生态资源，规划打造了"一带五片区"：环大龙荡生态运动康养带、滨水乐活区、户外体验区、田园庆典区、文化休闲区、运动康养区。同时，注入环湖慢行系统和自行车道功能，构建了"田园体育康体生态廊道"，通过体育与景区的双轮驱动，赋予生态科教、旅居休闲、健康养生等功能，打造了一方连接城市、乡村和田园的通运康养休闲胜地。

2019年，首届长三角"运河名镇"国际龙舟平望邀请赛就在大龙荡举行，受到了龙舟运动员及爱好者的广泛支持，来自世界各地尤其是长三角地区的24支代表队参赛。比赛分为混合18人龙舟300米直道竞速和女子12人龙舟300米直道竞速两个竞赛项目，运河名镇组、国际特邀组、"爱慕"女子组三大组别。最终，三六六教育龙舟队获得国际特邀组冠军，苏州望亭龙舟队获得运河名镇组冠军，义乌拨浪鼓龙舟队获得"爱慕"女子组冠军。

2020年，大龙荡田园生态体育公园又迎来了更大一场体育盛会——江苏省第八届全民健身运动会龙舟比赛暨2020运河名镇龙舟平望邀请赛。

江苏省全民健身运动会是每四年举办一届的大型综合性运动会，也是全省唯一的群众体育综合性运动会。赛事由江苏省全民健身运动会组织委员会主办，江苏省社会体育管理中心、江苏省体育彩票管理中心、江苏省龙舟协会、苏州市体育局、苏州市吴江区人民政府承办。项目包括省运会男子组22人大龙舟：100米、200米、500米直道赛；省运会女子组12人龙舟：100米、200米、500米直道赛；运河名镇组18人大龙舟：200米直道竞速赛。

9月21日上午，大龙荡一下子热闹起来。运动员们临漾挥戈，啸水欢笑；各种龙舟迅楫齐驱，百舸争流；岸上观者如云，喧振水陆……

赛龙舟运动是一项极具民俗色彩的竞技体育项目，也是中国传统民俗与运动精神的完美结合。平望龙舟赛历史悠久、鼎盛一时，曾留下"浓妆相约看龙舟"的生动记载，不仅是百姓生活中的一个习俗，也是平望文化的宝贵传承。清代诗人陆得梗有诗描绘平望的龙舟竞渡："海榴吐艳天中序，湖上凫车竞豪举。旌旆扬光画桨飞，蜿蜒游龙戏岛屿……鸾翔凤翥蘙腾骞，电掣风驰尽雄武。凌空幻作金银台，云际仙人天尺五……"

2021年11月，大龙荡田园生态体育公园又和北京大学、北京体育大学合作，在这里成立了"北大校友水上运动训练基地""北体大体育文化青少年素质成长中心·畅跃大龙荡水上体育基地"，并揭牌启用，为全民运动、全民健康发展提供支撑。

如今，大龙荡已有"潜龙在渊"，假以时日，必将一飞冲天。

运浦湾：遇见大运河

太浦河继续东流，过了平望大桥，便遇见另一条伟大的河流——京杭大运河。

大运河源远流长，生生不息，孕育着千年的文明，哺育着沿河的城镇，也与众多大江大河交汇融合。遇到太浦河之前，它已经邂逅过海河、黄河、淮河、长江、钱塘江，身上已经融入了厚重的中华文化。它不仅囊括了中国多个朝代的政治、经济、军事、文化等国家因素，又创造出大运河流域多民族的历史、地理、风土人情、传统习俗、生活方式、文学艺术、行为规范、思维方式、价值观念等社会因素，可以说是共同融合出的独特江河文化。

太浦河串起了太湖和黄浦江，承载了厚重的时代精神，与大运河相遇，河水里便融入了大江大河的元素，精神上也接受了传统文化的洗礼。因此，遇见大运河后，太浦河不仅拥有了怀古探幽的人文情怀，也有探索创新的诗与远方。

"运浦湾"这个新生的宠儿，就是太浦河与大运河交汇融合滋养出的一片特别的土地。

曾经，因为交通的便利，这里是以工厂仓库为主的生产岸线，给平望人民带来了丰厚的利润，但也付出了环境的代价。

如今，经过平望人的智慧与创意，她华丽转身，转型为集运浦文化展示、花圃观光、生态休闲于一体的高颜值文化生态走廊。

2018年，平望镇整治"散乱污"时，就拆迁了这里的很多小厂。

2019年，吴江区开展"治违、治污、治隐患"活动，平望镇又在这里打造了"三治"样板区，不仅拆除了"散乱污"企业(作坊)，还以打造"运浦湾"农文旅示范区为契机，加大了农村违建拆除力度，试点打造"无违村"，切实改善农村人居环境，提升村民幸福指数。

"运浦湾"农文旅示范区包括中鲈村、上横村两个行政村的12个自然村，东至京杭大运河，南抵太浦河，西临江城大道，北至318国道，面积约为3.5平方公里。建成后，"运浦湾"将依托优美的自然环境，发展"公司+村+农户"的产业模式。未来，村民既可以享受良好生态环境，又可以从多样化的产业模式中受益。

运浦湾片区的改造是工业遗存与现代设计的融合之作。一个普通的油罐，改造后成为一个360度环绕的沉浸式展播空间，步入其中，极目是平望的风景，恍若能够清晰看到这片土地从过去到现在乃至未来的一张蓝图。

运浦湾不仅完整保留着当年的历史遗存，永久记录着徒手开挖太浦河的丰功伟绩，不断讲述着工业遗存向现代设计转型的点点滴滴，也是平望历史的新起点，运河文化在江南发展的重要地点。

2021年，平望镇策划了"平望·四河汇集江南上"五季（水韵季、红色季、丰收季、幸福季、民俗季）主题活动，其中的"运浦湾"苏州吴江运河文旅节暨五五购物节嘉年华就在运浦湾盛装启幕。

5月28日,在运河的见证下,运浦灯塔被点亮,"运浦拾光"正式揭开神秘面纱。

随着"五五购物节"的福利按钮被激活,现场美食巴士、星光大道、创意市集、直播带货等环节展示了逛、吃、游三条旅游线路,带观众"55元玩转平望";江苏省民间文艺家协会灯谜学术委员会竞赛部部长、江苏省非物质文化遗产项目"平望灯谜"苏州市级代表性传承人龚海波展示灯谜魅力;"运河新韵多彩非遗"创新设计大赛启幕,为传统文化注入新魅力。

在运浦湾,太浦河经过与大运河伟大文化的融合,更加雄浑而自信地流向东方。

二河三漾:诗意黎花里

太浦河自西往东进入黎里,穿过杨家荡、后长荡、太平荡,直溜溜把黎里镇隔成两半,成为了黎里的一部分。据说,太浦河在黎里镇区的长度并不长,可站在任何地方眺望,不论是往东还是往西,都望不到尽头。

于是,原本蜿蜒柔媚的黎里,一下子有了直爽豪放的气质。

"吴江三十里,地号梨花村。我似捕鱼翁,来问桃源津。花草有静态,鸟雀亦驯驯。从无夜吠犬,门不设司阍。长廊三里复,无须垫角巾。家家棹小舟,目不识车轮。勾栏无处访,樗薄声不闻……"这是清代著名诗人袁枚的诗句。某个春天,他来到小镇,看到小镇难得的宁静与超脱,吟出了这首《黎里行》。

袁枚没有机会像现在一样看到太浦河,他看到的只是黎里古镇的原始与古朴。

曾经的黎里古镇,又名黎川,也称梨花里,都是很诗意的名字。它地处吴头越尾,与吴江同里、湖州织里、常熟古里并称"江南四里",是一座"小桥流水旁,深巷幽弄中"的典型江南古镇。

黎里古镇流传着一个传说,明初刘伯温来到黎里,往市河里一望,发现河里凝聚着三股灵气,便出口道:"黎川身上三只漾,不出丞相便出将。"

这个故事无从考证,但一个小镇中拥有三个"漾",的确也算与众不同了。

黎里镇内有一条三里长的市河,还有7个圩头,分别是青字圩、璧字圩、发字圩、墨字圩、染字圩、作字圩和史字圩。这7个圩互有融合,"搭"成了三个漾,东西向的市河把三个"漾"贯串在一起,形成了一处耐人寻味的景观。

所谓"漾",即是小的湖泊,当地俗称为"漾花"。黎里"家家棹小舟,目不识车轮",出入全靠船只水路,而河道并不宽,稍不留神就会发生交通堵塞,河上有了"漾",就可以从容地化解拥堵。镇上原有米行、布店、竹行、木行、砖瓦建筑材料等店铺几百家,运输船只载重大、吃水深,只有在"漾"里调头兜得转,才能来去自如。

黎里"第一漾"处于青龙桥与太平桥水域,由发字圩、墨字圩、璧字圩、青字圩组成,是三个"漾"中湖面最宽的一个。青龙桥,古名际恩,俗呼相家桥,跨发字、墨字两圩,明成化十八年建;太平桥初建于何年,已经无从知道,只知道明嘉靖十三年重建过,清康熙年间再次重建,都历尽沧桑,成为历史的见证。

"第二漾"在道南桥与市河接口处,处于黎里古镇的集市中心地域,由墨字圩、染字圩及发字圩组成。道南桥建于康熙年间,是古镇最高的一座石拱桥,也是最美的古桥之一。它的东西两旁有弧形转角廊棚,在茂密的树荫下若明若暗,更是一幅天然水乡风情画。

"第三漾"又称西栅漾,由染字圩、发字圩、作字圩和史字圩组成,是黎里水道的交汇点。因交通便利,这里是黎里最繁华的闹市,从庙桥到杨家桥,上下滩都有紧密相连的商店。在西王家弄口,有一个不起眼的大同文具店,抗战时期是中共的地下秘密联络点,地下党员们在这里发展党的组织,秘密开展党的工作,如今成为青少年教育基地。

黎里的三只漾,虽身处三地、各具特色,又由市河相连,有机融合为一体,是古镇最靓丽的一道风景线。

黎里古镇另一个特色景观,就是弄堂特别多、特别深。镇上有各式弄堂85条,超过100米的有11条,最短的也在50米以上。最深的李厅弄有9进大院,长达135.7米。

黎里弄堂极富特色,有暗弄堂70条、明弄堂15条,由两条暗弄相连的称"暗双弄",还有明暗并排的三岔弄、弄中弄等。弄堂的地势都逐步增高,称为"步步高",一方面是为了讨口彩,另一方面是为了方便泄水。大多数的弄堂,前后总要拐上几个弯,往往还是直角转弯的,是为了规避江南的老古话"两头直通,人财两空"。

黎里家家户户用船,缆船石数量也属江南水乡之最。市河岸边修筑了整齐的条石驳岸,每隔三五步就设有缆船石,好似北方的拴马桩。即使老屋拆了,主人换了,缆船石依旧,如今仍存有252个美丽完整的缆船石,竟成了千年水乡的独特标识。

缆船石上都有个拴缆绳的洞,称"象鼻眼"。最早的"象鼻眼",确是做得像"象鼻",不过是取其实用,不加雕饰。久而久之,人们又加入了自己的喜好与想象,把"象鼻眼"做成了"犀角""如意""笔锭""芭蕉"等形状,缆船石遂变得千姿百态……

随着历史脚步的前行,水运渐渐让位于车运,河道渐渐变少,"荡""漾"的水面也渐渐变小。黎里镇文保所将"市河古桥驳岸缆船石"作为整体,列入吴江市文物保护单位,而且框定了保护范围,才使黎里基本保持了水乡古镇风貌。

黎里还有一大特色,就是人文荟萃。或许正如刘伯温之说。

如果细数太浦河边的古镇,古今名人出得最多的,非黎里莫属。南宋状元魏汝贤,清代尚书周元理,抗击沙俄的张曜,以诗文书画著称的徐达源、吴琼仙夫妇,中国第一位国际大法官倪征燠等,都是当地的知名人士。还有一个与毛泽东谈诗论道的柳亚子,名气更大,几乎可以用"家喻户晓"来形容。另外,这里不仅出过状元,还走出26个进士、61名举人、43名贡生,秀才更是数不胜数。

柳亚子出生于1887年,原名慰高,字安如。他出身于书香门第,少从母亲学唐诗,12岁就背完了《杜甫全集》;受父亲影响,赞成变法维新,写出《上清帝光绪万言书》。后来,他成为蔡元培、章太炎的弟子,加入了同盟会,创办并主持南社,从此以诗文作武器、追随进步。他还担任过孙中山总统府秘书,国民党革命委员会秘书长,新中国成立后,历任中央人民政府委员、全国人大常委会委员。

柳亚子的故居,就在黎里老街,朝南面河。这里原为清乾隆直隶总督、工部尚书周元理的私邸,落成于清乾隆年间,宅名"赐福堂",如今是国家级重点文物保护单位。

黎里古镇名人故居颇多,除了柳亚子故居,还有端本园、鸿寿堂、退一步处、周宫傅祠等市级文物保护和控制单位55处。

黎里宛若一幅宁静淡远的画卷,古朴的石桥,沧桑的老宅,绵延的廊棚,精致的园林,都朴素而纯粹,清幽而寂静,默默叙述着这里的古风古韵。

黎里有历史有人文,可并没有沉醉其中,太浦河的穿镇而过,让它一下子融入了长三角生态绿色一体化发展示范区,并成为先行启动区之一。

于是,在留住宁静致远"旧时江南"的同时,黎里也在推动高新技术的蓬勃发展。与黎里镇实行"区镇合一"管理体制的汾湖高新区,依靠区位与生态优势,已经成为长三角经济圈不容忽视的"潜力股"。

黎里古镇坚持走差异化发展的道路,着力挖掘文旅融合,打造文旅小镇。他们陆续引进了一批博物馆群落,包括长三角最大的民间博物馆"六悦博物馆"、全国最大的锡器博物馆"中国锡器博物馆"、苏州徐悲鸿艺术馆等。

在徐悲鸿艺术馆,游客可以拿起画笔临摹大师作品,并将成品制作成扇;在迎祥文旅研学基地,可以体验缆船糕的制作,了解黎里的揽船石文化;在锡器博物馆,可以花一两小时耐心敲击,打出一个专属自己的杯盏或小饰品,领略有着悠久历史的打锡文化……他们在挖掘自身历史文化资源的基础上,还推出了系列研学活动,学生及游客可以亲身体验传统文化。

根据长三角一体化示范区规划,太浦河沿岸的江浙沪交界地域,要建设35.8平方公里的"江南水乡客厅",其中黎里镇涉及12.2平方公里。于是,这一区域正按绿色城区的高标准,打造"蓝绿交织、清新明亮、水城交融"的生态科创新片区。

当然,这个黎里镇已经不是单单指黎里古镇,而是行政区划上的"大黎里"。黎里镇在行政区划上,包含了原莘塔、金家坝、北厍、黎里、芦墟五个镇,涵盖了著名的汾湖,而且这个"大黎里"还有另外一个名字,就是汾湖高新技术开发区。五镇合并时,成立了汾湖高新区,还同时成立了汾湖镇,后来,为传承"黎里"这一典型吴文化地名,汾湖镇才更名为黎里镇。

因此，当地的老人们坚持认为，黎里就是黎里古镇，芦墟就是芦墟老街；当地的年轻人则认为，黎里镇就是汾湖镇，他们更习惯将黎里镇称之为汾湖。

从黎里古镇沿太浦河东去，就是沿线最大的湖泊——汾湖。

汾湖：四围春水一芦墟

汾湖，古称分湖，是春秋战国时期吴越的分界湖，如今也是江浙两省的界湖，一半属浙江、一半属江苏，真正的"吴根越角"之地。

柳亚子在1949年写的七律诗《感事呈毛主席》中，有"安得南征驰捷报，分湖便是子陵滩"之句，使本来就颇有名气的分湖，更是名扬天下。

作为吴文化的发祥地之一，汾湖文化可以追溯到2500年前。早在春秋战国时期，汾湖就是兵家必争之地，留下了"胥滩古渡"的千古绝唱。清乾隆年间编撰的《分湖志》记载："伍子滩，在分湖东南石底荡口，相传子胥渡吴处"；清道光年间编撰的《分湖小识》则认为："故老相传：子胥尝结水寨于此，以备越兵。"

据传说，吴越相争时，吴国大将伍子胥曾在汾湖操练水军，后领兵侧袭越军，渡湖作战大胜，如今还有"伍子滩""点将台"等史迹地名，"胥滩古渡"也成了汾湖八景之一。

秦统一后，分湖自然不再是分界之湖了，但因它的历史文化和地理位置特殊，许多文人墨客对它情有独钟，在这里缅古怀今，留下许多佳作。尤其到了宋元时期，汾湖就成为江南有名的风景胜地。元代的大画家吴镇、盛樊等，都来过汾湖，画过这里的许多渔村、渔隐、渔父图，以及湖边的青青芦苇、水村茅屋。

著名的书画家赵孟頫曾为友人钱德钧作过的《水村图》，后钱氏隐居汾湖"依绿轩"，竟发现此作与眼前风景极为相似。《水村图》受到后世画家推崇，卷后题咏不绝，清乾隆皇帝对《水村图》尤其珍爱，出巡带在随行箧中，还亲笔在画上题诗。《水村图》成为宝贝，汾湖作为图外水村，也便成为许多人心目中江南佳景的代表。

有关汾湖的古诗文就更多了。宋代张尧同写有《嘉禾百咏·汾湖》："我是沧浪叟，闲来系钓艖。如何一湖水，丰秀半吴江。"元代龚子敬也写有《陆季道归汾湖居寄怀》："汾湖水满天如碧，美人扁舟弄秋色。相望知无两日程，昨日便为风雨隔……"元代的杨维桢写有《游汾湖分得武字》："荡舟武陵溪，朝出五子浦。还过西陆家，仙童启岩户。棠树大十围，桃花灿欲语。遗我古铁枝，色比修月斧……"明朝早期的王庭润写有《胥滩古渡》："斜日胥滩吊子胥，英灵千古岂真无！云开山口如吞越，潮怒江心似恨吴。甲冷鱼鳞埋雪苇，带销龙气堕烟芜。三忠祠近须停棹，拟把椒浆奠一壶"；明朝的朱钦在《分湖八景诗序》中指出："子胥渡吴处，适在湖滨，至今千余年间，潮头肃爽，犹有生气，曰胥滩古渡。"

明、清时期的汾湖在它的四周已形成了丰厚的文化底蕴，在周围方圆上百公里农村流行的田歌，可以说是汾湖文化的独特风韵。明末清初的江南才子冯梦龙，在太湖流域收集了大量民歌，其中有300多首是在汾湖一带的市镇和农村采集的。到了清代后期，这些俚歌俗曲经文人加工后，又返传到汾湖一带，成为具有江南特色的水乡民间文化。

汾湖著名的古景观有"蒲滩鸳浴""平湖书院""胥滩古渡""朱桥牧笛""汾埂渔舟""巡楼更韵""泗洲晓钟""汾泽龙潭"等，后来又增添了"汾湖柳堤""蒲滩休闲""船闸风光""观音拜佛""百舸争流"等，秀美风光让游人们陶醉其中。

汾湖原本很大，东西长6公里，南北长3公里，总面积近万亩，却因为太浦河的出现，受到了较大的影响。

太浦河工程施工期间，挖深汾湖段航道，堆土"填湖造地"。面积最大的是汾湖湾一块，318国道就此"截弯取直"，东西长1100米，填没的水面南北宽840米，造地约0.8平方公里。

浙江方面也有大动作，封堵了芦墟南栅港，建造了水闸，控制汾湖水南流的流量。2004年还筑成穿湖大堤，西起南尤家港东岸，伸向湖中200米再向东，到西港甸村上岸，全长3000米，堤宽34米。若以此堤为南岸，现在汾湖南北平均宽度只有1000米左右了。

不过，因为太浦河与太湖连通，汾湖仿佛离太湖更近了。站在汾湖岸边向西远眺，可以看到太湖上的群山，隐隐叠叠的，似一幅淡雅的中国山水画。

在汾湖岸边或太浦河边往东看,便是古镇芦墟了。

芦墟四面皆水,古时进镇必须乘船,故有"四围春水一芦墟"之说。

顾名思义,这四周的水面,曾经都生有芦苇,小镇就掩映在芦苇丛中,时而芦花纷飞,时而残芦遍地。

古芦墟在今太浦河北岸的芦北村一带,三国时已成村落。唐景龙年间,在古芦墟南建泗洲寺,香火颇盛,居民南移,芦墟逐渐繁荣起来。宋元明三代,朝廷在此设汾湖巡检司署,芦墟由村落发展为小镇。清康熙年间,"居民至千家,货物并集,设官将领之,乃始称镇"。

芦墟古镇至今仍较好地保留着"小桥流水人家"的风貌。市河自北向南,河上有桥,两岸也遗有不少古建筑。

在市河的北口,躺卧着一座拱形石桥,名叫观音桥。这座桥原名泰生桥,桥西北堍建有小庵,庵内供奉观音像,遂改名,始建年代不详,现存之桥是清乾隆三十五年(1770)重建的。桥顶的望柱上,有4头惟妙惟肖的石狮,颇具特色。

镇南的市河上,有一座登云桥,始建于康熙年间,现存之桥为清嘉庆二年(1797)重建。桥面石上刻着"八宝纹"图案,两侧桥身各有一副对联,分别是:"龙光远映千门色,虹影高涵万户春";"气凌霄汉山河壮,路贯杭闽烟树浓"。

芦墟老街上,有一种特色古民居,称为"跨街楼"。这种建筑大多面向市河建造,大门临街,街面到河边的驳岸上也建造楼房,且上层与正屋相连,形成宽窄不一的街路。这有点像如今的室内商业街,一侧紧挨河道,另一侧是店面,中间是街道,店面和街道的顶上是住家楼。这样连成一片,下雨天在街上行走也不用撑伞、不用穿雨鞋,很适合江南的多雨气候。

在众多"跨街楼"中,沈氏跨街楼、许氏跨街楼及西栅的怀德堂是其代表性建筑,现分别是吴江区文物保护单位、控制单位。

芦墟的物质文化遗产丰富,非物质文化遗产更是蜚声海内外,芦墟山歌是其代表项目。芦墟山歌以悠久的历史、众多的歌手、广阔的传唱地域和丰富的作品蕴藏,在我国民间歌谣领域中独树一帜,特别是陆阿妹传唱的长篇叙事山歌《五姑娘》的问世，打破了长期以来汉民族地区无长歌的定论，堪与壮族的《刘三姐》、彝族的《阿诗玛》相媲美。2006年1月，芦墟山歌作为吴歌的一个子项目，被列入第一批国家级非物质文化遗产名录。

清扬淳朴的芦墟山歌，是民间传唱的歌谣，再现了吴地文化的蕴味。柳亚子曾感慨："芦墟文学的渊源、文化的渊源非常深远。"

江南文化在这块"水乡泽国"里繁衍生息，诞生了许多精彩篇章。

长三角生态绿色一体化发展示范区在这里先行启动，打造"江南水乡客厅"，这块热土目标打造成为世界级水乡人居文明典范。

2020年8月，"江南水乡客厅"设计方案国际征集启动后，"最江南"核心区的最美全球邀约吸引了世界目光。来自12个国家（或地区）的41家设计机构（或联合体）踊跃参与，让人们对江南水乡客厅的高起点规划、高水平设计充满期待。

经专家严格评审，5家国际一流设计机构（或联合体）入围，共涉及10家单位，包括德国3家、荷兰2家、英国1家、美国1家、中国3家（含香港1家），完全符合汇聚全球智慧的要求。

入围的这些全球顶尖设计团队，都纷纷看好这35平方公里的江南水乡。他们表示，江南水乡客厅将依托长三角原点，打造体现东方意境、容纳和谐生境、提供游憩佳境、共聚创新环境的功能单元。既要体现生态特色，也要有人文生态一体化发展，充分发挥客厅作用，布局建设多样的创新聚落空间，打造体现示范区生态绿色理念的功能样板。

"'江南水乡客厅'项目承载了江南深厚的人文底蕴，未来一定会成为孵化和集聚世界创新力量的独一无二的载体。"

"长三角一体化示范区宏大而又前瞻的生态发展蓝图。"

"这里有无限的可能性！"

设计团队的专家们如是说，"江南水乡客厅"虚位以待。

太浦河从黎里进入"江南水乡客厅"，继续在"水乡客厅"里前行，却已流出了江苏，进入了浙江，来到了被浙江评为"美丽河湖"的长白荡。

长白荡："美丽河湖"白鹭飞

冬日的太浦河碧波荡漾，宛若一条玉带，蜿蜒东去。还没到长白荡，便飞来不少前来迎接的"主人"，它们是白鹭、野鸭、鱼鹰、斑鸠等。它们在河面上嬉戏追逐一番，又飞回她们栖息的长白荡。

太浦河在嘉善只有短短 1.53 公里，却被赋予了大意义。嘉善人把太浦河水引入长白荡，使其成为饮用水源，供嘉善、平湖两地饮用。

于是，太浦河和长白荡就联结在一起。太浦河为长白荡提供源头活水，长白荡发挥生态净化作用提高水质，二者相得益彰。

长白荡位于嘉善县姚庄镇银水庙村，环境优美，水质优良，是嘉善县应急备用水源地。近年来，姚庄镇通过建护岸、清淤泥、设监测、布监控等努力，长白荡水体的自净能力明显提高，水生态越来越好，为鸟类等野生动物提供了绝佳的天然栖息地。

每到冬季，大量候鸟就会飞来长白荡，在这里停留越冬，成为一道美丽的生态景观。其中白鹭就有千余只，野鸭万余只。

在候鸟进行的长途迁徙过程中，植被茂密、饵料丰富的滩涂湿地，会成为它们首选的中转站和越冬地。一个地区的生态环境如何，候鸟的数量便是最好的"试金石"之一，对生态要求较高的白鹭更是如此。

太浦河波澜不惊，长白荡水清景美，碧水与白鹭相映，河湖共长天一色……2020 年，长白荡入选了浙江省"美丽河湖"名单，且越来越美。

姚庄镇以美丽河湖串联美丽城镇，努力打造源头活水涓涓流的"生态后花园"，营造长三角一体化示范区"诗画江南、水韵姚庄"的美丽城镇图景。

为净化水源地环境，清除水源地的风险隐患，姚庄镇大力开展农业面源污染整治、生活污水治理、湖泊综合整治等工程，先后共拆除猪棚 6200 平方米、鸭棚 58350 平方米、加油站 7 家，关停农家乐 5 家，腾退企业 3 家，取缔太浦河一级保护区内全部鱼塘 307 亩，以及水产种苗场等，还投入大量资金用于配套绿化。

为加强水源地建设和保护工作，他们采用步巡、车巡、船巡相结合的方式，日常巡查，强化监管。取水口等重点区域及长白荡水源一级保护区范围内，他们每天至少巡查两次；对重点地段开展不定时突击巡查，每月不少于两次夜间巡查。银水庙村还自发组建了老党员水源地义务巡查队，连续多年坚持每周巡查，默默守护着太浦河、长白荡水源地。

如今，2000 多亩的长白荡碧波粼粼，水中有鲤鱼、草鱼、鲢鱼、青鱼、鲫鱼等 20 多种鱼类繁衍生息；长白荡周边林带密布，乔灌树木错落有致、配置合理，基本构建了较为完善的陆生和水生植物群落，养育着野兔、刺猬、天鹅等野生动物。

在长三角生态绿色一体化发展示范区建设背景下，接下来，嘉善将沿太浦河岸线打造清水走廊，建立示范区湿地保护和修复制度。完善太浦河干流、取水口和长白荡水库进水口在线监测设施建设，建立太浦河饮用水水源地生态空间管控和应急联动机制，提升太浦河区域生态环境。不久的将来，太浦河必将变为集水体保护、防汛水运、生态休闲于一体的"生态廊道"。

太浦河离开长白荡，前行百米，便来到被称作"宝葫芦"的金泽水库。

金泽水库：水源地，"宝葫芦"

金泽水库之所以有"宝葫芦"的美名，是因为它的造型酷似"葫芦"，还因为它是上海的水源地之一，肩负着向上海西南五区青浦、金山、松江、闵行、奉贤近 700 万人供水的重任，堪称城市一"宝"。

金泽水库是利用了李家荡、乌家荡两个天然湖荡，创新打造的生态概念水源地。水库内布设了沉水、挺水植物带，堤岸采用了生态石笼护砌等，最大程度降低对周边环境影响，是长三角地区首个以全面生态理念打造的生态水库。

金泽水库的取水之源，也是太浦河。其实，它几乎与长白荡隔河相望，却是沪浙之分。

太浦河到了这里，南有长白荡，北有"宝葫芦"，似乎有"左拥右抱"的意味，又好像哺育着两个孩子。她喂完长白荡，再喂"宝葫芦"，源源不断地给两边的水源地提供源头活水。

金泽水库从太浦河引水，采用的是自流引水方式。李家荡、乌家荡两个主库区，根据不同功能，保持着两米的高度差，太浦河水可能直接流进库区。不过，为了保证水质，河水进入库区时，一路设置了多重保障。进口设置了拦污清污设施，引水河道设置了入库沉淀区、微纳米充氧系统、生物接触氧化区、挺水植物带，构建水体与微生物充分接触的有效空间，达到混合增氧、强化净化的作用。另外，水库依托库区水动力条件优化、水生态系统构建、水质提升措施等，形成物种丰富、结构完整、功能稳定的生态系统。

同时，金泽水库还创造性地把水库堤坝设计为生态坡堤，在保证净化水质的前提下，还十分注重库区湿地和建筑物的生态景观设计。为了保护原有湖荡底部的表土资源，在金泽水库的建设过程中，实施了表土剥离工作，这在上海市的重大工程建设中尚属首次。剥离的表土，相当于为青浦再造了3000多亩良田。

漫步水库外围，河堤上砌有淡灰色的透水砖，几乎与河岸融为一体。水边有香樟林、杉树林、漫步道、湿地，不只是一种色彩。水也不仅在河里，还在森林里，这与青浦特色水乡建设相协调，令库区成为一处新的环境优美的人文景观。

金泽水库位于上海与江浙两省交汇点的金泽镇，一座保存完好的千年古镇，是国家生态镇、国家卫生镇、中国历史文化名镇。

金泽镇古称白苎里，是古时运米的聚集之地。境内多湖荡泽地，土质肥沃，灌溉便利，《江南通志》有"穑人获泽如金"之说，遂改金泽。清道光年间的《金泽小志》记载，金泽镇原有"六观、一塔、十三坊、四十二虹桥"，且有"庙庙有桥，桥桥有庙"之谚，因之被誉为桥乡。现仍存桥梁21座，其中有建于宋代的万安桥、普济桥，元代的迎祥桥、如意桥，还有清代重建的天王阁桥和放生桥等，建桥技艺极高。桥畔原有庙宇，都已陆续毁坏，著名的颐浩古寺建于南宋景定年间，直到抗日战争时期才被日军炸毁，后又重建，现寺内尚存一棵树龄700余年的银杏树。

金泽镇水域面积占总面积四分之一，河湖密布，上海一共有21处自然湖泊，

19 处在这个镇。除了金泽水库，金泽镇还有上海最大的淀山湖、青西郊野公园，以及一片堪称世外桃源的蓝色珠链，有"一级空气二级水"之称。

淀山湖是国家级水利风景区，有"东方日内瓦湖"之称。它是上海与江苏的交界湖，环湖散落着享誉盛名的朱家角、周庄、锦溪等古镇，还有上海大观园、上海太阳岛、东方绿舟、陈云纪念馆等 5 个国家 4A 级景区，是上海赛艇、龙舟、帆船等水上运动的训练中心。

淀山湖烟波浩渺，湖水清澈，沿湖烟雾迷蒙，意境幽远，一片江南水乡风光。1964 年夏，陈毅副总理游淀山湖时，写下了"又到水天空阔处，西望无涯通太湖"的诗句。

金泽镇的杨舍村，1979 年辟为淀山湖风景游览区，1991 年改称上海大观园。园区仿《红楼梦》的大观园而设计建造，总体布局以大观楼为主体，由"省亲别墅"石牌坊、石灯笼、沁芳湖、体仁沐德、曲径通幽、宫门、"太虚幻境"浮雕照壁、木牌坊等形成全园中轴线。西侧设置怡红院、拢翠庵、梨香院、石舫。东侧设置潇湘馆、蘅芜院、蓼风轩、稻香村等 20 多组建筑景点，古朴典雅，景色宜人。

青西郊野公园位于金泽镇大莲湖畔，定位为远郊湿地型郊野公园，是上海市唯一的以湿地为特色的郊野公园。公园以大莲湖为中心，围绕湿地景观，现状保留完整的江南水网"湖、滩、荡、堤、圩、岛"的肌理格局，打造了水乡农田示范区、生态保育功能区、渔村休闲体验区三大功能片区。园内有一片"水上森林"，前身是 1982 年上海农业局出资启动建设的粮林间作湿地造林，苗木以池杉、落羽杉、中山杉等耐水湿树种为主，水林相间，鸥鹭翔集，形成了上海地区独有的景观。公园内水网密布，自然村落错落有致，农田林网相互交融，一派田园风光，可以很好地满足都市人回归田园水乡、追寻江南记忆的梦想。

金泽古镇历史悠久，风光旖旎，被称为上海最低调、淳朴的古镇。

今天的金泽镇是江苏省和浙江省进入上海的唯一西入口，可以说是上海的西大门。金泽人有句话：两分钟，穿越江浙沪。

得天独厚的地理优势，让金泽镇理所当然地被纳入长三角生态绿色一体化发展示范区先行启动区，成为国家战略的先手棋和突破口。

金泽镇以"江南水乡客厅"建设为引领，厚植生态优势，有序推进生态建设和环境治理，构筑湖清水畅、林田共生、城绿相依的全域美丽样板区，凸显世界级湖区水韵风光。高规格打造环淀山湖生态绿心，开展淀山湖、元荡及周边水系生态治理，推进岸线贯通，实现水体水质和区域生态品质提升。高标准建设沿太浦河等生态廊道，打造风景与功能相融合的蓝绿系统。

依托丰富的生态、文化以及农业资源优势，金泽将塑造江南韵、小镇味、现代风的新江南水乡风貌，使金泽成为展现国际大都市乡村的重要窗口。高规格提升青西郊野公园配套功能，以高品质典型带动整体民宿经济发展，壮大乡村休闲旅游产业，共建优质宜居、宜业、宜游生态休闲功能区。率先在商榻片区实现全域美丽乡村，同步打造蓝色珠链乡村振兴示范带，确立美丽乡村新标杆。进一步激活文化资源，整合文创空间，凝结文人墨客力量，充分彰显金泽历史文化、江南文化、海派文化的独特魅力，展现"最江南"的古镇风貌。

站在"长三角生态绿色一体化发展示范区先行启动区"的新起点，金泽镇将瞄准新目标、迈步新征程、实现新跨越，构建跨区域共享的示范窗口和实践样板，实现文旅枢纽功能全面升级。不久的将来，金泽定会成为面向长三角、代表上海的综合性城镇功能区，世界级的水乡人居文明典范。

一幅宜业、宜居、宜乐、宜游的画卷正在长三角生态绿色一体化发展示范区徐徐铺开。

第七章

在平望，我们仰望，
我们远望……

　　站在千年古桥安德桥上，顿时想起颜真卿的诗句"登桥试长望，望极与天平"，感受到"天光水色，一望皆平"的平望特质；仰望"平望·四河汇集"新起点，可看开放的视野和包容的理念，畅想"京杭大集、运浦湾、长漾里、大龙荡"等农文旅体示范区的美好前景。智慧平望，实力平望，美丽平望，一张张全新名片，一次次华丽蜕变，彰显着平望在高质量发展道路上阔步前行；新目标，新蓝图，新梦想，开启平望一片新辉煌。

古镇新气象

"望中不着一山遮,四顾平田接水涯。柳树行中分港汊,竹林多处聚人家。风将春色归沙草,天放晴光入浪花……"这是南宋著名诗人杨万里《过平望》中的诗句。他曾经多次途经平望,写下了两首《过平望》、三首《过莺脰湖》、五首《夜泊平望》,还有《平望夜景》《小泊梅堰登明孝寺》等,盛赞平望的湖光水色,并发出"楼船夜宿琉璃国,谁言别有水晶宫"(《平望夜景》)的慨叹。

平望不仅风景秀美,还有悠久的历史、荟萃的人文。早在六七千年前的新石器时代,就已有先人在这里繁衍生息,并留下了良渚文化和马家浜文化遗址;从这里先后走出了周用、朱天麟、殷兆镛、潘柽章等历史名人,并有颜真卿、张志和、陆游、杨万里、范成大、汤显祖、袁枚等无数文人墨客在此驻足。清代康熙、乾隆二帝巡游至此,诗情大发,挥毫泼墨,对平望颇多溢美之词。

如今,站在平望的千年古桥安德桥上,顿时想起颜真卿的诗句"登桥试长望,望极与天平",感受到"天光水色,一望皆平"的平望特质。站在古运河的东岸,隔河凝望安德桥,半圆桥孔尽揽古镇人家,小九华寺的千佛宝塔倒映水中,俨然一幅经典的江南风光水墨画。早在20世纪70年代,《人民画报》就曾把安德桥的这一雄姿介绍给了海内外广大读者。

安德桥下,就是"平望·四河汇集"的重要组成部分——"京杭大集"。废旧的老粮仓再度开门迎客,可以看到还原"老底子"风貌的小镇传统市集"样板间",

还可以走一走大运河研学之旅，住一住灰墙黛瓦、书香传世的民宿，感受"家住运河边"的清幽意境。

安德桥旁边，就是古镇曾经最繁华的一条老街——司前街。这条街长不过108米，宽不足3米，却保持着江南"一河一街"的统一格局和大运河城镇古街的独特风貌，保留了历史文化遗产的完整性，可以称得上是运河古镇第一街。民居临水构筑，参差错落，大多是清代至民国年间的建筑，有石库门、栅板门、矮挞门、雀宿檐门等式样，如今又以"大运河畔的平行旅程"为核心理念，联动运河沿线城市特色，全新打造出了平望风物记、味道博物馆、群乐旅社、初见书房、运河密码等一系列创新文旅体验。

跨过安德桥，沿古运河前行，不久就到了莺脰湖边。

莺脰湖以其形似莺的脰（脖子）而得名，相传是吴越春秋时范蠡所游的五湖之一，曾有平波夜月、殊胜晓钟、远帆归浦、驿楼览胜、烂溪野店、荻塘柳影、桑磐渔舍、元真仙迹等"莺湖八景"，历代名士曾留下无数咏景抒怀的诗句：

"月落西林欲曙天，莺湖风静水如烟"（唐·陆龟蒙）；

"月明天不夜，湖阔水常秋""樱桃湖里月如霜""翠微深处一声笛，惊起眠沙鸥鹭行"（元·赵时远）；

"莺脰湖南烟雨悭，吴江夜语孤舟闲"（明·汤显祖）；

"暮景留春色，微波怨夕阳。碧流浮镜藻，翠墅静岚光。掩映桃花醉，参差菜陌香。钟声帆澹霭，寺影月青苍"（明·沈宜修）；

"醉横双眼长歌里，疑泛蓬莱清浅流"（明·潘有功）；

"积水月中镜，中流峙此台。云从湖岸落，海涌寺门回，柳外千帆去，沙边一鸟来"（明·钮应斗）；

"金衣翻日丽，翠脰掠霞明"（清·潘耒）；

"棹指垂杨轻傍岸，绿云枝上挂银刀"（清·爱新觉罗弘历）……

从这些名诗佳句的描述，可以想象当时的莺湖胜景。

如今的莺脰湖生态公园，不仅可以欣赏莺脰湖的自然美景，还可以满足亲水、健身、休憩等多元需求。园内有健身步道、休闲广场、市民休闲中心等设施，敞园透绿，共享生态。莺脰湖边，还有一个以滨水景观与现代文化为骨架的主题广场——平望新世纪文化广场，它突出了文化休闲功能，曾被评为全国首批"特色文化广场"，并被誉为"中国乡镇第一文化广场"。站在广场边的揽胜桥、望波桥或曲水回廊上，都可以远眺风景秀丽的莺脰湖，感受历史与现代的交汇。

近年来，平望通过建设苏州运河十景之"平望·四河汇集"，围绕"运河文化"核心，打响"运河名镇"品牌，走出一条把握新发展阶段、贯彻新发展理念、构建新发展格局的全新路径。

时任平望镇党委书记戴丹告诉我们，"平望·四河汇集"是吴江唯一入选苏州"运河十景"的重要点位，对平望来说是一个"金字招牌"，是一张最靓的名片。平望把它融入产业更新、城镇建设、生态治理的方方面面，始终立足新老共生、两片联动，兼顾江南韵、小镇味、现代风，将新业态植入古朴典雅的"四河汇集"文化旅游景区，将古风古韵融入时尚，打造更多"外面看上去回到历史、里面走进去体验未来"的传世精品，在时空碰撞、交相辉映中打造展示平望的"最美窗口"。

在"四河汇集"的背景下，他们不仅打造了"京杭大集"文旅新空间，还用开放的视野和包容的理念，广泛挖掘文化、农业、工业等各领域资源，以运浦湾、长漾里、大龙荡三大农文旅体示范区建设为核心，串联爱慕、玫瑰园、红双喜等文旅融合节点，主推"家"的概念，打造了长三角全域旅游新地标。

全域旅游新地标

在江南水乡，河网密布，沟壑纵横，很多地方都可能有很多条河，但人工开掘的运河就不一定多。在中国，运河之城，运河古镇，跟运河有关的城镇很多，但4条著名的运河汇集一镇，绝无仅有。于是，因古运河而兴的平望古镇，又因太浦河迎来新机遇，更因"四河汇集"备受瞩目，这就不难理解了。

说起平望的四河汇集，最有代表性的地方，非"运浦湾"莫属。

站在"运浦拾光"的观景平台上，可以看到大运河、太浦河和新运河的雄姿，以及河上来回穿梭的大船小船，还有串起灯塔花园、运浦花园等区域景观的滨水绿带。

作为平望重点打造的农文旅示范区之一，运浦湾以玫瑰园和运浦工业遗存为基础，以客运和轨道融合地带为中心，打造了美丽产业体验带和花样生活旅居带。这一片昔日的"工业锈带"，经过创意加工，变成了如今的"生活秀带"。这里有花卉生产商贸区、共享农庄休闲区、田园美宿生活区、运浦生态创意区、四季果蔬玩乐区等五个区，可以满足游客吃游购玩、互动体验等各项需求，堪称运浦廊道最美的"花骨朵"。

走进"运浦拾光"，这个平望镇与数字文化企业龙头喜马拉雅合作的众创空间项目，让人顿时感觉耳目一新。项目通过设计改造，将原先的员工宿舍楼改造成现代工业风的创意产业园，还设有独立办公区、共享办公区、路演区、共享直播间、水吧、亲子活动区等商业配套。主楼一层为党建阵地，有"平望·四河汇集"和运河文化展示区，党建学习空间等区域，通过引入喜马拉雅"有声党员学习墙"和"智能硬件赋能区"，结合喜马拉雅朗读亭、半月谈AI学习音箱、耳机森林、智能滑轨等智能硬件，打造成一个具有互动体验性和科技感的党建学习空间。这里还提供了选品供应链、主播培训、平台搭建、直播间打造、IP赋能孵化等服务内容，为地方孵化更多的文创产品、人才和企业。

如果说"运浦湾"是运河水乡的缩影，那么"长漾里"则是田园生活的记忆。

"岂但湖天好，诸村总可人。麦苗染不就，茅屋画来真。"

"行得三吴遍，清奇最是苏。树围平野合，水隔别村孤。"

"小麦田田种，垂杨岸岸栽。风从平望往，雨傍下塘来。"

这都是宋代著名诗人杨万里在《过平望》里的诗句。他不仅写出了平望的江南水乡特质，也描绘了当时的乡野田园风光，与如今的长漾里异曲同工。

走进"村上·长漾里"，随处可见现代简约、造型别致的民宿，还有老旧的房屋院墙，新旧的鲜明对比诉说着乡村的昨天和今天。道路边配置着精致的花坛，也有原生态的树木和花草，路面上还镶嵌着"欢迎你，回到新故乡的田野"等文字，与周围环境融为一体，让人感觉既自然又温馨。一条连通长漾的小河，蜿蜒在村中，一只乌篷船静静地浮在水上，船侧的"丰收"二字别有意趣……

"村上·长漾里"位于庙头村后港，东有雪落漾，背靠长漾，自然肌理与生态环境优越。它以田园康养旅居为特色，通过收储和租赁的方式，改造农民房屋，在整体设计改造上体现与乡村的融合、共生和更新，打造了长漾里乡邻中心、特色民宿、青旅、酱坊、书房茶社、餐厅、蔬菜花园、户外拓展、自然科普等各类休闲体验空间的田园客厅，既保留了水乡人居的风貌与原味，又细腻地布局现代都市人居的品质与需求，让人不由放慢脚步，回归简朴自由的田园生活。

河边离桥头不远处，有一座平望酱文化体验园。木门、栅栏、九曲回廊，黄豆、辣椒、竹篓簸箕，还有巨无霸的土陶晒酱缸、石臼、石碓……不仅展示着传统制酱场景及原材料，还讲述了原始手工制酱方式和流程。

村上·长漾里的负责人介绍说，"这个体验园是我们联合吴江非物质文化遗产平望辣酱厂打造的，是一个集展览展示、参观体验、教育研学等功能为一体的沉浸式酱文化主题空间。游客游走其中，可以感受酱作文化、体验制酱工艺，放慢步调，享受就酱生活。"

在小河的对岸，有一座"田美美"蔬菜园，一座没有围墙的田园博物馆。规整的菜地，错落有致的蔬菜盆栽，造型独特的竹篱笆，藤蔓簇拥的多功能餐厅，参天香樟树遮荫的大草坪……来到这里，感觉就是与乡土生活的一次重逢，就是与田园沃野的一次欢聚。

负责人告诉我们，每到丰收季，小河的两岸还会设置"丰收市集"，不仅有长漾大米、蔬果、水产等农产品，还有蓝染、陶器、花艺等文创产品，更有酱、酒、酱油、糕团等当地风物，通过布置摊位的形式，恢复曾经水乡农村的市集形态。在乡邻中心内场，还汇聚了十数家来自苏州、上海的手作风物品牌：素野、初笙、半橙空间、集良社、苏州桥、布卡手工轻酸奶、信兰鸢、沐承香遇……涵盖了纸艺、皮具、亲子科创、特色风物、轻食、花艺、香道等各类生活方式。

走出蔬菜园，穿过香樟林，眼前就是大片的稻田，以及与田野完美融合的稻田餐厅。这个餐厅的包厢个个以稻田为景，盘中的美食很多都来自这片土地，可以边观景边品尝，还可以通过延伸到田间地头的木栈道，直接走进稻田，让自己置身美景中。

据介绍，这里春有金色油菜花，秋有丰收稻浪，每季风景不同，都是古朴自然。春来草长莺飞，满眼的希望和浪漫；夏来秧苗嫩绿，细脚的白鹭嬉戏田间；秋来稻浪翻滚，满眼收获的金色……这个餐厅把餐桌置于乡野，又佐以原味"景观"，不能不让人流连忘返。

在这里，你可以和家人、朋友一起住进温馨舒适的主题民宿，一起在香樟树下团坐，喝茶、唱歌、玩手作，采摘蔬果、享受美食，还可以来一场篝火烧烤晚会，尽情享受美好的欢聚时光。

长漾里是平望镇启动的第一个农文旅融合发展示范片区，是"中国·江村"乡村振兴示范区、吴江"长漾特色田园乡村带"重要区域，是平望探索"现代农业+文化旅游+田园社区"发展模式的实践成果。他们精心规划了养之源（村上·长漾里）、桑之源（华佳蚕桑现代化综合示范基地）、渔之源（渔业生态科技示范园）、米之源（米约·长漾里）、果之源（生态果蔬乐园）特色田园乡村，"五源"驱动发展，打造出了集生态休闲、田园体验、健康养生于一体的康养型田园综合体。

2021年9月，在国务院农业农村部举办的"2021中国美丽乡村休闲旅游行（秋季）"推介活动中，发布了52条秋季精品线路（含198个精品景点），为广大城乡居民提供秋季出行方案。吴江的"长漾品香休闲康养游"精品景点线路成功入选，其中就包括了长漾里。

大龙荡农文旅体融合示范区以大龙荡田园生态体育公园为主，包括环大龙荡生态运动康养带，滨水乐活区、户外体验区、田园庆典区、文化休闲区和运动康养区，同时注入环湖慢行系统和自行车道功能，构建"田园体育康体生态廊道"，满足游客的生态科教、旅居休闲、健康养生需求，是连接城市、乡村和田园的通运康养休闲胜地。

苏州玫瑰园包含同达文化园、玫瑰花卉市场、恬静农场、玫瑰种植基地、特色民宿等多个板块，致力于农旅融合发展，主打的"花·养·生活"品牌活动，向社会传播"绿色、低碳"的健康生活理念及生活方式。

爱慕生态工厂是一家研发与制造高品质贴身服饰及其用品的高新技术企业。厂区以生态为特色，重点打造"一带四区十景观"的开放式格局：生态工厂滨湖景观带、爱慕印象区、工业观光区、生态体验区、智能物流园等区域，可供游客休憩、游赏、观景与交流，诠释爱慕品牌文化内涵的不同意义。分散在四区中的爱慕工厂店、百年内衣博物馆等十个标志性景点，可以为游客提供知识普及、购物、用餐、娱乐、住宿等多项服务。

上海红双喜体育用品苏州有限公司是专业生产乒乓球、乒乓球拍、三大球等产品的生产基地。红双喜以创建领先技术和体育产品标准为目标，其专业性体现在众多中国体育巨星身上。从徐寅生、李富荣、张燮林，到郭跃华、蔡振华、曹燕华、邓亚萍、王励勤、马龙，都有红双喜为他们度身定制的精妙武器。正是这些秘密武器，成就了一个又一个世界冠军。

苏州冰心文化用品有限公司主要生产国画、油画、水彩、水粉、丙烯颜料及各种媒介剂等产品。他们与中国美协建立了绘画颜料材料研发基地、写生基地，与中央美院、中国美院、西安美院等全国十大美院建立了学生实践实验写生基地，与苏州大学共同建立了"美术颜料科技工程技术研发中心"，并相继成立了苏州市新型国画颜料工程技术研究中心、中国美院油画研究中心，建立了吴江首个美术馆——大自然美术馆，是集创作、教育、展示、销售于一体的行业生态服务链。

在平望，这样的文化旅游新亮点越来越多。他们加速推动历史、文化、资金、政策、人才等多种高端要素的叠加，通过携手星巴克、喜马拉雅、大运远见、畅行文旅等一批社会头部品牌，为文旅产业注入了新的生命力。

正如戴丹所说，"平望·四河汇集"是"金字招牌"，是"最靓名片"，平望镇通过打造这一江南文化地标，在高质量发展、高标准改革、高颜值生态、高品质生活、高效能治理等各领域都有了重大突破，已经展开了一幅宜居、宜业、宜商、宜游的壮美画卷，受到了各方关注和青睐。

2022年4月27日，江苏省委常委、苏州市委书记曹路宝在吴江调研期间，特地考察了平望镇运浦湾、京杭大集等项目。在运浦湾，他登高眺望周边概貌，实地了解运浦拾光等项目运营情况，要求全市上下高度重视运河沿线环境整治工作，推动经济社会发展的项目布局更多"面向运河"，积极推进有机更新，用好工业遗存等资源，打造更多特色空间，助推文化创意产业发展；在平望古镇，他考察了正在打造的"京杭大集"项目，参观了群乐旅社、"运河一日"生活剧场、味道博物馆、粮仓集市等文旅设施，并手机扫码购买了当地特产"平望辣酱"。他对平望历史文化保护等工作取得的成效给予充分肯定，强调要继续毫不松懈抓好疫情防控，统筹推进大运河文化带建设、历史文化遗产保护利用、产业转型升级等各项工作，把传承古镇历史文化、保护水乡风貌摆在突出位置，努力展现更大作为。

5月11日至12日，江苏省委副书记、省长许昆林在苏州调研时，也来到了平望镇，实地了解大运河文化遗产保护、环境整治提升和文旅融合发展等情况。他指出，要坚持规划引领、彰显文化底蕴，用活用好工业遗存、古镇风貌、生态环境等独特资源，打造更多开放共享的文旅载体和众创空间，进一步汇集人才、丰富业态，打响运河标志性IP品牌；坚持融合共生、注重惠及百姓，精心雕琢老城更新，全力呵护街巷肌理，提升基础公共服务设施配套水平，不断增强人民群众获得感、幸福感。

各方的肯定，殷切的期望，为平望镇的未来发展坚定了信心，进一步指明了方向，也给了平望人民奋楫争先、攀高育新的新力量。

数字化转型的跨越路径

走在平望街头，到处可以看到"平望·四河汇集"的标志性成果，景点景区越来越漂亮了，基础设施越来越有品位了，公共服务越来越舒心了，街道环境越来越整洁了……智慧平望，实力平望，美丽平望，一张张全新名片，一次次华丽蜕变，无不彰显着平望在高质量发展道路上阔步前行。

"智慧平望"管理平台的打造，充分激发了平望行政管理体制机制的活力。1个智慧中心，2个服务前台，6个管理后台，集纳了政务服务、民生实事、重点项目、生态环境等全镇中心工作。而且，它不仅是数据的集成，更着重于后期对数据的研判和应用，绝大部分工作事项、项目进度都能在"大脑"中直观显示，并实现全过程预警。它不仅自动生成囊括全镇经济社会发展的综合性分析报表，还以总表、分表的形式分别推送到各相关人员手中，为党委政府科学决策提供智力支持。

水利闸站的汛情监测，不再需要派人24小时值守，平台的"大脑"就是总调度和总指挥；老百姓的医保报销，不再是单纯的"福利"返还，依托医院和社区卫生服务中心的就诊病历，卫计部门便可实现对"三高""鼻炎"等常见病的大数据分析，一方面针对性宣传、普及预防知识，更重要的是为后续服务提供方向性指导。

同时，平望镇还完成了水气安全智能化管理平台建设、各局办重点指标可视化系统开发、智慧渣土WEB端开发部署，依托区物联网平台，推进形成平望镇物联网专区以及平望镇物联对接标准，集成指挥中心页面升级，推进各类数据落地落图，梳理并建立数据更新机制。

如今，这场社会治理"一网通管"的改革仍在不断延续，标准化指标体系"平望指数"1.0发布，全力让更多更优的改革发展成果惠及全镇人民。

平望镇社会治理"智慧大脑"获评标准助推苏州高质量发展十佳典型案例；平望镇承担的江苏省标准化试点项目"一窗式政务服务与网格式综合治理标准化试点"高分通过考核验收；平望镇申报的"网格式智慧管理标准化试点"获批立项为国家第六批社会管理和公共服务综合标准化试点项目……

得益于长三角乃至华东地区交通枢纽的区位优势，平望先后建起了国望高科产业园、中鲈工业园和莺湖工业园三大产业载体。

国望高科产业园拥有120万吨差别化纤维生产线，是全球最大的超细旦纤维差别化供应商之一。这里不但是上市企业"东方盛虹"的新增长极，更是平望创新发展的新引擎。

中鲈工业园推动了四大特色"园中园"建设。由普洛斯、丰树、DHL、苏宁易购等大型生产性物流项目构建的现代物流园；以代尔塔为代表的15家德资、法资企业集聚的欧中工业园；以龙头企业带动、整合50多家中小铸造企业打造的绿色智能铸造产业园；集19家4S店、二手车交易、上牌检测、汽车主题文化于一体的汽车产业园。得益于优质项目的持续导入，中鲈工业园"后发崛起"的优势持续显现，成为平望的新增长极，产城融合的爆发点。

莺湖工业园是集纺织生产、贸易于一体的纺织企业集聚区，为平望摘得"中国纺织织造名镇"的称号。在环保减喷行动的新形势下，平望在经济发展和环境容量之间寻求平衡点，既不让支柱产业衰落，又维护生态文明，打出了"红黄绿"牌管理等"组合拳"，引领企业从生产型向贸易型、综合型转变，并进行产品升级，提高附加值。他们不断探索利用新理念、新技术改造传统纺织产业，积极抢抓智能化改造和数字化转型新机遇，持续强化纺织产业有机更新，形成发展"平望智造"的浓厚氛围。

吴江市兰天织造有限公司利用数字化、智能化技术聚焦生产环节的业务痛点，重点围绕准备、织造、检验、仓库4大车间展开智能化建设，并配套进行了混合云平台、数据采集与监视控制、数字工厂集控等系统建设，实现企业高效、快速、透明的柔性化定制生产，为"长丝织造智能工厂"插上"数字化转型"的翅膀。

苏州爱慕内衣有限公司以创新驱动和自觉行动跨出了转型升级步伐，新建了"创工厂"生产车间，将多个工艺融合在一个生产闭环里，通过吊挂系统实现了工艺与工艺间的无缝衔接、自由组合，实现智慧化、数字化生产，满足客户多种定制需求。

苏州华兆林纺织有限公司发力数字化，引进了高度智能化的装备，"互联网+""标准化+""机器人+"融合应用得到了快速推进。生产车间不仅实现了远程监控，生产线上的数据还都放到了云上，通过大数据的分析研究，提高了纺织产业链中各环节的联动效率。智能化转型后，公司的产品质量有了明显提升，每年都有两到三个达到国际领先或先进水平的新产品投放市场，赢得了稳定的市场客户，利润率大幅提升，呈现产销两旺的势头。

2021年2月，平望镇研究出台了《制造业智能化改造和数字化转型三年行动计划（2021—2023）》，并成立"平望镇智能化改造和数字化转型引导基金"，加快实施一批智能化改造和数字化转型典型项目，力争在三年内完成300家企业整体智能化改造和数字化转型，推动传统行业焕发新活力，形成经济发展新增长点。

此外，平望还强化对企业精准服务和指导，推动45家企业、60个"智改数转"项目全面开展，加速"机器换人"。

传统制造业基数大的平望，靠着一批骨干企业"智改数转"的创新驱动和自觉行动，走出了一条转型跨越的路径。

在苏州市工业和信息化局公布的"苏州市级示范智能车间"名单中，平望有3家企业上榜。

在江苏省工业和信息化厅组织的"江苏省星级上云企业"评比中，平望有14家企业获评。

在国家工业和信息化部公布的第二批专精特新"小巨人"企业名单和第五批绿色制造企业名单中，平望也各有一家企业入选。

2022年7月1日，平望镇整优提升重点项目开工仪式举行，吴江区中鲈"专精特新"产业园揭牌，为成长性好、爆发力强的优质企业落户，加快打造产城融合、产业耦合的创新集群搭起新的平台。

"产业结构推陈出新，不是一朝一夕就能实现的，需要立足实际，精准破题。"戴丹说，一方面，要大力引，加大招商引资力度，强化优质项目导入、嫁接；另一方面，要加快育，全力推动已落户项目建设，力促项目提速增效。

抢抓机遇谋发展

"长三角一体化"上升为国家战略后，在长三角古老而年轻的土地上汇聚起更磅礴的力量，在中国经济的汪洋中激发起更澎湃的浪潮。

"沪苏（州）同城化"写入《长三角一体化发展规划"十四五"实施方案》，意味着上海和苏州的"同城化"也已上升到国家层面，两大经济最强市的"双城记"大戏已轰轰烈烈地拉开大幕。

平望地处水陆交通枢纽，又比邻"长三角生态绿色一体化发展示范区"，更有厚重的文化底蕴及深厚的经济基础，从而迎来了重要的战略机遇。于是，他们积极抢抓机遇，瞄准高技术、高成长、高附加值的战略性新兴产业，全力开拓项目源，推动更多的先进制造业项目落户平望。

2021年4月29日，在"沪苏同城·江海融合"2021长三角一体化示范区（吴江）上海投资说明会上，平望成功与上海市汇山科技有限公司、上海智蕙林科技有限公司签订项目合作协议，总投资额达4亿元。

9月17日，戴丹带队赴深圳开展招商对接，储备了一批高端装备、新材料、科研机构项目源。

10月28日，在"四河汇集·八方聚贤"平望镇环境资源推介会上，平望与苏州清研资本管理企业签订了全面战略合作协议；与智巢企业管理有限公司共建中鲈科技人才创新中心，并携手设立吴江区平望镇海外人才离岸创新创业基地（伦敦工作站）。随后，江苏企业家联盟吴江双创中心、北京大学苏州校友会创新创业基地落户，企业上市联盟成立。此外，平望镇还启动了一批平台载体项目，澳盛风电拉挤板智能化改造项目、智合双碳产业园项目、普洛克（苏州）材料科技有限公司电子新材料项目、深圳正善电子有限公司半导体生产设备及A·I视觉检测设备项目等集中签约，总投资超过20亿元。

11月6日，在"2021中国吴江运河文化旅游节平望主题日"活动中，中鲈人才社区项目、四河汇集·春风柳岸运动康养度假村项目、运河·时间里文化街区项目、联合国教科文组织亚太世遗中心古建筑保护联盟（TACU）"中国历史建筑空间创新推荐案例"项目，集中举行了合作签约仪式。这批企业和项目的引入，为平望蓄力书写的产业更新文章，又添上浓墨重彩的一笔。

平望还积极推进落户项目建设，成果不断涌现。江苏港虹年产差别化功能性纤维20万吨项目正在建设，总投资20亿元，占地面积125亩，预计2022年建成；中鲈科技年产6万吨PET再生纤维项目竣工投产；苏州中鲈绿色智能铸造产业园主体建设完成；中广核医用加速器智能制造基地、汇山科技成套机械设备智能制造项目启动开工；苏州华源中鲈包装有限公司"年产彩印包装铁皮6万吨"项目、苏州朗电机器人智能制造项目、丰望仓储（苏州）有限公司现代服务智慧产业园项目建设也在有序进行中。

在擘画中前行

入选全省经济发达镇改革，首创"平望经验"！

迈进全国"百强镇"方阵，彰显"平望实力"！

获批开展国家级标准化试点，印证"平望作为"！

近年来，平望镇以产业结构更新、产业动力更新、营商环境更新为突破口，不断挖掘自身的潜力和能级，从持之以恒推动经济发达镇行政管理体制改革，到坚定不移推动智改数转，再到全力塑造"平望·四河汇集"金名片，一步步实现了高质量发展跨越，浓墨重彩地书写了区域增量发展的精彩篇章。

在实现产业发展的同时，平望镇的公共服务、社会治理能力都得到全方位提升，创造了多项全省、全市、全区之首。全省第二批经济发达镇改革，高标准首家通过验收，首创的"1+4+N"改革模式在全省复制推广；"一窗式政务服务与网格式综合治理"省级标准化试点通过验收，"苏州市吴江区网格式智慧管理"国家级标准化试点有序开展；上线全省首个镇级政务服务旗舰店，全省首家镇级中心成功导入OSM现场管理系统，在全区率先推行"全科服务"。

面对未来，赵伟表示，我们将以产业提档的"稳"推动高质量发展的"进"；以创新保护的"传"带动大运河文化带的"承"；以城乡融合的"神"拉动新鱼米之乡的"形"，围绕"品质之镇 一望皆'品'"能级定位，聚焦"三五五"发展战略，助力实现平望镇现代化建设新未来。

平望镇擘画实施的全镇"三五五"发展战略，重点围绕项目显示度、民生感受度、制度创新度，有力落实重点产业项目、重点民生工程、重点改革任务"三张工作清单"；同步推进景区提级、社区提质、园区提档、农村提标、湖区提能，稳步构建"五区联动格局"；对标全域美丽、全域出彩，深入实施美丽产业、美丽镇村、美丽生态、美丽人文、美丽强基"五大美丽工程"。

"三五五"发展战略赋予了新内涵新目标，绘就了新梦想新蓝图，平望镇已全面开启现代化建设新征程，开辟高质量发展新境界，相信在不远的将来，一定会打造出享誉长三角的水乡人居文明新典范，再创新辉煌。

后　记

第一眼看到太浦河，我们的耳边顿时响起那段著名的旋律："一条大河波浪宽，风吹稻花香两岸……"不由感叹，这确实是"一条大河"，河面很宽，比与之交汇的京杭大运河还要宽；两岸是江南水乡，风光旖旎，稻花飘香。

太浦河的名气虽然不算大，但她两头连接的太湖和黄浦江都大名鼎鼎，像一条血脉，源源不断地把太湖水输送到黄浦江，滋润乃至养育着上海的土地和人民。更重要的是，太浦河连接江浙沪，正与长三角一体化战略相契合，示范区也正处于太浦河的两岸，更显地位重要。

于是，我们渐渐走近太浦河，欣赏她的美景，倾听她的故事，体悟她成长历程中蕴含的精神特质。

在太浦河沿岸各级政府及相关部门的大力支持下，我们采访了近百位参与太浦河工程的前辈，参观了太浦河及其配套设施，搜集了大量的相关资料，为本书的写作打下了坚实的基础。在此，感谢吴江区平望镇以敬畏历史、敬畏文化、敬畏生态之心，牵头达成此次创作；感谢苏州市、吴江区宣传部门的领导，吴江区档案馆、博物馆、水务局、汾湖高新区管委会及水利部太湖流域管理局太浦闸管理所的领导、专家，为调研、采访提供了便利，给予了指导和帮助。

特别感谢吴江区档案馆王林弟先生，不仅给我们提供了大量的档案资料，还拿出尚未付梓的研究成果《太浦河工程建设史》，供我们学习借鉴。感谢水利部太湖流域管理局原常务副局长王同生先生、吴江区政协原副主席戚冠华先生，不仅接受了采访，还审阅了书稿，提出了宝贵意见。

在采访调研过程中，还得到了沈春荣、戴丹、孙俊良、赵伟等领导的热情支持，一并表示感谢。

作者

2022 年 5 月 1 日